Vorbemerkung

Liebe Leserin, lieber Leser,

dieser Roman enthält potenziell triggernde Inhalte. Aus diesem Grund befindet sich hier eine Triggerwarnung. Am Romanende findest du eine Themenübersicht, die Spoiler enthält.

Entscheide bitte für dich selbst, ob du diese Warnung liest. Gehe während des Lesens achtsam mit dir um. Falls du auf Probleme stößt und/oder betroffen bist, bleibe damit nicht allein. Wende dich an deine Familie und an Freunde oder suche dir professionelle Hilfe.

Wir wünschen dir alles Gute und das bestmögliche Erlebnis beim Lesen dieser besonderen Geschichte.

Felicitas und das Impress-Team

Playlist

You'll Be in My Heart – Phil Collins
It's Always Been You – Caleb Hearn
We'll Figure It Out – Smithfield
I Would For You – Lauren Duski
Beauty in the Flaws – Sophia Scott
Rainbow – Kacey Musgraves
Ocean Eyes – Billie Eilish
You Are in Love – Taylor Swift

Kapitel 1

Ob ich heute lieber Henry Cavill in The Witcher oder eine weitere Folge der Dokuserie über Serienmörder ansehen soll?

Meine Hand schwebt über dem Mauspad, während ich versuche, mich zu entscheiden, womit ich den heutigen Abend ausklingen lasse. Und damit nicht nur den Tag, sondern das ganze Jahr. Ich glaube nicht, dass ich schon mal so ein erbärmliches Silvester verbracht habe wie heute. Aber statt mich schlecht zu fühlen, greife ich mir eine Hand frisch gemachtes Popcorn und genieße den salzigen Geschmack auf meiner Zunge. Normalerweise vermeide ich es, im Bett zu essen, aber heute mache ich eine Ausnahme.

Noch bevor ich mich für mein Abendprogramm entschieden habe, hämmert es an meiner Tür.

»Jenna Meghan Fitzgerald, mach auf«, dröhnt die Stimme meines besten Freundes Kaden durch das Holz.

»Hör auf, so dramatisch zu sein. Die Tür ist offen, du Idiot«, gebe ich zurück und klicke spontan auf die Doku, die ich aber direkt pausiere. Entscheidung getroffen: Sobald er geht, werde ich mich mit den Abgründen der menschlichen Psyche beschäftigen. Obwohl ich nach Kadens obligatorischem Besuch meine Tür aus Angst vermutlich doppelt verriegeln werde, wenn ich mich meinen Serienkillern zuwende.

Er tritt in mein Zimmer und schnaubt genervt. »Das ist nicht dein Ernst, oder?« Vorwurfsvoll blickt er auf meine weite Jogginghose, in die meine Beine vermutlich dreimal reinpassen würden, und den großen Hoodie mit dem Logo der University of San Francisco darauf, auf dem, wie ich gerade bemerke, noch einige Krümel liegen.

Ich zucke mit den Schultern und wische mit der Hand über die Popcornreste. »Keine Ahnung, was du meinst. Ist doch ein normaler Donnerstagabend und immerhin zeige ich School Spirit.« Die Aussage unterstreiche ich, indem ich meine zur Faust geballte Hand dreimal in die Luft hebe, so wie es die Typen bei den Footballspielen immer machen. Mir ist klar, dass ich ihn damit reize, was er mir auch prompt bestätigt.

Mit vor der Brust verschränkten Armen schüttelt er den Kopf. »Heute ist Silvester, verdammt. Können wir nicht an diesem einen besonderen Tag zwischen den Jahren mal etwas gemeinsam unternehmen? Ständig hockst du nur zu Hause herum, das muss doch mal aufhören. Wir leben nicht mehr in Jackson, wir sind in San Francisco!«

So wie er es sagt, bekomme ich tatsächlich ein schlechtes Gewissen. Wir wussten immer, dass wir zusammen an die USF gehen wollten.

»Warum gehst du nicht mit Avery?«, gebe ich schließlich zurück und lege mir meine flauschige Decke über die Schultern. Perfekt. Der absolut bequemste und angenehmste Ort auf dieser Welt. Ich sehe keinen Grund, ihn für den Rest der Ferien zu verlassen.

Kaden stöhnt und zwickt sich in die Nasenwurzel. »Natürlich kommt Avery mit. Und du auch!«

Während ich den Kopf schüttle, weiche ich seinem Blick aus.

»Das mit Lucas und Violet ist jetzt wie lange her? Sechs Monate?«

Die Erwähnung der Namen meines Ex-Freundes und meiner ehemaligen besten Freundin lässt bittere Galle in mir aufsteigen.

»Fünf Monate und siebenundzwanzig Tage«, gebe ich patzig zurück, ohne lange darüber nachdenken zu müssen. Schließlich vergisst man den Tag nicht, an dem man von den beiden Personen betrogen wurde, die einen angeblich am meisten lieben. Vor allem nicht, wenn es ein Nationalfeiertag wie der vierte Juli ist.

»Sage ich doch. Ich meine ja nicht, dass du einem der beiden verzeihen sollst, aber du kannst sie doch nicht gewinnen lassen, oder? Seit dem …«, er zögert, »Vorfall …«, fährt er schließlich fort, nachdem er kurz überlegt hat. Verdammt, als würde es das besser machen, dass ich meine beste Freundin seit der Kindheit halb nackt auf meinem Freund erwischt habe! »Seitdem besteht dein Leben woraus genau? Vorlesungen, die du scheiße findest, und einem Haufen Serien. Oder?« Mit hochgezogenen Augenbrauen sieht er mich aus seinen dunklen Augen an. Am liebsten würde ich ihn mit einem Kissen abwerfen und den mitleidigen Ausdruck damit von seinem Gesicht wischen, aber ich weiß genauso gut wie er, dass er recht hat. Außerdem würde er mich vermutlich umbringen, wenn ich seine Haare durcheinanderbrächte, die so perfekt verwuschelt wirken, dass es bestimmt eine halbe Ewigkeit gebraucht hat, sie so hinzubekommen.

»Schön.« Das Wort betone ich überdeutlich. »Und was hast du vor?« Manchmal kann ich meinen besten Freund wirklich nicht ausstehen.

»Wie gut, dass du fragst. Harry, der Chef vom Theater, schmeißt eine Silvesterparty. Es kommen auch einige Leute aus meinem Studiengang. Und es gibt diese kleinen Gebäckstücke aus Frankreich, auf die du so abfährst.« Zwinkernd macht er einen Kreis mit seinem Daumen und dem Zeigefinger, um mir zu verdeutlichen, was er meint.

»Macarons?«, frage ich zurück und spüre, wie sich meine Laune automatisch ein wenig hebt.

Er nickt.

Einen Moment lasse ich ihn noch zappeln, bevor ich schließlich zustimme. Der Kommentar dazu, dass Lucas und Violet nicht gewinnen sollen, hat mich bereits überzeugt. Trotzdem sehe ich noch einmal sehnsüchtig auf meinen Bildschirm.

»Okay, dann brauchst du jetzt noch etwas zum Anziehen.« Langsam öffnet er meinen perfekt sortierten Kleiderschrank und wühlt sich durch meinen Stapel Yogahosen. Sein weißes Hemd spannt leicht über den Muskeln an seinem Rücken. Ich bin immer wieder überrascht, wenn mir auffällt, dass er nur noch wenig mit dem kleinen Jungen von früher gemein hat, der stets in zu großen Klamotten rumgelaufen ist, weil seine Brüder alle einen Kopf größer waren als er und die abgetragenen Sachen, die er von ihnen bekommen hat, einfach nicht auf seinen schmalen Körper passen wollten.

»Hast du auch was anderes?« Er dreht sich mit einer Jogginghose in der Hand um und sieht mich fragend an. Der Haufen, aus dem er sie gezogen hat, droht umzufallen, woraufhin ich aufspringe, um ihn zurück an Ort und Stelle zu schieben. Wenn ich eins nicht abkann, dann, wenn jemand meine Sachen durcheinanderbringt.

»Kaden! Hör auf, so ein Chaos zu veranstalten. Warte.« Mit einem Teil in der Hand, das doch heruntergefallen ist, gehe ich zu der kleinen Kommode, die meine Mitbewohnerin Emily und ich uns teilen. In der untersten Schublade lagere ich zwei Kleider, die in meinem regulären Schrank nur Platz wegnehmen würden. Das rosa Sommerkleid, das ich zur Hochzeit meiner Schwester anhatte, und ein schwarzes, paillettenbesetztes Kleid, das ich mal in einem Vintageladen gekauft habe. Ich halte Letzteres hoch. Das Licht spiegelt sich in den Glitzerscheiben und wirft ein schönes Muster an die Wand. Seitdem ich es gekauft habe, hatte ich keine Chance, es anzuziehen.

Kaden nickt. »Perfekt. Das ist ein Traum! Zieh es an, ich schminke dich und dann geht's los!« Breit grinsend klatscht er in die Hände.

Mein bester Freund ist wie ein Bruder für mich, weshalb ich mich zum Umziehen nur umdrehe. Wir haben schon vor Jahren festgestellt, dass das Einzige, was zwischen uns funkt, die statische Ladung ist, wenn wir uns auf der Couch in meinem Elternhaus nebeneinander einen Film ansehen.

Schnell schlüpfe ich aus meinem Gammeloutfit und streife mir das Kleid über. Es schmiegt sich um meine Kurven wie eine zweite Haut. Als ich mich anschließend Kaden präsentiere, pfeift er anerkennend durch die Zähne.

»Yes, in dem Kleid bist du der Shit.« Einen Moment betrachtet er mich noch, ehe er mich sanft auf das Bett drückt und sich meine Schminktasche schnappt, die ordentlich gepackt auf der Kommode steht. Als er wieder auf mich zukommt, drehe ich ihm mein Gesicht zu und schließe die Augen. Es klappert ein bisschen und dann spüre ich schon den ersten Pinselstrich auf meiner Haut. Er studiert Kunst und träumt davon, später an einem Theater Maskenbildner zu werden. Ich bin sein liebstes Versuchskaninchen, weshalb ich auch eine ganze Schreibtischschublade voll Schminke besitze. Dabei ist das Einzige, was ich allein auftragen kann, Wimperntusche.

Wie immer genieße ich die sanften Pinselstriche, mit denen er über mein Gesicht fährt. Wenn er arbeitet, ist Kaden ruhig, sodass ich meinen Gedanken nachhängen kann. Das mit Violet und Lucas liegt zwar schon einige Zeit zurück, aber wenn man an einem Tag zwei wichtige Menschen verliert, dann braucht es Zeit, um darüber hinwegzukommen. Leider hat mein bester Freund trotzdem recht. Ich habe mich in letzter Zeit viel zu sehr zurückgezogen. Dabei weiß ich einfach nicht, was ich tun soll. Vor dem Studium waren Kaden, Violet und ich physisch unzertrennlich. Als sie dann nach Seattle gezogen ist, war das zwar nicht mehr so, aber wir haben trotzdem fast täglich miteinander gesprochen oder unseren nächsten Besuch geplant.

Und dann kam Lucas in mein Leben. Wir haben uns auf einer Erstsemesterparty kennengelernt. Er ist die Art Typ, die nie allein ist. Er war ständig auf Partys eingeladen, hat alle möglichen Sportarten gemacht, und ich bin einfach immer mitgegangen. Mein gesamtes Sozialleben, Kaden und Violet einmal außen vor gelassen, beschränkte sich auf Lucas' Freundeskreis. Und nun hänge ich seit fast sechs Monaten in einer Warteschleife, deren Ende ich noch nicht absehen kann. Als wäre man in einen Zug gestiegen, ohne das Ziel zu kennen, und plötzlich ist man an einem fremden Ort und findet sich nicht zurecht.

Selbst die Entscheidung zu meinem Studienfach hat er beeinflusst. Eigentlich wollte ich die ersten beiden Semester dafür nutzen, so viel wie möglich auszuprobieren. Aber ich habe mich von ihm dazu überreden lassen, mich auf Soziologie festzulegen, weil das so gut zu Jura passt. Das war absolut dumm von mir. Meine Kurse sind schrecklich langweilig und ich wünschte, ich würde die Motivation finden, mich mit dem Angebot der Universität auseinanderzusetzen. Stattdessen folge ich einfach dem Plan, den ich noch mit meinem Ex-Freund gemacht habe. Irgendwann muss damit Schluss sein.

Die Tatsache, wie viel in meinem Leben von ihm abhängig war, lässt mich leise schnauben.

»Alles gut?« Kadens Stimme reißt mich aus meinen Gedanken.

»Ja, alles super«, gebe ich zurück. Denn irgendwann muss es das ja wieder sein. Vielleicht ist das ein guter Vorsatz für das neue Jahr: endlich wieder anfangen zu leben …

Kapitel 2

»Perfekt.« Kaden schnalzt mit der Zunge. Den beleuchteten Handspiegel, den er mir dieses Jahr zu Weihnachten geschenkt hat, in der Hand, steht mein bester Freund vor mir.

Langsam öffne ich die Augen. Mein Blick fällt auf eine Fremde. Ein dicker Lidstrich ziert meine Lider. Darunter funkelt golden schimmernder Lidschatten, der in den inneren Augenwinkeln fast weiß wirkt. Die Übergänge sind makellos. Dazu wirkt meine Nase schmaler als sonst und auch meine Wangenknochen scheinen etwas kantiger zu sein. Unsicher taste ich nach meinem Gesicht, um sicherzugehen, dass auch wirklich ich das bin.

»Halt! Nicht anfassen. Ich muss erst noch das Setting-Spray drüber sprühen.« Er hält meine Hand in der Bewegung auf. »Augen zu«, sagt er noch, bevor ein feuchter Nebel meine Haut trifft. Obwohl ich das Prozedere kenne, erschrecke ich mich und kneife die Lider fest zusammen, was ihm ein genervtes Geräusch entlockt.

»Jenna! Sanfte Bewegungen!«, erinnert er mich und ich entspanne mein Gesicht. »Gut so«, lobt er mich. Dann höre ich, wie er einen Schritt zurück macht. »Ich werde dich nicht fragen, wie es dir gefällt, weil es eine meiner besten Arbeiten ist.«

Vorsichtig öffne ich ein zweites Mal meine Augen. Jeder Pinselstrich sitzt. Unglaublich. Der Pinsel ist für Kaden wie ein Zauberstab. Das intensive Make-up lässt mich völlig anders aussehen, doch gleichzeitig bringt es meine natürlichen Konturen so zum Vorschein, dass ich mich wohlfühle.

Ich nehme ihn fest in den Arm. Das schafft auch nur mein bester Freund. »Danke.«

Grinsend legt er seine Hände auf meine Oberarme und schiebt mich ein

Stück zurück. »Deine Haare würde ich offen lassen, aber ein bisschen locken, wie wäre das?«

Statt zu antworten, setze ich mich wieder hin und lasse ihn machen.

»Wie viele Leute kommen heute?«, frage ich, während er meine Haare über den heißen Lockenstab zieht. Sein Gesicht lasse ich dabei nicht aus den Augen.

Er beißt sich auf die Unterlippe. O nein. Das bedeutet nichts Gutes.

»Bevor du reagierst, solltest du wissen, dass es ein großes Haus ist. Er hat es von seinen Großeltern geerbt, die wohl mal richtig reich waren. Auf jeden Fall ist es enorm.«

Stirnrunzelnd sehe ich ihn an. »Das bedeutet?«, hake ich nach. Wenn Kaden anfängt zu plappern, ist das nie ein gutes Zeichen. Ich hätte doch bei der Serienmörder-Doku bleiben sollen. Verdammt.

»Na ja, dass sich auch viele Menschen ganz locker verlaufen, okay?«

»Kaden«, ermahne ich ihn. »Wie viele?«

Seufzend legt Kaden seinen Kopf schief. »Harry meinte, es kommen so an die fünfzig Leute. Aber das fällt kaum auf. Und Avery ist ja mit dabei.« Ein Strahlen breitet sich in seinem Gesicht aus, als er von seiner Freundin spricht.

Ich unterdrücke ein Stöhnen. Schrecklich, diese Verliebten. Dabei wohnen die beiden seit Anfang des Semesters sogar zusammen. Man könnte meinen, dass diese Honeymoon-Phase langsam mal ein Ende findet. Ganz abgesehen davon, dass ich nun das fünfte Rad am Wagen spielen darf.

Am liebsten würde ich mein Gesicht in ein Kissen drücken. Doch damit würde ich Kadens Meisterwerk ruinieren und dafür ist es einfach zu schön.

»Jenna, bitte, du weißt, dass ich dich liebe wie eine Schwester, richtig?«

Erwartungsvoll sieht er mich an und ich nicke. In unserer Kindheit habe ich ihn teilweise mehr gesehen als meine sechs Jahre ältere Schwester.

»Sehr gut. Deswegen ist alles, was ich jetzt sage, auch nur in bester Intention gemeint, okay?«

Seufzend nicke ich erneut. Ich kann mir schon denken, was jetzt kommt.

»Ich vermisse es, mit dir zusammen etwas zu unternehmen. Seit ...« Er zögert. »Seit der Sache im Sommer bist du nur noch eine Hülle deiner selbst.«

»Ist es echt so schlimm geworden?«, frage ich mit zusammengezogenen Augenbrauen.

Nun ist es an Kaden zu nicken. »Du verlässt kaum noch dein Zimmer. Du tust nur Dinge, die nötig fürs Überleben oder dein Studium sind. Wie viele Serien hast du im letzten halben Jahr durchgesuchtet?« Er sieht mich an und ich spüre die Wärme, die in meine Wangen steigt.

In Gedanken zähle ich auf: *Stranger Things, Cheerleading, The Witcher Staffel 1, Game of Thrones, Full House, Selling Sunset* und meine aktuelle Lieblingsserie: *Queer Eye.*

»So viele sind das gar nicht«, versuche ich zu erklären, aber er hebt schon den Finger.

»Die Dokufilme über Serienkiller zählen auch dazu.«

Zerknirscht füge ich noch fünf Filme hinzu. Okay, vielleicht habe ich es etwas übertrieben. Nachdem mein Herz in gefühlt eine Million Splitter zersprungen ist, konnte ich mir nichts mehr ansehen, das auch nur einen Hauch von Liebe enthalten hat. Deswegen die Serienkiller. Dann bin ich zu Reality Shows gewechselt und inzwischen bei Henry Cavill in *The Witcher* angekommen. Ein Mädchen kann schließlich träumen, oder? Wenn alle anderen Männer schon scheiße sind, dann darf ich wenigstens den Unerreichbaren anschmachten. Gut, nicht alle sind scheiße. Schließlich steht ein ziemlich großartiges Exemplar direkt vor mir. Aber Kaden ist nun mal mein bester Freund. Und dieser klatscht genau in diesem Moment in die Hände.

»Ich habe eine Idee!« Sein Tonfall ist viel zu enthusiastisch, um mich davon zu überzeugen, dass ich es ebenfalls für eine gute Idee halten werden.

»Okay?«

»Wie wäre es, wenn du dir für das neue Jahr vornimmst, einmal in der Woche etwas zu tun, das außerhalb deiner Komfortzone liegt?«, schlägt er vor. Bevor ich meine Meinung dazu kundgeben kann, hebt er schon einen Finger. »Sei nicht gleich dagegen. Lass es uns ausprobieren, okay?«

»Einmal die Woche?« Meine Stimme klingt schrill.

Er nickt. »Alles andere wäre ja keine Herausforderung für dich. Außerdem würdest du dich sowieso nur davor drücken. Und einmal die Woche dein Bett zu verlassen, ist nicht viel verlangt. Größer ist deine Komfortzone momentan schließlich nicht.«

»Autsch.« Mit der Hand reibe ich mir über die Brust, als wäre die verbale Spitze ein Stich in mein Herz gewesen. Obwohl etwas Wahres dran ist.

Mit einem Schmollmund sehe ich ihn an. »Ich finde die Idee doof.«

»Na gut, dann überlege ich mir das mit dem Auto noch mal.« Schulterzuckend sieht er mich an.

Wie fies. Er weiß genau, dass ich mich auf ihn verlasse. Als ich zehn Jahre alt war, hatte ich einen schweren Autounfall, als ein Fahrzeug bei einer Kreuzung die rote Ampel überfahren hat. Ich lag monatelang im Krankenhaus, musste mehrmals operiert werden und anschließend noch zwei Jahre lang zur Reha, bis ich mich von den Folgen erholt hatte. Und selbst das war ein Wunder in den Augen der Ärzte. Seitdem habe ich panische Angst davor, selbst Auto zu fahren, sodass Kaden angeboten hat, an der Uni meinen persönlichen Chauffeur zu spielen.

Unsere Familien wohnen zwei Stunden entfernt, weshalb ich auf ihn angewiesen bin, wenn ich sie besuchen möchte. Zum Glück kommen sie auch ab und zu nach San Francisco, aber wenn er sein Angebot zurückzöge, würde ich sie kaum noch sehen. Es war schon schlimm genug, als Kadens alter Subaru im ersten Semester kaputt gegangen ist und wir drei Monate lang keinen fahrbaren Untersatz hatten. Zu unserem Glück haben Averys Eltern kurze Zeit später ihr Auto verkauft. Nun fährt Kaden zwar eine schwarze Familienkutsche von Toyota, aber immerhin fährt er. Und nur dadurch bin ich überhaupt mobil.

»Du weißt, dass das Erpressung ist, oder?«

Kaden verzieht das Gesicht, als würde er seine Aussagen bereuen.

Bevor er sie zurücknehmen oder sich rechtfertigen kann, nicke ich seufzend. »Auch wenn das nicht fair war, ich stimme zu.« Dabei wäre so ein einschneidendes Argument gar nicht nötig gewesen, schließlich sehe ich langsam selbst ein, dass ich dringend etwas ändern muss. Ich habe nur den Punkt verpasst, an dem ich das auch umsetze. Aber das werde ich ihm jetzt nicht auf die Nase binden.

»Dann haben wir einen Deal«, stellt er viel zu energiegeladen fest. Er lässt die letzte Locke aus dem heißen Stab fallen und sprüht mich mit Haarspray ein. Dann legt er noch einige Strähnen so, dass sie gut fallen, und präsentiert mir das Ergebnis erneut in dem kleinen Spiegel.

Ich kann mir ein Lächeln nicht verkneifen. Tatsächlich gefällt mir der Look.

Er zieht mich hoch. »Traumhaft«, kommentiert er sein Werk. »Darf ich ein Foto für mein Portfolio machen?« Fast schon flehend sieht er mich an.

»Nur, wenn die Party schon zu dieser komischen Abmachung zählt.«

»Okay«, erwidert er und zückt sein Smartphone, um ein Bild zu schießen. Mit der Hand an meinem Kinn dirigiert er meinen Kopf in die richtige Richtung. Nach jedem leisen Klicken betrachtet er das Foto auf dem Display und bringt mich in eine andere Pose. Dann nickt er zufrieden.

»Hab ich dir schon mal gesagt, wie stolz ich auf dich bin?« Mit dem Arm ziehe ich ihn näher an mich und er grinst.

»Das ein oder andere Mal, aber ich höre es immer gern. Und mach dir wegen der Party keine Sorgen. Sieh mal hier.« Er stellt sich direkt neben mich und zeigt mir die Bilder auf dem Display. Sie sind tatsächlich sehr schön geworden. Dabei mag ich mich auf Fotos sonst gar nicht. »Du siehst großartig aus. Zur Not stellst du dich heute einfach mal als jemand anderes vor, okay? Dann fällt es dir vielleicht leichter, so wie in *Jumanji*.«

Bei der Erinnerung an den Film mit Dwayne Johnson muss ich lachen. »Ich soll also so tun, als wäre diese Party eine Quest in dem fiktiven Videospiel, in das ich zufällig mit meinen Freunden geraten bin?«

Kaden schmunzelt und ich kann nicht anders, als mich auf den Abend zu freuen. Und vielleicht stimmt es, dass es mir guttun wird, mal jemand anderes zu sein. Zumindest für eine Nacht.

Mein bester Freund stupst mich mit der Hüfte an. »Wir sollten langsam los, Cinderella.« Zwinkernd reicht er mir die Hand.

Bevor wir gehen, schnappe ich mir noch schnell mein Portemonnaie, mein Smartphone und die Schlüssel und packe alles ordentlich in eine kleine Clutch. Dann schlüpfe ich in die einzigen Pumps, die ich besitze. Mit den roten Sohlen peppen sie mein Outfit dezent auf. Wie ein Gentleman bietet mir Kaden seinen Arm an, damit ich mich bei ihm unterhaken kann, und wir verlassen das Wohnheim in Richtung der Parkplätze.

Auf den Gängen ist kaum etwas los, weil die meisten Studenten und Studentinnen noch in den Semesterferien sind. Auch die Stellplätze für die Studierenden sind noch gähnend leer, sodass Kadens Toyota direkt in der ersten Reihe auf uns wartet. Da Kaden und ich immer zusammen nach Hause fahren, war ich an seinen Zeitplan gebunden. Und er musste – beziehungsweise durfte – zwischen den Feiertagen ein paar Schichten als Maskenbildner im *Square Place* übernehmen, dem kleinen Theater, in dem er arbeitet. Er liebt nichts mehr als die Arbeit. Außer vielleicht Avery. Dadurch, dass er aber noch so jung ist und vergleichsweise wenig Erfahrung mitbringt – die vielen Stunden in meinem ehemaligen Kinderzimmer mal ausgenommen –, darf er nur selten tatsächlich etwas machen. Andere Künstler und Künstlerinnen haben schon zu Schulzeiten Praktika bei ortsansässigen Theatern gemacht. In unserer Heimatstadt Jackson gab es diese Möglichkeit nicht. Also ist er meistens nur da, um zuzusehen und zu lernen. Aber momentan gibt es immer mal wieder Tage, an denen die Familienfeiern der anderen Künstler und Künstlerinnen dazwischenkommen.

Ich bin froh, dass mein bester Freund seine Leidenschaft schon so früh entdeckt hat. Und vor allem, dass er dazu steht, auch wenn ich weiß, dass es ihn manchmal noch sehr trifft, dass bei Familienessen die Errungenschaften seiner Brüder im Vordergrund stehen ... Verglichen mit einem Tierarzt und einem Immobilienmakler hat ein Make-up-Künstler in den Augen seiner Eltern keinen richtigen Beruf.

Und vielleicht stimmt das auch, denn bei Kaden ist es definitiv eher eine Berufung. Noch nie habe ich jemanden getroffen, der so klare Vorstellungen von seiner Zukunft hat wie er. Früher hing sein ganzes Zimmer voll von Disney-Stars. Sein größter Traum war dabei, selbst einmal für Disney zu arbeiten.

Die Fahrt zu der Party dauert über eine halbe Stunde und das, obwohl wir die Stadtgrenzen nicht verlassen. Der Verkehr in dieser Großstadt ist einfach eine absolute Katastrophe. Dafür fahren wir fast die gesamte Strecke mit Blick auf den Ozean, der dunkel wie ein riesiger Teppich vor der Küste liegt.

Endlich ertönt die Aussage aus dem kleinen Navi, auf die ich gewartet habe. *»Ihr Ziel befindet sich auf der rechten Seite.«* Obwohl ich inzwischen kein Problem mehr damit habe, in einem Auto mitzufahren, bin ich trotzdem immer froh, wenn die Fahrt vorbei ist.

Das Haus, auf das Kaden zeigt, sieht tatsächlich ziemlich groß aus. Aber auch schon verdammt voll. In dem Moment, in dem wir vorbeifahren, öffnet sich die Tür und ich stöhne auf. Es ist völlig überfüllt. Der Anblick der vielen Leute, die in das Haus strömen, ändert sich auch nicht, als wir das Haus erneut passieren, weil wir für die Parkplatzsuche einmal um den Block gefahren sind. Beim dritten Mal lässt mein bester Freund langsam die Mundwinkel hängen.

»Wir hätten vermutlich die Straßenbahn nehmen sollen«, kommentiere ich unsere Lage.

»Ach wirklich, Miss Obvious«, gibt er pampig zurück und ich muss grinsen. »Dann wären wir aber viel zu spät gekommen.«

Das bezweifle ich, vor allem, weil wir immer noch keinen Parkplatz gefunden haben. Jetzt ist er mindestens so genervt wie ich vorhin. Aber dann setzt doch tatsächlich ein Wagen aus einer Parklücke zurück. Ich kreische aufgeregt und Kaden schaltet den Blinker an. Mit angehaltener Luft sitze ich da, während er das Fahrzeug in die viel zu eng wirkende Lücke manövriert. Erst als er den Zündschlüssel umdreht und der Motor ausgeht, traue ich mich auszuatmen.

Um auszusteigen, müssen wir uns beide durch die Fahrertür quetschen, aber immerhin sind wir nach wenigen Schritten vor dem Haus, aus dem uns schon laute Musik entgegendröhnt. Am liebsten würde ich direkt umdrehen, aber Kaden greift sich meine Hand, als hätte er meine Gedanken gehört. Verdammt, er kennt mich zu gut.

Kapitel 3

Der Lärm hallt in meinen Ohren wider, während Kaden mich durch den Flur schleift.

»Frohes Neues«, brüllt uns ein Typ in meinem Alter zu, obwohl es gerade erst zehn Uhr abends ist. Um seinen Hals trägt er eine Perlenkette in Neonfarben, an deren Ende ein Shotglas befestigt ist. Er drückt mir einen feuchten Schmatzer auf die Wange, bevor er weitertorkelt.

Ich mache ein Würgegeräusch. Am liebsten würde ich direkt wieder umdrehen, aber der Vorraum ist so eng, dass ich mich kaum bewegen kann. Es ist unmöglich, gegen den Strom anzukommen, also gehe ich in Richtung Wohnzimmer, ob ich es will oder nicht.

Kaden grüßt einige Personen. Wie zu erwarten, kommt mir keins der Gesichter bekannt vor. Einige tragen Brillen mit den Zahlen des neuen Jahrs darauf. An den Wänden hängen schwarz-goldene »Happy New Year«-Schriftzüge und dazu Puschel in denselben Farben. Ich bemerke, dass meine Kleiderwahl nicht die originellste war. Mindestens fünf andere Frauen tragen schwarze Kleider mit Pailletten. Dafür ist wenigstens mein Make-up einzigartig.

Es ist wesentlich voller, als Kaden es angepriesen hat. Um mir einen Überblick zu verschaffen, sehe ich mich um.

»Das sind mehr als fünfzig Personen«, stelle ich fest. Der Vorwurf in meiner Stimme wird von meinem Blick untermauert.

Kaden zuckt entschuldigend mit den Schultern. »Hast du schon eine Idee, wie ich dich nennen soll?«, fragt er, die Hände in den Hosentaschen versenkt. Sein Blick gleitet unruhig über die Masse. Er sucht bestimmt nach Avery.

Kurz überlege ich. Es ist lächerlich, sich als jemand anderes auszugeben.

Andererseits hilft es mir vielleicht wirklich, selbstbewusster zu sein. Außerdem habe ich letztlich nichts zu verlieren. Es passiert selten, dass ich mit Kaden und seinen Leuten vom Theater abhänge. Außer seiner Freundin kenne ich hier ja niemanden.

»Meghan«, antworte ich schließlich.

Er hebt die Augenbrauen. »Sehr originell«, kommentiert er meine Wahl.

Ich strecke ihm die Zunge raus. Gut, es ist mein Zweitname, aber so kann ich im schlimmsten Fall immer noch sagen, dass ich ihn halt lieber mag als Jenna.

»Da ist Avery«, ruft er plötzlich und deutet nach links. Das Wohnzimmer ist in der Mitte mit zwei Stufen abgesenkt. Darin stehen vier Sitzecken, eine auf jeder Seite. Er gestikuliert in die Richtung der einen Couch, aber ich erkenne seine blonde Freundin nirgendwo. Wieder scanne ich den Raum ab, doch die Leute versperren mir die Sicht. Dazu ist es vielleicht nicht gerade hilfreich, dass ich gut zwanzig Zentimeter kleiner bin als mein bester Freund.

»Wo denn?«, frage ich und wende mich zu Kaden, nur um festzustellen, dass er gar nicht mehr neben mir steht. Verdammt, wo ist er hin? Panisch blicke ich mich um. Neben mir steht eine Gruppe Männer mit Bierflaschen in der Hand. Aber meinen besten Freund kann ich nicht erkennen. Eben war er doch noch hier.

Ich beginne mich durch die Menge zu drücken, in die Richtung, in die er gezeigt hat. Selbst mit den Pumps kratze ich kaum an der Ein-Meter-sechzig-Marke, sodass ich vor allem einen Haufen T-Shirts sehe. Der klägliche Versuch, mich in meinen hohen Schuhen auf die Zehenspitzen zu stellen, endet darin, dass ich fast das Gleichgewicht verliere. Gerade noch so fange ich mich auf. Leider an zwei sehr breiten Schultern, die sich unter meinen Fingern verdammt stark anfühlen.

Mist. Es kann auch nur mir passieren, dass ich auf einer Party mit lauter Fremden jemanden halb umwerfe.

»Entschuldigung«, murmle ich, aber eher an das Mädchen gerichtet, das vor der Person steht und mich wütend anstarrt. Mir schießt Hitze ins Gesicht, als ich realisiere, dass die beiden vermutlich gerade miteinander geflirtet haben, bis ich wortwörtlich dazwischengefunkt habe. Mit gesenktem Blick wende ich mich ab, als der Kerl sich zu mir dreht.

»Kein Problem.«

Der dunkle Klang seiner Stimme lässt mich zusammenzucken. Das kann doch nicht wahr sein. Niemals. Das ist unmöglich.

Ich hebe meinen Blick, um sicherzustellen, dass mir mein Gehirn nur einen Streich spielt. Es ist mindestens sechs Jahre her, seit ich diese Stimme zuletzt gehört habe. Ich muss mich täuschen. Doch zu meiner Überraschung starre ich in zwei unglaublich blaue Augen, die mir bekannt vorkommen.

Ohne ein weiteres Wort zu sagen, drehe ich mich um und versuche, mir einen Weg durch das Gedränge zu kämpfen. Ich muss dringend Kaden finden. Wieso ausgerechnet hier und wieso jetzt?

Plötzlich legt sich eine warme Hand auf meinen Arm.

»Alles in Ordnung?«

Heilige Scheiße. Ganz langsam drehe ich mich um. Mein Mund wird trocken, als ich ihn vor mir sehe. Ich habe mich nicht getäuscht. Dean Bishop steht da. Er ist wie eine Fata Morgana. Seine Gesichtszüge wirken kantiger als noch vor einigen Jahren und ein Dreitagebart lässt ihn wesentlich älter aussehen.

Dean ist der große Bruder von Violet. Meiner ehemals besten Freundin, die im Sommer mit meinem Freund geschlafen hat. Dean ist aber auch derjenige, den ich seit der sechsten Klasse heimlich angehimmelt habe. Und jetzt steht er vor mir. Einfach so.

»Bist du neu hier? Ich habe dich noch nie gesehen.« Er kneift die Augen zusammen und schüttelt leicht den Kopf. »Ich bin übrigens Dean«, stellt er sich vor und mein Herz schlägt mir bis zum Hals.

Er erkennt mich nicht. Was zur Hölle? Ohne ein Wort zu sagen, starre ich ihn einfach an. Seine schwarzen Haare sind an den Seiten kurz rasiert und fallen ihm vorne leicht in die Stirn. Um uns herum ist es so laut, dass ich Probleme damit habe, meine eigenen Gedanken zu verstehen.

»Ich bin mit einem Freund hier«, beantworte ich seine Frage, ohne sie tatsächlich zu beantworten.

»Normalerweise wäre das der Moment, in dem du mir auch deinen Namen verrätst.« Ein schiefes Grinsen breitet sich auf seinem Gesicht aus. Ich fühle mich wie ein Reh im Scheinwerferlicht. Bleibe einfach stehen. Er erkennt mich nicht. Schließlich zwinge ich mich zu einer Reaktion.

»Freut mich, ich bin Meghan.« Verdammt, mein Zweitname rutscht mir aus dem Mund, bevor mein Gehirn die Lage überdenken kann. Ich beiße mir auf die Zunge, unterdrücke aber den Drang, meine Augen zuzupressen. Das wird in einer Katastrophe enden. Wir kennen uns, seit ich vier Jahre alt bin.

Er mustert mich von oben bis unten. Ich erwarte, dass er mich jeden Moment erkennt, und überlege mir schon, wie ich mich rausreden kann. Andererseits habe ich kaum noch Ähnlichkeiten mit dem blassen, kurzhaarigen Mädchen, das er zuletzt gesehen hat. Durch den Autounfall war ich lange im Krankenhaus und musste auch anschließend noch regelmäßig zu Untersuchungen. Die kurz geschnittenen Haare ließ ich erst wachsen, nachdem er längst weggegangen war und alle Wunden vollständig geheilt waren.

»Du hast noch gar nichts zu trinken. Wollen wir uns etwas holen?« Mit dem Kopf deutet er in Richtung eines Durchgangs, hinter dem ich eine Küche erkenne.

»Äh, klar, ist das für deine ...«, mit dem Blick suche ich nach dem brünetten Mädchen, mit dem er eben noch gesprochen hat, »Begleitung in Ordnung?«, frage ich. So wie sie mich eben angesehen hat, sind die beiden vielleicht sogar zusammen. O Gott, wo ich bin ich nur hineingeraten?

»Amber? Na klar, wir sind nur Freunde«, winkt er ab.

Ihr Blick hat zwar eindeutig etwas anderes gesagt, aber gut. Ein Getränk schadet wohl nicht. Immerhin bin ich heute scheinbar Meghan. Und Meghan trinkt einfach etwas mit einem Typen. Da ist doch nichts dabei. Auch wenn es nicht nur irgendein Typ ist, sondern ausgerechnet Dean Bishop. Am liebsten würde ich mir eine Ohrfeige verpassen, dafür, dass ich gelogen habe. Wie blöd kann man eigentlich sein? All das ist Kadens Schuld, und sobald ich ihn wiedergefunden habe, werde ich ihm das auch brühwarm erzählen.

»Was machst du in San Francisco?«, rutscht es mir heraus. In Gedanken versuche ich noch zu verarbeiten, dass er tatsächlich vor mir steht. Scheiße. Zum Glück scheint er meine Frage nicht komisch verstanden zu haben, denn er zuckt mit den Schultern.

»Ich komme aus Kalifornien, habe aber in New York studiert. Nach meinem Abschluss an der NYU wollte ich gerne zurück an die Westküste.«

NYU? Wow, ich wusste nicht, dass er an einer der Elite-Unis angenommen worden ist. Das stechende Blau seiner Augen fesselt meinen Blick. »Und du?«, fragt er.

Bemüht, ein strahlendes Lächeln aufzusetzen, folge ich ihm in die Küche. Es ist so laut, dass ich gar nicht erst versuche, etwas zu sagen. Dean, der nur einen Schritt vor mir läuft, würde es sowieso nicht verstehen.

Auf der Kücheninsel ist eine riesige Glasschüssel gefüllt mit einer roten Flüssigkeit platziert. Daneben stehen diverse Alkoholflaschen und Softdrinks. Dean stellt seinen roten Becher ab und holte einen frischen vom Stapel in der Mitte.

»Was möchtest du?«

»Rum-Cola«, erwidere ich und lehne mich zu ihm, damit er die Antwort versteht. Er riecht verdammt gut. Wie sehr ich diesen Geruch geliebt habe …

In diesem Moment sehe ich Kaden aus dem Augenwinkel, der sich mit ein paar Studierenden unterhält, die mir entfernt bekannt vorkommen. Auch Avery steht bei ihm und lacht laut auf, als ihr Gegenüber so tut, als würde er sich etwas in die Brust rammen. Kaden legt ihr einen Arm um die Schultern und zieht sie näher an sich, um einen Kuss auf ihren Kopf zu hauchen.

Schnell wende ich den Blick wieder ab. Zum Glück haben die beiden mich nicht gesehen.

»Und was machst du?«, wiederholt Dean seine Frage und führt mich in eine ruhigere Ecke. Die Musik, die aus versteckten Lautsprechern dröhnt, ist unter dem Stimmengewirr kaum zu hören. Aber hier in der kleinen Blase, in der Dean so nah neben mir steht, dass wir uns fast berühren, kann ich all die anderen Geräusche ausblenden. Da ist nur er.

Sein Lächeln lässt meine Knie weich werden. Genau wie damals. Ich weiß noch, wie er früher aufpassen musste, als ich mit Violet auf dem Hof Fahrrad gefahren bin. Als ich hingefallen bin, war er sofort da und hat mir einen Kühlakku gegeben. Schon damals war es dieses Lächeln, das mich verzaubert hat. Ob er sich auch noch daran erinnert?

Aber dann rufe ich mir ins Gedächtnis, dass er gar nicht weiß, dass ich es bin, die vor ihm steht, also strecke ich die Schultern durch.

»Ich studiere an der USF«, antworte ich. Seine Nähe ist mir so bewusst, dass ich jede seiner Bewegungen spüre. Als hätte ich einen Sensor an mir. Einen Dean-Sensor.

»Und was?« Mit einem Finger streicht er sich eine Haarsträhne aus dem Gesicht. Als er seine Hand wieder sinken lässt, streift sein Handrücken ganz leicht meine Schulter. Die Berührung ist nur hauchzart, und doch nehme ich sie in einer Intensität wahr, die mich beinahe umwirft.

»Soziologie«, erwidere ich und merke wieder einmal, wie wenig ich mein Studienfach mag. Es ist nichts, was auf einer Party zu irgendeiner Reaktion führt. Die meisten können sich nicht einmal richtig etwas darunter vorstellen. Und Spaß habe ich dabei auch schon lange nicht mehr. »Aber ich werde vermutlich nächstes Semester wechseln«, füge ich noch hinzu, obwohl das bis jetzt immer nur ein flüchtiger Gedanke war. Was eine Berührung alles auslösen kann.

»Denn nichts ist für den Menschen als Menschen etwas wert, was er nicht mit Leidenschaft tun kann«, zitiert er Max Weber und ich sehe ihn überrascht an.

»Ich habe einen Kurs zur Einführung in die Soziologie belegt und das war das Lieblingszitat meines Dozenten«, erklärt er schulterzuckend und ich würde am liebsten in ein Kissen schreien. Das kann doch alles nicht wahr sein. Dean Bishop steht hier vor mir und unterhält sich mit mir über Soziologie? Auf einer Party?

»Und was machst du jetzt?«, frage ich selbstbewusster, als ich mich fühle. Diese ganze Scharade wird doch nur nach hinten losgehen. Verdammt.

Er zuckt mit den Schultern. »Dies und das«, gibt er eine wenig aussagekräftige Antwort.

Da höre ich plötzlich Kadens Stimme, die sich nähert. Mist, Mist, Mist.

»Entschuldigst du mich kurz?«, wende ich mich noch mal an Dean, der nickt und dann einen Schluck von seiner Bowle trinkt. Ich stürme zu meinem besten Freund und packe ihn möglichst unauffällig am Arm. Überrascht sieht er auf. Mit einem Blick versichere ich mich, dass Dean uns nicht sieht, und schiebe ihn aus der Küche.

»Wo warst du? Ich hab dich schon gesucht. Und ist das Dean Bishop, mit dem du dich gerade unterhalten hast?« Er dreht seinen Kopf, um einen Blick auf meinen Gesprächspartner zu werfen. Am Ärmel ziehe ich ihn zurück.

»Ja, ist es. Und jetzt hör auf, ihn so anzustarren«, zische ich und bin froh, als er seinen Blick zurück zu mir wandern lässt.

Kaden, Violet und ich waren ab der ersten Klasse unzertrennlich. Unsere Eltern haben immer gescherzt, dass wir im Herzen Drillinge sind, die wussten, dass unsere Eltern uns nicht gemeinsam aushalten könnten. Am letzten Teil ist definitiv etwas dran. Nur ein Elternpaar hätte uns drei vermutlich nicht wirklich im Zaum gehalten. Jetzt ist es sowieso egal.

»Du warst verschwunden und ich habe dich gesucht. Dabei bin ich über ihn gestolpert und habe deinen Rat befolgt.«

»Hä?« Die Verwirrung spiegelt sich in seinem Gesicht wider.

»Na ja, heute bin ich Meghan.«

Kaden verschränkt die Arme vor der Brust. Es braucht keine Worte, um zu verstehen, dass er das für keine gute Idee hält.

»Warst du nicht derjenige, der gesagt hat, ich solle aus meiner Komfortzone rauskommen. Einen auf Cinderella machen? Hier bin ich. Neues Jahr – neues Ich. Okay?«

»Aber doch nicht bei jemandem, den du schon kennst, Jenna.«

»Meghan«, korrigiere ich ihn.

Er schüttelt den Kopf. »Das ist doch jetzt nicht dein Ernst, oder?«

»Doch, Kaden, okay? Und ich habe Spaß dabei.«

Er schnaubt, aber es ist mir egal. Ich winke Avery im Vorbeigehen und kehre zurück zu Dean, der sich gerade mit einem Kerl unterhält, dessen rote Locken ungebändigt in seine Stirn fallen.

»Meghan«, ruft er zur Begrüßung und legt den Arm um meine Schultern. »Das ist Harry, der Chaot, dem dieses Haus gehört.« Er prostet besagtem Typen zu, der mich schüchtern anlächelt. Ich grinse zurück, einfach, weil es sich verdammt gut anfühlt, den Arm von Dean Bishop auf meinen Schultern zu spüren.

Einen Moment stehen wir herum, bis jemand Harrys Namen brüllt und dieser sich von uns verabschiedet.

Dean lehnt sich zu mir. »Arbeitest du auch am Theater? Ich habe dich noch nie gesehen.«

»Nein, mein be... – ein Freund von mir arbeitet hinter den Kulissen und hat mich mitgenommen.«

Sein Blick schweift über die Menschenmasse. »Und wo ist dein Freund jetzt?«

»Nicht mein Freund, *ein* Freund«, stelle ich klar. Er soll auf keinen Fall denken, ich sei vergeben. Ich bilde mir ein, dass sein Lächeln etwas breiter wird. Aber vermutlich ist das nur Wunschdenken.

»Und du? Arbeitest du im Theater?«

Zu meiner Erleichterung schüttelt Dean den Kopf. Wenn er und Kaden sich kennen würden, wäre dieser Plan eine noch größere Katastrophe, als er so schon ist. Andererseits hätte mein bester Freund mir bestimmt Bescheid gegeben.

»Nee, ich bin nur mit Harry befreundet.«

Langsam nicke ich und meine Nervosität legt sich.

Wir unterhalten uns ein wenig über San Francisco. Unsere kleine Nische wird unterdessen immer voller. Anscheinend hat sich der Hotspot der Party nun in die Küche verlegt.

»Wollen wir mal rausgehen?«, flüstert Dean in mein Ohr, sein warmer Atem berührt dabei meine Haut und dieses aufgeregte Kribbeln kehrt in meinen Bauch zurück.

»Ich könnte etwas frische Luft gebrauchen«, erwidere ich.

Auf dem Weg durch die Partymenge dränge ich mich eng an ihn, ohne dass sich unsere Körper berühren.

Kaum treten wir nach draußen, ist es, als hätte jemand endlich die Lautstärke eines kaputten Fernsehers abgestellt. Ein leises Rauschen hallt noch immer in meinen Ohren nach. Die frische Abendluft ist eine Wohltat nach der stickigen Luft in dem überfüllten Haus. Draußen bemerke ich erst, dass der Garten einen wunderschönen Ausblick auf die Golden Gate Bridge bietet. Obwohl sie bestimmt noch eine Meile entfernt liegt, erkennt man deutlich das große Gerüst und die schweren Drahtseile, die schon so lange Zeit die Lasten der Menschen tragen.

»Wow«, entfährt es mir. Die meisten anderen Partygäste sind drinnen. Der Lärm dringt durch die Verandatür nach draußen und auch von anderen Gärten hört man gedämpfte Stimmen und Musik. Aber in diesem Moment habe ich nur Augen für die Sterne, die am Himmel strahlen.

Ich spüre Deans Blick auf mir, bringe es aber nicht übers Herz, meinen Kopf zu drehen. Nur ein wenig länger möchte ich das Gefühl genießen, jemand anderes zu sein. So lächerlich es auch klingen mag. Noch nie hat Dean mich so angesehen ...

»Du bist wunderschön.«

Die Worte werden an mein Ohr getragen, aber ich bin nicht sicher, ob er sie wirklich laut ausgesprochen hat. Mein Blick wandert von dem funkelnden Meer der Sterne zu ihm. Er sieht mich aufmerksam an. Kein Hinweis darauf, ob ich mir die Worte nur eingebildet habe.

Langsam hebt er seine Hand und streicht über meine Wange. Mein Herz galoppiert. Seine Nähe lässt mich Dinge spüren, die ich längst verdrängt habe. Wie kann er mir nur so nahe sein und nicht erkennen, dass ich es bin ...?

Er lächelt sanft und wendet dann den Blick ab. »Es ist witzig, dass wir am anderen Ende des Landes sind und mich dieser Ausblick trotzdem irgendwie an New York erinnert, oder?«

Sein plötzlicher Themenwechsel überrascht mich.

Ich seufze. »Ich war noch nie in New York.«

Nun sieht er mich an. »Das solltest du auf jeden Fall mal ändern. Es ist zwar nicht besonders schön, aber eine Erfahrung wert.« Sein nüchterner Tonfall lässt mich laut auflachen.

»Du solltest niemals einen Reiseführer schreiben«, bringe ich kichernd hervor.

»Wieso? Der wäre wenigstens authentisch.« Er stimmt in mein Lachen ein und ich fühle mich zum ersten Mal seit langer Zeit wieder freier.

»Ich glaube, Touristen wollen keine Authentizität. Sie wollen das Empfinden, das ihnen ein Ausflug nach New York verspricht. Die Bilder vor der Freiheitsstatue, den Spaziergang über die Brooklyn Bridge. Das Gefühl jeder sein zu können, der man sein will.«

Sein Grinsen verzieht sich zu einer Grimasse. »Ich merke schon, du solltest wohl eher den Reiseführer schreiben.«

»Ach, es ist ja dasselbe wie mit San Francisco. Jeder will die Golden Gate Bridge sehen, am Embarcadero spazieren gehen und ein Foto von den Painted Ladies. Was hinter den Kulissen vonstattengeht, ist den meisten am Ende egal.«

Tatsächlich bin auch ich aus diesem Grund hier. Kaden und ich wollten beide schon immer dieses Gefühl einer Metropole erleben. Und das letzte halbe Jahr habe ich davon nichts mitbekommen …

Dean macht ein zustimmendes Geräusch, bevor wir uns beide erneut dem Ozean zuwenden. Die Stille zwischen uns ist angenehm. Sie gibt mir Raum, darüber nachzudenken, ohne den Drang zu verspüren, etwas sagen zu müssen.

»Und wo genau kommst du her?«, frage ich schließlich und bin dankbar für die Dunkelheit, denn ich merke, wie meine Ohren warm werden. Ein deutliches Indiz dafür, dass sie rot anlaufen.

»Jackson, hier in Kalifornien. Eine Kleinstadt, ungefähr zwei Stunden entfernt«, erklärt er. »Und du?«, fragt er nach und ich beiße mir auf die Unterlippe.

Mist. In meinem Kopf kämpfen zwei Welten miteinander. Die eine, die ihm hier und jetzt einfach erzählen will, dass ich Jenna bin, und die andere, die es genießt, so angesehen zu werden. Die für nichts auf der Welt wieder in das Loch fallen will, das noch vor ein paar Stunden mein Leben war.

Nein, heute bin ich Meghan.

»Seattle«, ist das Erste, was mir einfällt. Na toll. Der Ort, an dem Violet studiert.

»Ein Großstadtgirl, also?«

Mich wundert, dass er seine Schwester nicht erwähnt. Wäre das nicht naheliegend? Aber eigentlich bin ich heilfroh darüber. Immerhin vermeide ich es so, mich zu verplappern.

»Ja, aber im Herzen definitiv Kalifornierin«, gebe ich zurück und klopfe mir innerlich auf die Schulter.

»Kann ich verstehen. Ich habe es auch vermisst, als ich in New York war.«

»Und was hast du dort studiert?«

»Medien, Kultur und Kommunikation«, gibt er zurück. Schon früher hat er es geliebt, Kurzfilme zu drehen. Das waren die wenigen Tage, die er gerne mit mir und seiner kleinen Schwester verbracht hat. Wenn wir für ihn Szenen aufführen sollten, woraus er anschließend einen Film geschnitten hat. Das Gesicht der zehnjährigen Violet blitzt vor meinen Augen auf, wie sie mit aller Kraft versucht, nicht zu lachen, während Dean die Kamera auf sie hält. Sobald er umschwenkte und mich in den Fokus nahm, begann sie zu kichern.

Die Erinnerung weckt eine Trauer in mir, die ich umgehend verdränge. Ich will nicht weinen. Nicht schon wieder. Fast den ganzen Sommer über habe ich wegen Violets Betrug geheult. Lucas war dabei zweitrangig.

»Und worauf hast du dich spezialisiert?«, frage ich in der Hoffnung, dass er nichts von meinem plötzlichen Stimmungsumschwung mitbekommen hat.

»Film«, antwortet er und sein ganzes Gesicht leuchtet ein bisschen auf. »Ich liebe es, Filme zu planen, zu drehen und zu schneiden.«

»Das klingt spannend.«

»Ich wollte nie etwas anderes machen«, erwidert er gedankenverloren.

Ich nicke. Wir stehen eine Weile schweigend nebeneinander. Es ist nicht komisch oder unangenehm. Einfach zwei Fremde, die denselben Ausblick genießen. Nur mein verräterisches Herz klopft viel zu schnell, um mich selbst zu täuschen.

»ZEHN! NEUN! ACHT!«, ertönt es plötzlich von drinnen und ich sehe überrascht auf.

»O nein, wir verpassen den Countdown«, flüstere ich und sehe ihn an. Es ist mir egal. Ich kenne die meisten Leute da drin nicht einmal. Aber Dean kenne ich. Und hier heute Abend mit ihm zu stehen, bedeutet mir mehr als jeder Countdown auf dieser Welt.

Als die Gäste im Inneren bei »Eins« angekommen sind, greift er in meinen Nacken und zieht mich zu sich heran. Wir sind uns so nahe, dass ich im dämmrigen Licht, das vom Haus zu uns scheint, die kleinen braunen Sprenkel auf seinen Iriden erkennen kann. Zögerlich nähern seine Lippen sich den meinen. Er verharrt Millimeter vor meinem Gesicht, sein Atem trifft auf meine empfindliche Haut. Im Haus bricht dröhnendes Gebrüll aus und ich drücke meinen Mund auf seinen.

Die Wärme, die mich umfängt, lässt mich fast dahinschmelzen. Als seine Zunge gegen meine Unterlippe stößt, öffne ich den Mund leicht. Er schmeckt süß, nach Bowle und Alkohol. Mein gesamter Körper wird von einem Schwarm von Schmetterlingen durchflutet, die wild mit ihren bunten Flügeln schlagen. O. Mein. Gott. Seine Hand liegt noch immer fest in meinem Nacken, die andere legt er an meine Taille. Die Zeit scheint stillzustehen. Oder sich zurückzudrehen. Zu den Abenden, die wir gemeinsam verbracht haben. Violet, Kaden, er und ich. Nur weil Dean drei Jahre älter ist und auf uns aufpassen musste. Ich muss daran denken, wie er genervt die Augen verdreht hat, wenn seine Eltern ihn darum gebeten haben, während durch meinen Körper jedes Mal ein freudiges Kribbeln geschossen ist. In meinen heimlichsten Träumen, die, die ich nicht einmal mit Violet geteilt habe, habe ich mir vorgestellt, wie es wäre, ihn zu küssen. Einfach so, während er neben mir auf der Couch saß, in dem dunklen Wohnzimmer. Ich habe darüber fantasiert, wie es wohl wäre, wenn er sich zu mir drehen würde, sein Profil nur erleuchtet von den bunten Bildern des Fernsehers. Wie er sich in einer unbeobachteten Minute, in der Kaden und Violet so vom Film gefesselt sind, dass sie nichts mitbekämen, zu mir beugen und einen Kuss auf meine Lippen hauchen würde. Nur ganz zart. Wie er anschließend so tun würde, als wäre nichts gewesen …

Selbst in meinen kühnsten Vorstellungen, hätte ich mir niemals so einen Kuss wie diesen ausdenken können. Seine weichen Lippen, die meine liebkosen. Sein Duft, der mich an damals erinnert, und doch neu ist. Die leichten Bartstoppeln, die meine Wange kitzeln. Seine Zunge, die zärtlich meinen Mund erkundet. So nah waren wir uns noch nie.

Das ist der Moment, den ich für dieses Jahr abspeichern möchte. So unperfekt die Umstände auch sind, die mich an diese Stelle geführt haben, so perfekt ist dieser Augenblick. Plötzlich schreckt mich die Vorstellung, das vergangene Jahr hinter mir zu lassen, nicht mehr ab.

Erst als wir den lauten Knall einer Silvesterrakete hören, die viel zu nah am Wohngebiet gezündet wurde, fahren wir auseinander. Schwer atmend sehe ich ihn an. Seine Augen strahlen im sanften Licht.

»Meghan«, haucht er meinen Namen und es fühlt sich an, als würde jemand einen Eimer kaltes Wasser über meinen Kopf kippen. Verdammt.

»Ich muss gehen«, murmele ich bestürzt. Bevor er etwas erwidern kann, drehe ich mich um und laufe zurück in das Haus. Es ist voll, viel zu voll. Schwer atmend drücke ich mich an der Wand entlang zum Ausgang. Irgendjemand, den ich nicht erkenne, zieht mich in seine Arme.

»Frohes Neues«, brüllt mir der Betrunkene ins Ohr.

Ich renne. Ich renne an den Leuten vorbei, die sich in den Armen liegen, und direkt zur Haustür hinaus. Ich renne über die hellen Steinplatten vor dem Haus. Ich renne immer weiter, bis mein Fuß aus meinem Schuh rutscht. Verdammt. Gezwungenermaßen bleibe ich stehen. Schwer atmend lasse ich mich auf den hohen Bordstein fallen. Ich bin nicht weit gekommen, Kadens Auto steht nur wenige Schritte von mir entfernt, aber ich musste einfach weg. Dieser Kuss. Er war alles, wovon mein hormonbenebeltes Teeniehirn je geträumt hat.

Vorsichtig greife ich an meine Lippen. Es ist tatsächlich passiert. Ich habe Dean Bishop geküsst. Dean Bishop, den Protagonisten all meiner romantischen Träume in der Highschool, der aber immer unerreichbar war. Er ist schließlich Violets Bruder. Und mit dem Bruder der besten Freundin fängt man nichts an.

Genauso wenig wie mit dem Freund der besten Freundin.

Verbitterung steigt in mir auf, als ich an den letzten Sommer denke. Jetzt habe ich ihren Bruder geküsst, der nicht weiß, dass ich ich bin. Und es war der beste Kuss, den ich jemals hatte.

Verdammt, verdammt, verdammt.

Frustriert schlage ich einmal mit meinem Schuh auf den Bürgersteig. Tränen brennen in meinen Augen und ich verstehe nicht einmal genau, warum. Eigentlich hätte es keinen besseren Start in das neue Jahr geben können.

Ich habe Dean Bishop geküsst. Immer wieder lasse ich mir diesen Gedanken durch den Kopf gehen. Er gibt mir die Kraft aufzustehen, zurück in meinen Schuh zu schlüpfen und mich auf den Weg nach Hause zu machen. Ich schreibe in einer Textnachricht an Kaden, dass ich mit der Straßenbahn fahre und er sich keine Sorgen machen solle. Dann spaziere ich zur nächsten Haltestelle. Jeder, der mir über den Weg läuft, wünscht mir ein frohes neues Jahr und ich erwidere die Grüße.

Vielleicht ist Kadens Idee gar nicht mal so schlecht …

Kapitel 4

»Egal, was deine Ausrede ist, ich will sie nicht hören«, poltert Kaden schon, kaum dass ich die Tür aufgezogen habe.

Es ist bereits Nachmittag, aber ich bin erst seit ein paar Stunden wach. Gibt es irgendeinen Menschen auf dieser Welt, der am ersten Tag des Jahres produktiv ist? Selbst mein sonst immer perfekt angezogener bester Freund trägt Jogginghosen und ein weites T-Shirt. Ich wusste nicht einmal, dass er so etwas Einfaches besitzt. Seine Augenringe sprechen Bände über die letzte Nacht.

»Ich habe mir Sorgen gemacht. Du kannst nicht mitten in der Nacht allein durch San Francisco fahren. Sag das nächste Mal einfach Bescheid, ich hätte dir auch ein Taxi gerufen. Und was war dieser Blödsinn mit Dean Bishop? Er hat alle möglichen Leute gefragt, ob sie dich gesehen haben. Dich, also ›Meghan‹.« Er setzt den Namen mit den Fingern in Anführungszeichen. »Und ich erfahre als Letzter, dass du überhaupt gegangen bist?«

Die Nacht steckt mir noch immer in den Knochen, sodass ich erst mal einen Moment brauche, um meine Gedanken zu sortieren.

»Ich habe dir extra geschrieben. Ich musste einfach weg. Und das mit Meghan war deine Idee, wenn ich mich richtig erinnere.«

Kadens Augenbrauen wandern fast bis an seinen Haaransatz. »Ich wollte, dass du dich mal etwas locker machst und einen netten Abend mit uns verbringst. Egal unter welchem Namen. Aber doch nicht, dass du dich vor Dean Bishop als jemand anderes ausgibst. Was ist eigentlich passiert? Hat er dich letztlich doch erkannt?«

Mit vor der Brust verschränkten Armen lasse ich mich wieder auf mein noch ungemachtes Bett fallen.

»Nein, hat er nicht. Er hat mich geküsst.«

Der Mund meines besten Freundes öffnet sich erstaunt. »Was?« Die Fassungslosigkeit ist seiner Stimme deutlich anzuhören.

Ich nicke. Eine Sekunde starrt er mich stillschweigend an.

»Äh, wow«, bringt er hervor. Nun kann ich den Ton seiner Stimme jedoch nicht mehr deuten. Freut er sich für mich? Oder ist er sauer?

»Es war großartig, okay? Als Jenna hätte ich das niemals erlebt«, rechtfertige ich mich vorsichtshalber, denn ich kann mir schon fast denken, dass mein bester Freund das Ausmaß dieses Kusses vermutlich nicht versteht. Wie auch, ich habe niemals darüber gesprochen, dass ich in Dean verliebt war – bin – was auch immer. »Ich war so weit von meiner Komfortzone entfernt, dass ich nicht einmal mehr an sie gedacht habe. Es hat Spaß gemacht.« Inständig hoffe ich, dass meine Augen so sehr strahlen, wie ich denke. Denn es stimmt. Zum ersten Mal seit viel zu langer Zeit war ich unter Menschen und hatte Spaß. Richtig Spaß, nicht nur ein bisschen gute Laune, mit der stillen Hoffnung, bald zurück zu Hause zu sein. »Und wie du siehst, bin ich sicher nach Hause gekommen. Die Straßen waren zwar voll, aber alles ist gut gegangen.«

Kaden schüttelt den Kopf und sieht mich an. »Okay, diese Diskussion führen wir irgendwann anders weiter. Aber noch mal zurück zu Dean. Er hat dich, also Meghan, geküsst?«

Ich nicke.

»Und du siehst darin kein Problem?«

»Wieso? Ich hab Dean geküsst. Denkst du, das hätte unter normalen Umständen funktioniert? Wenn er wüsste, wer ich bin, käme das ganze Drama mit Violet zur Sprache, und ganz ehrlich, was glaubst du, was passiert wäre? Er würde nie etwas mit mir anfangen. In seinen Augen bin ich genauso nervig, wie er Violet immer fand.«

»Mit der kleinen Ausnahme, dass ihr inzwischen erwachsen seid.« Kaum merklich schüttelt er den Kopf. »Mir gefällt das nicht.«

Ich rolle mit den Augen. »Ist das dein Ernst? Du«, mit dem Finger bohre ich ihm in die Brust, »hältst mir einen Vortrag, dass ich endlich aus meinem

Schneckenhaus kommen und nicht mehr so eine Langweilerin sein soll, und kaum tue ich genau das«, nun werfe ich die Hände in die Luft, »verurteilst du mich? Was ist dein Problem? Du hast doch sogar gesagt, ich könnte ja mal probieren, mich als jemand anderes auszugeben, wenn mir das hilft. Siehe da, es hat mir geholfen.«

Behutsam legt er mir die Hände auf die Schultern. »Ich verurteile dich nicht. Aber ich finde es nicht gut, dass du das Gefühl hast, dich als jemand anderes ausgeben zu *müssen*, um so zu sein. Das alles hättest du doch auch als Jenna tun können. Und außerdem – Dean? Du kennst ihn, seit wir Kinder waren.«

Für die Enthüllung, dass ich damals auf den großen Bruder meiner besten Freundin gestanden habe, habe ich gerade keine Energie. Was für ein Klischee. Deswegen schüttle ich den Kopf. »Wenn ich Jenna gewesen wäre, hätte er mich vermutlich kein zweites Mal angesehen. Verstehst du nicht? Ich war zum ersten Mal frei von meiner Vergangenheit mit Violet. Kein Kerl fängt etwas mit der besten – ex-besten – Freundin der kleinen Schwester an. Das steht doch bestimmt auch in diesem bescheuerten Code-Book.«

Kaden verdreht die Augen. »Du weißt, dass *How I Met Your Mother* inzwischen total out ist und keiner mehr auf Barney Stinson steht, oder?«

»Ach, keine Ahnung, ist doch auch egal. Fakt ist, dass Dean mich geküsst hat und ich ab jetzt häufiger mein Zimmer verlassen werde, okay? Das war doch sowieso dein Ziel. Ich kann mich nur wiederholen: neues Jahr – neues Ich.«

Kaden sieht mich noch immer skeptisch an. »Ich wollte damit aber nicht, dass du dich komplett –«

»Kaden, bitte vergiss es. Ich gehe auf deinen Deal ein, abgemacht? Jede Woche etwas zu tun, das außerhalb meiner Komfortzone ist. Aber ich brauche dabei deine Hilfe.«

Er seufzt und lässt sich rittlings auf meinen Schreibtischstuhl fallen. »Das sehe ich. Fangen wir damit an, dass du zunächst einmal du selbst bleiben musst, um das zu tun.«

Mit dem Zeigefinger deutet er auf mich und ich nicke ergeben. Es stimmt natürlich. Und wenn ich Dean das nächste Mal begegne, werde ich mich einfach als Jenna ausgeben und so tun, als wüsste ich nichts von Silvester. Dass die Wahrscheinlichkeit, ihm in dieser Stadt zufällig über den Weg zu laufen, nahezu null beträgt, macht mich traurig.

»Also, bei was brauchst du sonst noch Hilfe?« Die Frage meines besten Freundes holt mich auf den Boden der Tatsachen zurück.

Mit hochgezogenen Augenbrauen sehe ich ihn an. »Mit allem. Ich habe die letzten sechs Monate in meinem Bett gelebt.«

Lachend lehnt er sich zurück, die Hände noch am Stuhl. »Da stimme ich dir zu.« Er sieht auf meinen perfekt organisierten Schreibtisch. »Wie wäre es mit einem Plan?«

Grinsend nicke ich. Mein bester Freund kennt mich eben einfach zu gut. Er wendet sich um und öffnet wahllos eine Schublade.

»Oben links«, erkläre ich ihm, wo ich meine Notizbücher aufbewahre.

Er zieht besagte Schublade auf und holt ein türkises Notizbuch mit goldenem Marmormuster heraus. Das habe ich mir während der Prüfungsphase im Sale bei Target besorgt und es unbenutzt in die Schublade gesteckt, die ausschließlich dazu dient, leere Notizbücher zu behausen. Jeder geht anders mit Stress um. Ich kaufe eben schöne Papeterie. Ein Laster, mit dem ich gerne lebe. Dazu nimmt er den goldverzierten Stift, der mal bei einer Buchbestellung dabei war, und rollt zurück zu mir. »Am besten schreibst du.«

Zustimmend nicke ich bei dem Gedanken an Kadens Sauklaue und schnappe mir die Dinge aus seiner Hand. Über mein Nachtkästchen gebeugt schreibe ich auf die zweite Seite das Wort *JANUAR* in meiner schönsten Handschrift. Die erste Seite lasse ich für die Planung frei. Dann schreibe ich die Wochen darunter. Hinter Kalenderwoche eins schreibe ich: *Dean Bishop geküsst.*

Kaden überlegt. »Wie wäre es, wenn du nächste Woche mit zu einem Poetry-Slam gehst?«

Das Augendrehen unterdrücke ich, weil ich weiß, dass Kaden sein Hobby viel bedeutet. Er interpretiert mein Zögern genau richtig.

»Komm schon, Jenna. Du sitzt einfach nur da und hörst zu, darin besteht kaum ein Unterschied zu dem, was du momentan ausschließlich tust.« Mit dem Kopf deutet er auf meinen Laptop.

Ein lauter Seufzer kommt mir über die Lippen. »Na gut. Überredet. Wann ist der nächste?«

Nach einem Blick auf sein Smartphone nennt er das Datum des kommenden Wochenendes. Ich nicke und trage für Kalenderwoche zwei *Poetry-Slam* in mein Buch ein. Für die dritte Woche habe ich eine eigene Idee. Die Welcome-Back-Party der Studienvertretung findet nach Ende der Ferien statt. Bis jetzt war ich nur in meinem ersten Semester da – mit meinem Ex-Freund Lucas.

Kaden hebt anerkennend die Augenbraue. Für die vierte Woche schlägt er Klettern vor.

Mit gerunzelter Stirn sehe ich ihn an. »Du hast Höhenangst?«, frage ich ihn verwirrt.

»Wenn du bis dahin alle Herausforderungen meisterst, schaffe ich das auch.«

Meine Mundwinkel heben sich automatisch. Er ist ein großartiger Freund.

Ich greife nach seiner Hand. »Danke, dass du für mich da bist.«

Er lächelt. »Immer.«

Kapitel 5

Nachdem ich die ganze Woche meinem liebsten Hobby nachgekommen bin und eine Folge *Queer Eye* nach der anderen verschlungen habe, stehe ich Samstagnachmittag mit meiner Make-up-Tasche bei Kaden in der Wohnung. Seine Freundin ist auch da und wir unterhalten uns über die aktuelle Folge unseres Lieblings-True-Crime-Podcasts, während mein bester Freund mich schminkt.

Avery sieht Kaden dabei bewundernd zu, was mir einen klitzekleinen Stich versetzt. Nicht, weil ich auf meinen besten Freund stehe – o Gott, nein – unser erster und einziger Kuss vor einigen Jahren hat uns beiden deutlich gezeigt, dass wir nicht über eine innige Freundschaft hinauskommen werden. Es sticht, weil ich es vermisse, selbst jemanden zu haben, den ich so ansehen kann. Es ist dämlich und oberflächlich, aber dieses Gefühl zu wissen, dass da jemand ist, den man liebt, das fehlt mir. Mein Herz sehnt sich nach Liebe.

Auch wenn ich bezweifle, dass ich jemals jemanden finden werde, der so perfekt mit mir harmonisiert wie Kaden mit Avery. Die beiden sind wie zwei Seiten einer Medaille. Unterschiedlich, aber untrennbar.

Ich schließe die Augen und konzentriere mich auf die sanfte Berührung des Pinsels. Es hat etwas Beruhigendes, fast schon wie eine Wellnessbehandlung. Nachdem er fertig ist und ich – wie immer – völlig begeistert von dem Ergebnis bin, brechen wir auf.

Vor dem *Square Place* in der Nähe des Ghirardelli Squares stehen die Leute bereits bis zur nächsten Ecke an.

»Wow, ich wusste nicht, dass Poetry-Slams so beliebt sind«, gebe ich zu und staune über die Masse, an der wir vorbeigehen. Da Kaden dort arbeitet, lässt der Türsteher uns direkt durch. Drinnen ist es auch schon rappelvoll und ich bezweifle, dass die ganzen Gäste, die draußen warten, noch reinkommen können. Kaden schleust uns nach vorne und wir nehmen in der ersten Reihe Platz.

Bewundernd sehe ich auf das einfache Bühnenbild mit einem neutralen Hintergrund, einem Hocker und dem Mikrofonständer. Ich habe das Gefühl, irgendetwas liegt in der Luft. Ich weiß nicht, ob es die gute Laune, die angeregten Gespräche oder die leise Musik ist, die noch aus den Boxen dröhnt. Es fühlt sich an, als würde ich von einer Welle der Begeisterung angesogen und mitgerissen werden.

Avery zwängt sich noch einmal an mir vorbei, um etwas zu essen und zu trinken zu holen.

»Dir gefällt es.« Kaden grinst mich an und ich kann ihm nicht widersprechen. Es stimmt. Stattdessen nicke ich einfach und sehe mich noch ein bisschen um. Ich erkenne ein paar Studierende aus meinen Kursen. Einige der Besucher sehen aber auch wesentlich älter aus, was mich überrascht. Ich hatte gedacht, Poetry-Slams wären eher etwas für Leute in meinem Alter.

Es dauert eine Weile, bis Avery mit voll bepackten Armen wiederkommt und jedem von uns einen Pappbecher mit Papierstrohhalm reicht.

»Sie hatten leider nur Cola oder Bier.« Mit einem entschuldigenden Lächeln auf den Lippen lässt sie sich auf den Platz neben Kaden fallen und verteilt die kleinen Tüten Doritos, die sie ebenfalls besorgt hat. Den großen Becher voll mit Popcorn stellt sie auf Kadens Schoß ab.

»Wie lange geht das?«, zische ich meinem besten Freund zu, als ich die Berge an Essen realisiere, und reiße gleichzeitig meine Tüte Chips auf.

»Meistens so zwei oder drei Stunden. Das hängt immer ein bisschen von den Performern und dem Publikum ab.« Er zuckt mit den Schultern.

Wow, damit hätte ich nicht gerechnet. Obwohl ich zugeben muss, dass ich gar nicht genau weiß, womit ich gerechnet habe. So was habe ich schließlich noch nie gemacht.

Plötzlich gehen die Lichter im Publikumsbereich aus, genau wie die Musik, und ein Scheinwerfer beleuchtet die Mitte der Bühne. Das aufgeregte Gemurmel verstummt und die Aufmerksamkeit aller richtet sich nach vorne.

Ein Mann mit lockigen Haaren, der mir irgendwie bekannt vorkommt, tritt hinter dem Vorhang hervor.

»Guten Abend, ihr Lieben. Wie schön, dass ihr heute so zahlreich erschienen seid. Ich will euch gar nicht lange aufhalten, sondern nur noch einmal an die Regeln dieser Veranstaltung erinnern. Nicht jeder teilt denselben Geschmack, das ist in Ordnung. Was aber nicht okay ist, sind Buhrufe oder andere negative Äußerungen über die Performances, ob den Inhalt oder Persönliches betreffend. Alle Texte wurden von unserem Theater abgesegnet und entsprechen den Vorgaben dieser Veranstaltung. Wenn euch etwas nicht gefällt, teilt eure Meinung gerne außerhalb dieser Wände auf respektvolle Art anderen mit.«

»Das ist übrigens Harry«, raunt Kaden mir zu und mir fällt wieder ein, warum mir die Person so bekannt vorkommt.

»Ah, der von der Silvesterparty?«, frage ich zurück und Kaden nickt. Dafür, dass er das Theater leitet, scheint Harry ganz schön nervös zu sein, auf einer Bühne zu stehen.

»Und jetzt, liebe Zuschauerinnen und Zuschauer, wünsche ich euch viel Spaß!« Mit einem Arm nach oben gestreckt, winkt er ins Publikum und verschwindet mit zwei großen Schritten hinter dem Vorhang. Dann bleibt es einen Moment ruhig, bevor der erste Performer die Bühne betritt.

Es dauert einen Moment, bis ich mich an die Vortragsweise gewöhnt habe, finde seinen Sprechrhythmus dann aber ziemlich gut. Auch der Inhalt ist interessant. Dann kommt eine kleine Frau mit einem starken Südstaatenakzent, die ich fast nicht verstehe. Im hinteren Teil springt eine Gruppe am Ende ihres Vortrags jubelnd auf. Anscheinend war sie gut. Dann kommt noch ein Mann, der den Mund direkt ans Mikrophon drückt und jedes Wort überdeutlich betont. Der Text ist gut ausgearbeitet und auch er erhält am Ende seiner Vorstellung intensiven Applaus.

Schon jetzt liebe ich, wie positiv die Grundstimmung hier ist. Ganz gespannt warte ich auf den nächsten Performer. Bis jetzt waren alle Texte gesellschaftskritisch und ich habe sogar ein paar soziologische Themen darin erkannt.

Als die nächste Person auf die Bühne tritt, klappt mir der Mund auf.

»Wusstest du das?« Nervös stoße ich Kaden an, der umgehend den Kopf schüttelt.

»Ich habe gesehen, dass sein Vorname auf der Vortragsreihe steht, aber damit habe ich auch nicht gerechnet.«

Auf die Bühne tritt Dean. Seine Haare sind wieder nach oben gestylt. In seinem schlichten weißen T-Shirt und den ausgewaschenen Bluejeans sieht er verdammt heiß aus. Mit ein paar selbstbewussten Schritten tritt an den Mikroständer und legt eine Hand an das schwarze Mikrofon. Sein Blick schweift über die Zuschauer, aber er scheint kaum jemanden wahrzunehmen. Dann senkt er kurz den Blick und beginnt ohne Begrüßung oder Vorstellung mit seinem Text.

»Wenn ich dich seh,
welchen Teil zeigst du dann?
Wenn ich jetzt geh,
war es das?«

Seine Stimme ist leise und schallt durch die Verstärkung des Mikros trotzdem durch den stillen Saal.

»Wir sind alle auf der Suche,
nur nach was,
das wissen wir nicht.
Ein einfaches Leben, Hochzeit, Kinder, Haus,
das ist uns zu schlicht.«

Seine sanften Bewegungen, mit denen er den Text untermalt, fesseln meinen Blick. Er bewegt sich perfekt zum Takt seiner Worte. Weiß genau, wann er etwas leiser aussprechen und wann er näher ans Mikrofon kommen muss, um die Emotionen zu transportieren.

»Lieber noch mal hierhinfahren,
dorthin reisen.
Doch auch das trauen wir uns nicht.
Überall zu Hause,
aber ohne Wurzeln.
Wir wandern umher,
versuchen zu verstehen.
Warum machen wir es uns so schwer?
Ziellos laufen wir los, bleiben stehen,
lieber wieder zurück, nach Hause gehen.«

Sein Text ist gut, aber seine Performance ... Auf meinen nackten Armen bildet sich eine Gänsehaut, wenn er in genau dem richtigen Moment ins Publikum sieht und eine Pause einlegt. Wenn seine Worte schneller werden und er mit den Emotionen in seiner Stimme spielt.

»Wir gehen auf die Suche nach Sinn,
vergessen dabei, wer wir waren,
wer wir eigentlich sind.

Doch stehen wir hier,
die Freiheit im Kopf,
die Füße fest
auf dem Boden der Realität.

Aber die Angst regiert unsere Herzen,
die Träume bleiben im Bett,
bis wir zusammenbrechen voller Schmerzen,
weil der Nine-to-five-Job uns nicht mehr reicht.

Wären wir doch gegangen,
losgezogen auf große Reise.

Hätten wir mal für einen Moment vergessen,
dass wir Sicherheit brauchen,
und wären gegangen …«

Er sieht ins Publikum, und obwohl ich fast sicher bin, dass er durch die Beleuchtung niemanden erkennt, habe ich das Gefühl, dass er einen Moment bei mir hängen bleibt. Sein Text berührt eine Stelle in mir, die ich im Alltag gerne vergesse. Der Teil von mir, der davon träumt, ein anderes Leben zu haben. Eins, das voller Abenteuer und Wunder ist.

Als er den letzten Satz vorgetragen hat, ist es einige Sekunden still im Saal. Dann bricht tosender Applaus aus. Er hat einen Punkt aufgeworfen, den vermutlich viele nachvollziehen können.

Überrascht sehe ich Kaden an, der sich an Averys Hand krallt. Die beiden haben es nicht immer leicht, aber ich weiß, dass sie alles für ihre Träume tun. Ich hingegen tue nichts. Rein gar nichts. Sitze jeden Tag einfach nur da und reagiere auf das, was kommt.

Deans Worte spielen sich immer wieder in meinem Kopf ab. Noch nie hat mich ein Text derart bewegt. Er sieht noch einen Moment ins Publikum. Dann verbeugt er sich und verschwindet winkend von der Bühne. Noch bevor ich den Auftritt vollständig verdaut habe, kündigt Harry einen neuen Künstler an. Doch Deans Worte lassen mich nicht los.

Kapitel 6

Ohne weiter darüber nachzudenken, stehe ich auf und zwänge mich durch die engen Gänge des Theaters. Manche Leute lächeln mir dabei aufmunternd zu, andere verziehen genervt das Gesicht. In meinem ganzen Körper herrscht eine Anspannung, die ich nicht mehr lange aushalte. Erst als ich die Treppe erreiche, die aus dem Saal hinausführt, kann ich wieder durchatmen.

Deans Text spiegelt das wider, was Kaden mir auch schon gesagt hat. Ich verpasse mein Leben. Dinge aufzuschieben ist meine Stärke, und meine Träume haben sich schon vor langer Zeit verabschiedet.

Ich brauche dringend frische Luft. Bevor ich die ausladenden Eingangstüren erreiche, pralle ich gegen etwas Hartes. Mist, ich hätte weiter nach vorne sehen sollen, statt mich von dem Gedankenwirrwarr in meinem Kopf ablenken zu lassen.

Schon eine Entschuldigung auf den Lippen blicke ich auf und …

Vor mir steht Dean.

»Meghan?«, flüstert er überrascht und ich muss bei meinem falschen Namen schlucken. Am liebsten würde ich ihn direkt korrigieren, aber mein Herz pocht viel zu stark in meiner Brust, um auch nur einen klaren Gedanken zu fassen.

»Dean«, erwidere ich also einfallslos.

»Ist alles in Ordnung?« Erst jetzt spüre ich seine Hände an meinen Armen. Er hat mich aufgefangen. Er trägt inzwischen einen grauen Hoodie und sieht damit so verdammt gut aus, dass ich am liebsten schreien würde. Wieso war ich so dumm, mich in diese Lage zu bringen, und wieso lasse ich zu, dass diese Farce weitergeht?

Ich räuspere mich. »Dein Text war genial«, weiche ich seiner Frage aus.

Er schenkt mir ein zurückhaltendes Lächeln, was ihn mir noch sympathischer macht.

»Machst du das schon lange?«, schiebe ich hinterher und halte mich gerade so davon ab, zu kommentieren, dass ich mich daran gar nicht erinnern kann.

Er zuckt mit den Schultern. »Seit ein paar Jahren.«

Angestrengt versuche ich mich daran zu erinnern, ob Violet je etwas dazu gesagt hat, aber sie hat nach seinem Auszug kaum noch über Dean gesprochen.

Seine Finger lösen sich von meinem Arm und streichen mir eine Haarsträhne aus dem Gesicht. Die Geste ist so vertraut. Eine Welle von längst verdrängten Gefühlen wird entfacht. Noch nie waren wir uns so nah, und gleichzeitig prangt zwischen uns diese riesige Schlucht, die unüberwindbar erscheint, von der er aber nichts weiß.

Diese Erkenntnis lässt mich meine Schultern straffen und ihn anlächeln. Er weiß nicht, dass ich Jenna bin. Und er hat es selbst gesagt, wir müssen den Schritt gehen, vor dem wir Angst haben.

»Es tut mir leid, dass ich an Silvester so überstürzt abgehauen bin«, flüstere ich, aus Angst, dass ein lautes Wort diese intime Stimmung zwischen uns zerstören könnte.

»Lag es an mir? Ich wollte dich nicht drängen. Ich ...« Er zögert und streicht sich durch die Haare. »Normalerweise tue ich das nicht.«

Mit weit aufgerissenen Augen starre ich ihn an. »Nein, nein, auf gar keinen Fall ... Ich, äh ... musste dringend los«, erkläre ich lahm und fühle mich dabei wie die größte Idiotin.

»Sicher? Wir haben uns so gut verstanden und die Silvesterstimmung und ...« Er wendet den Blick ab.

»Es war schön, wirklich!«, unterbreche ich ihn.

»Würdest du dann mal mit mir ausgehen?« Seine Stimme klingt ein wenig heiser, wovon meine Lippen beginnen zu kribbeln.

Nur zu gerne. Ich nicke im Takt mit meinem viel zu schnell schlagenden Herzen.

»Cool, hier.« Er reicht mir sein Smartphone. »Tipp deine Nummer ein, ich melde mich dann. Ich muss gleich los. Harry will noch etwas mit mir besprechen.« Er sieht sich um, und ich spüre, dass er keine Zeit hat. Vielleicht ist gerade nicht der beste Zeitpunkt, ihm zu erklären, dass ich Jenna bin. Wenn wir uns wirklich treffen, kann ich es dann immer noch machen …

Mit zittrigen Fingern nehme ich das Telefon entgegen und gebe meine Nummer ein, dann reiche ich es ihm zurück. Er drückt einmal darauf und schon vibriert es in meiner Hosentasche. Ich speichere seinen Namen ein. »Super.«

Mein Blick geht wieder zu ihm. Eine Sekunde sehe ich ihn einfach nur an. Sehe den Jungen, der er einmal war. Mit dem schiefen Grinsen und dem nie ruhenden Blick, immer auf der Suche nach einer Szene, die er aufnehmen kann. Und gleichzeitig sehe ich den Mann, der er inzwischen ist. Das zarte Lächeln auf seinen vollen Lippen, die entspannte Haltung, die wirkt, als wäre er mit sich im Reinen, und die umwerfend blauen Augen, die noch immer strahlen wie damals.

»Ich …«, setzt er an.

»Dann …«, beginne ich zeitgleich und wir müssen beide lachen.

»Wir sehen uns«, beendet er den Satz und zögert einen Moment, den Blick auf meine Lippen gerichtet. Dann dreht er sich um und geht in Richtung einer unscheinbaren Tür neben den ausladenden Saaltüren, und ich mache mich auf den Weg nach draußen. Ich will nicht wieder zurück in den großen Saal und mich an den fremden Menschen vorbeidrängen. Aber zurück in mein kleines Zimmer will ich gerade auch nicht. Ich brauche Freiheit. Also schlendere ich zur nächsten Straßenbahnhaltestelle.

Trotz der kühlen Temperaturen sind die Fußwege voll. Das schrille Lachen einer Gruppe schallt zu mir herüber. Während ich auf die Bahn warte, zücke ich mein Smartphone. Kaum habe ich es entsperrt, sehe ich Deans Namen und seine Nummer. Noch immer kann ich nicht glauben, dass ich mich tatsächlich mit ihm treffen werde. Ich weiß so gut wie nichts über sein Leben in den letzten Jahren. Vielleicht finde ich ja etwas auf Social Media. Also gebe ich Deans Namen auf Instagram ein.

Ich finde ihn unter dem Handle *TheReal.DeanB* und muss automatisch schmunzeln. Seine Bilder sind alle in Schwarz-Weiß. Auf manchen ist er auf der Bühne zu sehen, aber die meisten sind Impressionen von Gebäuden und auch der ein oder andere Textschnipsel in einer sehr kleinen Handschrift ist dabei. Sie ist nicht sonderlich ordentlich, aber trotzdem gut lesbar. Ich achte penibel darauf, nicht aus Versehen eins der Bilder zu liken. Mit meinem Account *Jenna.Fitzgerald* könnte ich genauso gut mit einem Namensschild zurück ins Theater laufen.

In diesem Augenblick ploppt eine neue Nachricht auf. Enttäuscht sehe ich, dass sie von Kaden ist und nicht von Dean.

Kaden: Wo steckst du? Bist du schon wieder abgehauen? Du bist nicht Cinderella!
Ich: Ich habe Dean getroffen

Es dauert ein paar Sekunden, dann kommt schon die nächste Nachricht.

Kaden: Hast du oder hat Meghan Dean getroffen?

Ich schicke ein Emoji, das die Zunge rausstreckt, und schließe den Chat. Dann öffne ich wieder Instagram und klicke mich durch die Storys, als mir eine Werbung von einem Friseursalon in der Nähe angezeigt wird. Die Transformation der Frau ist beeindruckend. Auf dem ersten Bild sieht sie ausdruckslos in die Kamera, die Haare hellbraun bis zur Brust. Auf dem nächsten strahlt sie mit weißblonden Haaren in einem kurzen Bob in die Kamera. Statt wie sonst bei einer Werbung direkt weiterzuklicken, drücke ich auf das Angebot. Trotz des Rabattes erscheint mir die Summe enorm hoch. Andererseits habe ich bis jetzt noch nie Geld für einen Friseur ausgegeben, da meine Mutter mir die Haare schneidet. Also tippe ich auf den Button *Jetzt buchen*. Wie kann man ein neues Leben besser starten als mit einem neuen Haarschnitt?

***

Zurück in meinem Wohnheimzimmer schnappe ich mir das Notizbuch und blättere durch die leeren Seiten. Dieses Jahr wird besonders. Nur wie?

Mein Blick fällt auf meinen Laptop. Vermutlich nicht, wenn ich weiter eine Serie nach der anderen ansehe.

Ich fahre meinen Computer hoch. Netflix öffnet sich automatisch. Die Kürzlich-gesehen-Spalte lässt mich schlucken. So viele Stunden, die ich damit verbracht habe. Ohne weiter darüber nachzudenken, logge ich mich aus dem Account aus und entferne die Seite aus meinen Favoriten.

Mein Smartphone vibriert, als ich gerade überlege, was ich noch tun könnte. Der Name des Absenders lässt mein Herz einen freudigen Sprung machen. Dean.

> Hey, wollen wir uns Samstag treffen? Tut mir leid, dass es vorhin so schnell gehen musste. Ich habe mich sehr gefreut, dich zu sehen.

Meine Lippen verziehen sich zu einem Lächeln. Auf meinem Daumennagel kauend warte ich noch ein paar Sekunden, bevor ich schließlich eine Antwort tippe.

> Danke für deine Nachricht.

Langsam lösche ich die Buchstaben.

> Freut mich, von dir zu …

Noch mal tippe ich auf den Pfeil, um meinen Text zu entfernen. Mein Blick fällt auf mein türkises Journal. Wenn ich wirklich dieses Jahr meinen inneren Schweinehund überwinden will, muss ich ihn herausfordern. Und das am besten jedes Mal, wenn ich vor einer Entscheidung stehe.

Bevor mein kleines Motivationshoch verschwindet, tippe ich auf die Nummer und rufe sie an. Es tutet einmal, dann meldet sich seine tiefe Stimme auf der anderen Seite.

»Meghan?«, fragt er in den Hörer und ich grinse.

»Hallo, Dean«, erwidere ich und habe das Gefühl, gleich zu platzen vor Aufregung, aber auch vor einem Hauch von Stolz. Immerhin vermeide ich Telefonate sonst wie die Pest.

Einen Moment herrscht Schweigen zwischen uns.

»Nächstes Wochenende findet die Welcome-Back-Party im *Haven Club* statt. Hättest du Lust mitzukommen?«

»Welcome Back?«, hakt er nach und erst jetzt fällt mir ein, dass er hier ja gar nicht studiert hat.

»Die Studierendenvertretung mietet den Club zu jedem Semesteranfang. Ich war bis jetzt einmal da und es war ziemlich voll.« Mir fällt selbst auf, dass ich nicht sehr überzeugt klinge.

»Willst du da überhaupt hin?«, fragt er. Ihm scheint mein Tonfall also nicht entgangen zu sein.

»Nein, nicht wirklich«, gebe ich lachend zu und schüttle den Kopf über mich selbst. Ich weiß nicht, ob auf eine Party zu gehen mir dabei hilft, meinen Traum zu finden. Vermutlich eher nicht. Und wenn ich nächste Woche zum Friseur gehe, ist das immerhin auch ein Schritt aus meinem Schneckenhaus.

»Wie wäre es, wenn wir stattdessen Schlittschuh laufen gehen? Es ist das letzte Wochenende, an dem die Eisbahn aufgebaut ist«, schlägt er vor und mein Herzschlag beschleunigt sich.

»Klar, gerne«, erwidere ich und muss ein aufgeregtes Quietschen unterdrücken.

»Wollen wir uns um 16 Uhr dort treffen?«

Nickend stimme ich zu. »Klar, schickst du mir die Adresse?«

Wir verabschieden uns voneinander und ich lasse mich rückwärts auf mein Bett fallen. Ein richtiger Adrenalinrausch durchströmt meine Adern. Nicht nur, dass ich gerade mit Dean Bishop telefoniert habe, nein, wir haben auch noch ein Date ausgemacht. Ein richtiges Date. Nun entschlüpft doch ein lautes Quietschen meinem Mund. Dann klopft es an meiner Tür. Ohne Aufforderung tritt Kaden herein.

»Kommt Emily auch mal aus dem Urlaub zurück?« Er deutet auf das Bett, das meinem gegenübersteht und immer noch unbenutzt ist.

»Das Semester beginnt erst Montag.« Und außerdem genieße ich es, niemanden zu haben, der bemerkt, wenn ich mich tatsächlich mal den ganzen Tag nur aus dem Bett bewege, um auf die Toilette zu gehen oder mir neue Snacks zu holen.

»Also, willst du mir erklären, was genau heute Abend passiert ist? Die anderen Slammer waren übrigens noch ziemlich beeindruckend.« Mit verschränkten Armen lehnt er sich an die inzwischen geschlossene Tür und betrachtet mich.

Ich ziehe meine Unterlippe zwischen die Zähne. Meine Finger werden schwitzig und ich überlege, ob ich Kaden irgendeine Lüge auftischen soll. Aber er ist mein bester Freund. Abgesehen davon, dass er mich durchschauen würde, weiß ich, dass ich ihm vertrauen kann. Obwohl ich das bei Violet auch gedacht hätte …

Schnell schüttle ich den Gedanken ab.

»Mir ging der Text von Dean echt nah und da brauchte ich einfach eine kurze Pause. Ich wollte wirklich nur kurz raus, aber dann bin ich ihm direkt in die Arme gelaufen.«

»Ihm, also Dean?«, hakt Kaden nach.

Ich nicke.

»Und du als Jenna oder Meghan?«, fragt er direkt weiter und legt damit den Finger in die Wunde.

»Meghan«, erwidere ich kleinlaut.

Er verdreht die Augen. »Dir ist klar, dass das irgendwann noch nach hinten losgeht?«

Auch dieses Mal kann ich nur nicken. Es ist ja nicht so, als hätte ich ihm absichtlich meinen falschen Namen genannt, es hat sich einfach nur nicht ergeben, ihn zu korrigieren. »Ich weiß. Wir sind Samstag zum Schlittschuhlaufen verabredet, da werde ich es ihm sagen, okay?«

Nun zieht Kaden eine Augenbraue nach oben. »Du hast ein Date?«

»Ja, gerade ausgemacht«, erwidere ich stolz auf mich. Seit der Sache mit Lucas habe ich mich nicht mehr auf einen Typen eingelassen. Viel zu tief sitzt der Schmerz. Schließlich hat nicht nur meine beste Freundin mich betrogen, sondern auch noch mein Freund. Von den beiden vertrautesten Personen im Leben so hintergangen zu werden, zerstört jegliches Vertrauen, das man in andere Menschen setzt. Ich bin froh, dass Kaden für mich da war, als ich ihn gebraucht habe. Ansonsten wüsste ich nicht, wo ich heute wäre …

Aber jetzt trennt mich nur noch eine Woche Vorlesungen von meinem ersten Date mit Dean. Am liebsten würde ich kreischend im Kreis laufen.

»Und du hältst das für eine gute Idee?«

»Ja, weil ich mich darum kümmern werde, versprochen.«

Kadens blauen Augen spiegeln wider, dass er nicht überzeugt ist.

Kapitel 7

Als mein Wecker am ersten Tag des neuen Semesters piept, stehe ich umgehend auf. Es ist noch dunkel im Zimmer und ich lausche Emilys gleichmäßigen Atemzügen. Sie muss gestern zurückgekommen sein, als ich schon geschlafen habe.

Damit ich sie nicht störe, schnappe ich mir so leise wie möglich meine Duschtasche für das Gemeinschaftsbad gegenüber sowie die Klamotten, die ich mir wie jeden Abend zurechtgelegt habe. Nachdem ich frisch geduscht und fertig angezogen bin, öffne ich vorsichtig unsere Tür, greife nach meiner Unitasche und mache mich auf den Weg zu meiner ersten Veranstaltung. *Arbeitssoziologie.*

Ich bin froh, dass das Wohnheim auf dem Campus liegt, sodass ich zu Fuß innerhalb weniger Minuten zur Kalmanovitz Hall laufen kann. Die Sonne geht gerade erst auf und lässt die hellen Gebäude der Universität in einem warmen Orange strahlen. Sie spiegelt sich auf der verglasten Fassade des Lo Schiavo Wissenschaftscenter, sodass ich mit gesenktem Kopf daran vorbeigehe. Einige Studierende eilen mit Kaffeebechern in der Hand über den Campus. Ich biege in die K-Hall ab, in der meine heutigen Vorlesungen stattfinden. Mitten im Eingang des erst vor einigen Jahren renovierten Gebäudes steht ein alter Steinbogen, der genauso fehl am Platz wirkt, wie ich mich fühle.

Am liebsten würde ich direkt wieder umdrehen, doch stattdessen schleppe ich mich zu meinem Raum, der auch jetzt, kurz vor Beginn der Vorlesung, nur spärlich besetzt ist. Ich weiß nicht, warum für diesen Kurs einer der größten Vorlesungssäle des Instituts gebucht wurde, wenn schon am ersten

Tag nur ein Viertel der Plätze belegt ist. Da ich sowieso niemanden in meinem Studiengang wirklich kenne, lasse ich mich direkt auf einen der hinteren Plätze nieder und packe meine Unterlagen aus.

Wie jedes Semester habe ich einen neuen Block für die Vorlesung und eine farblich dazu passende Mappe für Extramaterial. Die Literatur für die erste Stunde ist bereits gelesen, markiert und zusammengefasst eingeheftet. Obwohl ich mich gut vorbereitet fühle, gehe ich noch einmal die Dinge durch, die ich dabeihabe. Vor allem, damit die Zeit schneller vorbeigeht. Denn auch fünf Minuten nach eigentlichem Vorlesungsbeginn ist der Professor Mr Smith, den ich schon aus den Einführungsveranstaltungen kenne, nicht zu sehen. Weitere fünf Minuten später stehen die ersten Studierenden auf und packen ihre Sachen zusammen, als Mr Smith endlich durch die Tür gestolpert kommt.

Er schmeißt einen Stapel Blätter runter, als er seine vollgestopfte Tasche auf den Tisch stellt.

»Willkommen zu *Geschichte der Soziologie II*«, begrüßt er uns und es breitet sich eine ungewöhnliche Stille im Raum aus. Er sieht uns mit zusammengezogenen Augenbrauen an und guckt noch mal auf seine Unterlagen, die er gerade auf dem Tisch ausbreitet. »*Arbeitssoziologie*, meine ich natürlich«, korrigiert er sich schnell.

Seine unorganisierte Art gibt mir den Rest. Noch während er versucht, die Folien zu öffnen, und uns dabei über den Projektor viel zu tiefe Einblicke in die privaten Ordner auf seinem Laptop gibt, schreibe ich eine E-Mail an das Büro der Studienberatung. Bis jetzt war es nur ein flüchtiger Gedanke, dass ich etwas anderes machen will. Aber seit ich es Dean gegenüber erwähnt habe, lässt mich die Idee nicht mehr los.

Innerhalb weniger Minuten erhalte ich einen Termin für die nächste Woche und trage ihn direkt in meinen Kalender ein. Allein die Vorstellung, dass sich bald etwas ändert, entspannt mich, und so lasse ich die Veranstaltung über mich ergehen.

Die nächste Vorlesung lasse ich ausfallen und gehe stattdessen zu meinem Friseurtermin.

***

»Wow, nicht schlecht«, kommentiert Emily meinen neuen Look, als ich in unser Zimmer zurückkehre. Meine sonst dunkelblonden Haare, die sich nicht entscheiden können, ob sie nicht vielleicht doch hellbraun sein wollen, strahlen nun in einem leuchtenden Dunkelrot, das meine grünen Augen betont. Ich habe schon länger darüber nachgedacht, meine Haarfarbe zu ändern, aber bis auf eine blonde Tönung, die man kaum gesehen hat, habe ich mich noch nie getraut.

Meine Mitbewohnerin greift mir in das frisch gestylte Haar, das nun auch noch ein paar Stufen hat.

»Ja, ich liebe es.« Mit einer Drehung unterstreiche ich meine Aussage. Dann schließe ich Emily erst mal fest in die Arme, immerhin haben wir uns seit einem Monat nicht mehr gesehen. Überrascht von meiner plötzlichen Geste, japst sie kurz auf und erwidert die Umarmung schließlich.

»Wofür war das denn?«, fragt sie etwas irritiert, als wir uns loslassen.

Ich lächle. »Ich hab dich einfach vermisst.« Mit einem Zwinkern beginne ich damit, meine Tasche auszuräumen und alles an seinen vorgesehenen Platz zu legen. Dann lasse ich mich auf mein gemachtes Bett fallen und frage Emily über ihren Urlaub aus. Sie ist natürlich perfekt gebräunt. Nach drei Wochen Hawaii auch kein Wunder.

Nachdem sie mir von den Palmen am Strand und dem türkisblauen Meer vorgeschwärmt hat, wird ihr Blick plötzlich glasig. »Und ich habe jemanden getroffen.«

Jetzt werde ich hellhörig.

»Getroffen?«, frage ich zurück.

Sie zuckt mit den Schultern. »Er war mein Surflehrer und na ja, wir haben uns so gut verstanden. Richtig gut, weißt du? Ich bin, glaube ich, ein bisschen verliebt …«

»Und er wohnt wo?«, frage ich vorsichtig, obwohl ich mir bei ihrem traurigen Blick schon denken kann, dass die Antwort keinem von uns gefallen wird.

»Hawaii«, erwidert sie leise und ich gehe zu ihr hinüber, um meinen Arm um sie zu legen. Typisch Emily. Ständig findet sie jemanden an den unvorstellbarsten Orten.

»Dann gehe ich jetzt schnell zum Kiosk, hole uns beiden was Süßes und dann …« Kurz stocke ich. Normalerweise würde ich mich mit ihr vor den Laptop setzen und irgendeine dämliche Realityshow anmachen. Aber dann fällt mir mein Neujahrsvorsatz ein. »Dann gehen wir gemeinsam aus. Wie wäre das?«

Überrascht sieht sie mich an. Emily liebt es feiern zu gehen und ist selten vor Mitternacht zu Hause. Am Wochenende ist sie manchmal auch ganze Nächte lang unterwegs. Aber sie weiß, dass ich in dem halben Jahr, das wir inzwischen zusammenleben, nicht ein Mal freiwillig das Zimmer nach acht Uhr abends verlassen habe.

»Guck nicht so, okay? Ich habe einen Neujahrsvorsatz.« Schulterzuckend ziehe ich mir meinen dunkelblauen Mantel an, schnappe mir mein Portemonnaie und laufe zum Universitätscenter im Zentrum des Campus.

In der ausladenden Eingangshalle hallen die Gespräche der Studierenden wider, die in kleinen Gruppen die Sitzgelegenheiten in Anspruch nehmen. Das Café im linken hinteren Teil der großen Halle ist rappelvoll, sodass ich stattdessen auf den Universitätsshop zusteuere, in dem es neben Merchandise auch kleine Snacks zu kaufen gibt. Nachdem ich meine Süßigkeiten bezahlt habe und aus dem verglasten Raum heraustrete, sehe ich Kaden und Avery, die an einem der vielen kleinen Tische sitzen, die hier verteilt stehen. Sie starren auf ihre Tablets, einige aufgeschlagene Bücher liegen um sie herum. Kadens Hand ruht auf Averys und er streicht ihr immer wieder sanft mit dem Daumen über die Haut. Der Anblick lässt mein Herz schmelzen.

Da ich auf der Silvesterparty nicht mit Avery gesprochen habe und sie auch nur kurz beim Poetry-Slam wiedergesehen habe, gehe ich zu den beiden. »Das Semester hat gerade erst begonnen und ihr macht jetzt schon ein Lerndate?«

Überrascht blicken sie zeitgleich auf. Ein witziges Bild, als wären auch ihre Körper miteinander verknüpft.

Ich schließe Avery in die Arme.

»Was hast du mit deinen Haaren gemacht? Das sieht toll aus!« Kaden zieht die Augenbrauen nach oben und ich spüre, wie meine Wangen rot werden. Ich habe ganz vergessen, dass sie frisch gefärbt sind.

»Die Farbe passt perfekt zu dir!« Avery drückt mich noch einmal fest an sich, bevor sie sich zurück auf ihren Stuhl fallen lässt.

»Danke«, erwidere ich. »Und ihr?« Mit der Hand deute ich auf die Displays, auf die sie eben noch hochkonzentriert gestarrt haben.

Kaden schnaubt. »Du glaubst gar nicht, was Mr Krasinski sich wieder ausgedacht hat.« Stöhnend legt er sich die Hand auf die Stirn. »Wir sollen dieses Semester drei klassische Gemälde neu interpretieren. Mit jeweils drei verschiedenen Methoden. Und das in den nächsten drei Wochen. Was auch immer er an der Zahl Drei gerade so toll findet. Vielleicht haben die Sterne ihm das zugeflüstert oder so.«

Avery kann sich ein Grinsen nicht verkneifen, während Kaden verzweifelt auf sein Tablet starrt.

»Das klingt doch eigentlich ganz interessant«, versuche ich die Stimmung aufzulockern, obwohl ich weiß, dass Kadens Perfektionismus ihn stresst.

Er stöhnt noch mal und schüttelt den Kopf, sodass seine braunen Locken mitschwingen.

Avery tätschelt besänftigend seine Hand. »Wir schaffen das schon.« Seine Freundin studiert zwar Darstellende Künste, unterstützt Kaden aber in allem, was er macht. Und das gilt auch andersherum. Es ist mir ein Rätsel, wie sie es schaffen, immer so unglaublich zu harmonieren, aber wenn ich sie zusammen sehe, dann glaube ich eventuell doch an Seelenverwandtschaft.

Na ja, zumindest bei anderen. Meine Mutter sagt immer, zu jedem Topf passt ein Deckel, aber ich habe da so meine Zweifel. Vielleicht bin ich auch eher ein Backblech oder eine Gabel. Jedenfalls kann ich mir nicht vorstellen, dass irgendwer mich jemals so ansehen wird.

Mir fällt Emily ein, die auf mich wartet.

»Ich muss wieder zurück. Kaden, du packst das. Wenn du Hilfe brauchst, du weißt ja, wo du mich findest!« Winkend verabschiede ich mich von den beiden und husche in den kühlen Abend. Für San Francisco ist der Winter dieses Jahr überraschend kalt, obwohl wir noch einige Grad vom Gefrierpunkt entfernt sind.

Zurück in unserem Zimmer ist Emily schon dabei sich zu schminken. Wie immer sitzt sie dazu an meinem Tisch, weil ihrer komplett zugestellt ist. Zwischen Ordnern und Büchern liegen noch ihre Bikinis, ein paar Blumenketten aus Plastik und eine Handvoll Muscheln. Selbst wenn sie nicht gerade von einer dreiwöchigen Reise mit ihrer Familie zurückkommt, sieht ihre Zimmerhälfte aus wie ein Suchbild für Kinder.

Ich lasse es unkommentiert und werfe ihr stattdessen ein paar Hershey's Kisses auf den Tisch, von denen sie sich direkt einen schnappt und diese Gräueltat an Süßigkeit auspackt. Ihr Schokoladengeschmack ist grässlich. Von Männern will ich gar nicht erst anfangen. Obwohl ich mich, was das angeht, bis jetzt ja auch nicht mit Ruhm bekleckert habe.

Ich nehme mir einen Reese's Cup und mache es mir auf meinem Bett gemütlich.

»Nalu hat mir geschrieben«, gesteht sie und ihre Wangen nehmen einen zarten Roséton an.

»Nalu, der Surflehrer?«

Sie nickt und bessert ihren Lidstrich ein drittes Mal aus, obwohl er bereits perfekt sitzt.

»Uuund?«, ziehe ich das Wort in die Länge.

Sie grinst. »Er überlegt, im Sommer nach Kalifornien zu kommen.«

Einen Moment starre ich sie über den Spiegel hinweg an. Es ist nicht so, dass ich mich nicht für sie freuen würde, wenn ihre Urlaubsbekanntschaft tatsächlich zu Besuch käme. Aber wir haben dieses Spiel schon so oft durch. Jedes Mal kommt sie Hals über Kopf verliebt aus dem Urlaub zurück und ist dann wochenlang auf Wolke sieben, bis sich der Kerl plötzlich nicht mehr meldet.

»Ich weiß, was du denkst. Aber mit Nalu ist es dieses Mal anders. Wirklich. Wir haben uns nicht nur gut verstanden, sondern er hat schon vorher gesagt, dass er gerne in den Staaten studieren möchte. Noch bevor irgendeine Chemie zwischen uns war, okay? Deshalb sind wir überhaupt ins Gespräch gekommen. Er hat sich sogar schon für ein Stipendium beworben.«

Langsam nicke ich. Das klingt auf jeden Fall vertrauensvoller als die letzten drei Kerle, wegen derer ich sie vom Boden aufsammeln musste. Obwohl sie die meistens nur über ein längeres Wochenende kannte und sie zumindest innerhalb der Staaten wohnten.

Witzig eigentlich, dass ausgerechnet ich diejenige bin, die anderen über ihren Liebeskummer hinweghilft, obwohl ich es seit einem halben Jahr nicht schaffe, auch nur über den Sommer nachzudenken. Emily und ich sind überhaupt erst Mitbewohnerinnen geworden, weil ich aus meinem alten Zimmer ausziehen wollte, um sicherzugehen, dass Violet nicht plötzlich vor meiner Tür steht. Wir hatten uns schon früher kennengelernt, aber damals war ich meist zu sehr mit Lucas beschäftigt. Sie kennt mich also hauptsächlich in meinem vor mich hin vegetierenden Zustand.

Bei dem Gedanken an Violet muss ich automatisch auch an ihren Bruder denken. Wenigstens lenkt mich das von den schlechten Erinnerungen ab.

Emily tippt mich an. Erschrocken fahre ich zusammen. Ich habe gar nicht mitbekommen, dass sie aufgestanden ist.

»Hey, du Schlafmütze.« Sie pikst mich in den Arm und ich richte mich auf. Ich brauche noch ein paar Minuten, um mein Make-up aufzufrischen. Dann hake ich mich bei meiner Freundin unter und wir machen uns zusammen auf den Weg ins *Birds and Beers*, die beliebteste Studierendenkneipe im Umfeld des Campus. Sie zeichnet sich vor allem durch billigen Alkohol und laute Musik aus. Aber immerhin gibt es dort auch Burger und ich sterbe vor Hunger.

Wie am ersten Tag des neuen Semesters zu erwarten, ist der kleine mit Holzdielen verlegte Raum völlig überfüllt. Ich glaube nicht, dass diese Bar eine Brandschutzprüfung überstehen würde, so voll, wie es hier gerade ist. Wir quetschen uns durch die anderen Studierenden und erreichen völlig verschwitzt den Barbereich. Colt, der Barkeeper, zwinkert Emily zu und räumt ein paar Flyer weg, sodass wir uns wenigstens an die Theke stellen können.

»Hi, Em!«, begrüßt er sie strahlend, während wir uns aus den Jacken schälen.

Sie schenkt ihrem Kumpel ein breites Lächeln und beugt sich über das

Holz zwischen ihnen. Vermutlich, um sich etwas zu bestellen, aber es ist unmöglich, sie zu verstehen.

Er nickt und richtet dann den Blick auf mich.

»Eine Cola und einen Veggie Cheese Burger«, brülle ich über den Lärm hinweg.

Ich sehe mich um. Hinter der Bar stehen zwei Billardtische. An der Wand hängt ein Dartspiel, das von einer Gruppe Studierender umringt wird. Im vorderen Bereich drängen sich die Tische eng an eng. Die Kellner und Kellnerinnen huschen geschickt zwischen den Gästen umher. Alles ist wie immer. In meinem ersten Jahr an der USF war ich hier regelmäßig. Meistens mit Lucas.

Als Emily mich anstößt, schlucke ich die schlechte Erinnerung herunter.

»Du hörst mir schon wieder nicht zu«, jammert sie und zieht an ihrem Strohhalm. Ich habe nicht einmal bemerkt, dass unsere Getränke schon da sind.

»Das ist bei diesem Lärm auch ziemlich schwer.« Uns ist beiden klar, dass es nur eine Ausrede ist, aber Erinnerungen an die Zeit mit Lucas fallen mir einfach schwer, weshalb ich das letzte Semester auch so gut wie nirgendwo hingehen konnte. Immerhin hatte er mein Leben infiltriert wie ein gefährliches Virus, das nach und nach alle Zellen befallen hat. Er war überall. Ich habe mein gesamtes Leben nach ihm ausgerichtet. Das Schlimmste an der Erinnerung ist, dass ich automatisch auch immer an Violet denken muss. An ein Leben ohne sie kann ich mich kaum noch erinnern und jetzt muss ich plötzlich alles neu lernen.

Ich merke, dass ich erneut gedanklich abschweife, und konzentriere mich stattdessen auf Emilys Ausführungen über ihren Surflehrer auf Hawaii. Nach fast einer Stunde kommt endlich unser Essen und die Bar ist, wenn überhaupt möglich, noch voller. Colt ist nun absolut im Betriebsmodus, als er uns die beiden Teller vor die Nase setzt. Statt wie sonst kurz mit Emily zu flirten, wünscht er uns nur im Vorbeigehen einen guten Appetit, bevor er sich den nächsten Kunden zuwendet.

Mein Magen knurrt beim Anblick des Burgers. Während Emily noch von ihrer ersten Surfstunde berichtet, beiße ich einmal herzhaft hinein. Hmm. Wie immer ist das Essen absolut köstlich.

»Was ist eigentlich mit dir los? Erst die neuen Haare, jetzt das hier.« Sie deutet hinter sich in den Raum und sieht mich fragend an. »So kenn ich dich gar nicht.«

»Ich weiß, und das ist auch ziemlich traurig. Kaden hat mich dazu überredet, mehr aus mir herauszukommen. Jede Woche eine neue Sache auszuprobieren. Das hier war Nummer zwei.« Mit der Hand streiche ich mir über die Haare.

»Und was war Nummer eins?«, fragt Emily aufgeregt und ich muss Grinsen bei der Erinnerung an Deans Lippen auf meinen.

»Ich habe jemanden geküsst«, erkläre ich, ohne groß ins Detail zu gehen. Aber natürlich lässt meine Freundin mich damit nicht durchkommen.

»Und wen?« Ihre Augen sind so weit aufgerissen, dass ich fast Angst habe, dass sie ihr rauskullern.

Zum Glück rettet mich in diesem Moment ein Kerl, der an uns vorbeitorkelt, das Gleichgewicht verliert und sein gerade von der Bar geholtes Bier über uns kippt. Die klebrige Flüssigkeit trieft durch mein helles Oberteil und ich stöhne genervt auf, auch wenn ich innerlich dankbar dafür bin, einer Antwort ausweichen zu können. Auch Emilys Kleid wurde versaut.

Der Typ entschuldigt sich wild gestikulierend und versucht, sie mit dem Saum seines T-Shirts trocken zu reiben. Er berührt ihre Brust, woraufhin sie ihn ruckartig von sich wegschiebt. In dem Moment taucht auch schon Colt bei uns auf. Er winkt den Türsteher herbei, der den Betrunkenen postwendend rausschmeißt. Besorgt wendet unser Barkeeper sich Emily zu und bietet ihr an, ein Mitarbeiter-T-Shirt zu organisieren, aber sie lehnt ab. Der Abend ist für uns erst mal gelaufen.

Colt packt uns noch die Reste unserer Burger ein und wir bezahlen unsere Rechnung. Auf dem Weg nach Hause regt Emily sich so sehr über den Typen auf, dass das Gespräch zuvor in Vergessenheit gerät.

***

Die nächsten Tage nimmt das beginnende Semester uns so in Anspruch, dass wir uns sowieso kaum sehen. Erst Freitagabend traue ich mich endlich, Emily von Dean zu erzählen.

»Ich habe morgen ein Date«, platzt es aus mir heraus, als sie sich gerade die Haare stylt. Sie ist mit ein paar Freunden zum Feiern verabredet. Da sie von meinem Neujahrsvorsatz weiß, hat sie mich gefragt, ob ich mitkommen will, aber stundenlang in einem Club zu stehen und verschwitzte Körper zu spüren, ist einfach nicht mein Ding, egal, wie stark ich mich neu erfinde. Stattdessen habe ich mit Kaden einen Filmabend geplant.

Emily hält in der Bewegung inne und starrt mich an. »Was?«, fragt sie, während ihre Haare bedenklich anfangen zu rauchen. Ich deute auf meinen Kopf, um sie daran zu erinnern, den Lockenstab zu lösen, was sie auch postwendend tut.

»Ja, mit dem Typen, den ich an Silvester geküsst habe.« Nervös beiße ich mir auf die Unterlippe. Jedes Mal, wenn ich an Dean denke, beginnt ein Kribbeln in meinem Bauch.

»Ah!«, schreit Emily, legt den Lockenstab auf einer Keramikschale ab und stürmt zu meinem Bett. Sie greift nach meinen Oberarmen und quetscht ihre Finger fest in meine Haut. »Erzähl mir alles!« Nun fasst sie sich mit den Händen an die Wangen und quietscht aufgeregt, als wäre sie diejenige, die ein Date hat.

Ich seufze und kneife die Augen zusammen. »Wir haben uns zufällig an Silvester gesehen, äh, ich bin gegen ihn gefallen.« Kurz zögere ich. Ob ich ihr von dem Dilemma erzählen soll?

Emily kichert. »Okay, ich wusste gar nicht, dass du an Silvester etwas vorhattest.«

»Hatte ich auch nicht, aber Kaden hat mich dazu überredet.«

Sie nickt. »Und dann? Wie sieht er aus? Ist er heiß?«

Verlegen beiße ich mir auf die Unterlippe und muss an Deans markantes Gesicht denken. Meine Wangen werden warm und Emily nickt grinsend.

»Also ist er heiß. Spannend. Krass, so kenn ich dich gar nicht.« Sanft stupst sie meinen Arm an.

»Das ist ja auch Sinn der Challenge«, gebe ich zurück.

»Da hatte Kaden aber echt eine gute Idee. Und was ist mit diesem Typen, Dave?«

»Dean«, korrigiere ich sie schnell.

»Ach ja, verdammt, allein der Name ist schon heiß. Aber erzähl mir mehr. Studiert er auch hier?«

Als Antwort schüttle ich den Kopf.

»Nein, er hat in New York studiert. Ich weiß gar nicht so genau, was er macht. Irgendwas mit Filmen. Das hat er früher schon gel…« Mist, ich beiße mir auf die Zunge, aber es ist zu spät. Ich habe mich verplappert.

»Was?« Emily sieht mich überrascht an. »Woher weißt du das?«

Seufzend lehne ich mich auf meinem Bett zurück und starre an die Decke. »Okay, er ist vielleicht kein komplett unbekannter Typ«, gebe ich zu und spiele mit dem Saum meines T-Shirts.

Emily reißt ihre Augen auf und krallt sich an meinem Arm fest. »Ihr hattet schon mal was miteinander? Wann?«

Heftig schüttle ich den Kopf. »Nein, nein, ich kenne ihn noch aus meiner Heimat. Er ist vier Jahre älter als ich und der Bruder meiner … äh … einer ehemaligen Freundin. Aber er weiß nicht, dass ich es bin. Er denkt, ich heiße Meghan.«

Während ich Luft hole, legt Emily die Stirn in Falten. »Hä? Wieso?« Mit schief gelegtem Kopf sieht sie mich an.

»Er … Also … Ich habe ihn angerempelt und er hat mich aufgefangen. Er hat mich nicht erkannt. Ich war so geschockt, ihn nach sechs Jahren wiederzusehen, dass ich einfach reagiert habe. Aber ich hab mich nur mit meinem Zweitnamen vorgestellt. Eine absolute Kurzschlussreaktion.«

»Und dann habt ihr euch geküsst?«, unterbricht sie mich, bevor ich weitererzählen kann.

Die Unterlippe zwischen die Zähne gezogen, nicke ich.

»Und jetzt geht ihr auf ein Date?«

»Sieht so aus«, gebe ich zurück.

Mit der Hand schlägt sie gegen meinen Oberarm. »Warum zum Teufel erfahre ich das erst jetzt?« Sie wirkt tatsächlich etwas sauer über die Tatsache.

Ich zucke mit den Schultern. »Ich wusste nicht, wie ich es erzählen soll, und Montag wurden wir ja unterbrochen.«

Sie schüttelt sich bei der Erinnerung an unsere versifften Klamotten. »Er denkt also immer noch, du wärst Meghan und nicht Jenna?«

Mehr als ein Nicken bekomme ich nicht zustande. Immerhin ist mir die Misslichkeit der Situation durchaus bewusst.

»Und er hat dich immer noch nicht erkannt? Ist er blind? Oder hast du irgendeine Megatransformation durchgemacht, von der ich nichts weiß?«

»Wir haben früher nicht wirklich viel Zeit miteinander verbracht. Und ich habe ihn die letzten sechs Jahre so gut wie gar nicht mehr gesehen. Er hat seinen Abschluss früher gemacht und ist direkt aufs College in New York gegangen. Danach war er, soweit ich weiß, nie wieder zu Hause. Und ich war früher eine Zeit lang im Krankenhaus und dadurch ziemlich blass und hatte kurze Haare, Zahnspange und Brille.«

Emilys Augenbrauen heben sich bei meiner Erzählung fast bis zu ihrem Haaransatz. »Und was ist mit seiner Schwester?«

Natürlich vergisst sie diesen Teil nicht, obwohl mir das wesentlich lieber gewesen wäre.

»Wir haben seit dem Sommer keinen Kontakt mehr«, gebe ich zurück und versuche die Emotionen, die in mir toben, zurückzuhalten.

Sie nickt und ich bin Emily sehr dankbar, dass sie keine weiteren Fragen stellt. Obwohl sie die Details über den Sommer nicht kennt, weiß sie, dass es ein Thema ist, über das ich nicht bereit bin zu sprechen.

»Okay, *Meghan*.« Sie betont den Namen, als würde sie ihn zum ersten Mal hören. Dabei ist es mein Zweitname und damit eigentlich nicht mal eine Lüge. Mit einem Zwinkern nimmt sie mich noch in den Arm. »Falls wir uns vor deinem Date nicht mehr sehen, wünsche ich dir viel Spaß mit diesem Dean. Er muss ja ein echt guter Fang sein, wenn er dich aus deinem Bett holt. Na ja, und wenn du Glück hast, bringt er dich auch wieder dort rein.« Kichernd schlage ich sanft nach ihr, woraufhin sie mir die Zunge rausstreckt und zwinkert. Sie geht zurück zu meinem Schreibtisch, um sich weiter fertig zu machen. Ihrer ist inzwischen mit diversen Vorlesungsaufzeichnungen,

Nagellacken, die sie für heute Abend ausprobiert hat, und Verpackungen von Hershey's Kisses zugemüllt.

Nachdem meine Mitbewohnerin sich verabschiedet hat, schnappe ich mir meinen Laptop. Dann kann ich ja schon mal einen Film für heute Abend aussuchen. Gerade als sich die Startseite des Streamingdiensts öffnet, leuchtet mein Smartphone auf. Eine Mitteilung vom Facebook Messenger. Ich klicke drauf und erstarre. Die Nachricht ist von Violet.

Kapitel 8

Mein Magen dreht sich um und ich verspüre den Drang, mich zu übergeben. Bilder davon, wie sie nackt auf dem Mann sitzt, der mir noch wenige Stunden zuvor Liebesschwüre ins Ohr geflüstert hat, tauchen in meinem Kopf auf. Seit dieser Nacht habe ich jegliche Kontaktversuche ihrerseits ignoriert, all ihre Accounts blockiert und bin aus meinem alten Wohnheimzimmer ausgezogen. Trotzdem steht nun ihr Name als Absender über der Nachricht. Kein Bild, nur *Violet Bishop*.

Meine zitternden Finger öffnen wie von selbst die Nachricht, obwohl mein Gehirn sie anschreit, dass ich mir das nicht noch einmal antun kann. Ich hatte mir geschworen, sie ein für alle Mal in der Vergangenheit zu lassen, was schon schmerzhaft genug war. Immerhin haben wir seit der Vorschule fast jeden Tag miteinander verbracht. Sie und Kaden waren den Großteil meines Lebens bei mir. Und nur eine Nacht hat alles zerstört. Es ist, als hätte sich vom einen auf den anderen Tag meine Vergangenheit hinter einem dunklen Vorhang versteckt, der jetzt mit Gewalt aufgerissen wird.

Es dauert einen Moment, bis sich die Nachricht öffnet.

Ich bin in San Francisco. Können wir bitte reden?

Nur wenige Worte, die mir die Galle aufsteigen lassen. Meine Fingerspitzen werden kalt, während ich auf die Worte starre. Langsam verschwimmen sie vor meinen Augen. Ich unterdrücke den Drang, mein Telefon gegen die nächste Wand zu schmeißen, das Ding kann schließlich am wenigsten für meine Situation.

Mein Puls erhöht sich, während ich darüber nachdenke, was ich jetzt machen soll.

Wie vom Himmel geschickt, klopft es in diesem Moment an der Tür und ich höre Kadens bekannte Stimme. Ich stoße den Atem aus, von dem ich erst jetzt bemerke, dass ich ihn angehalten hatte.

Zu meiner Überraschung steht nicht nur mein bester Freund im Türrahmen, sondern auch Avery. Ich umarme beide fest.

»Violet ist in der Stadt«, platzt es aus mir heraus, bevor ich groß darüber nachdenke.

Kadens Augen weiten sich, während Avery mir aufmunternd die Schulter tätschelt. Sie ist wirklich ein Schatz. Sie und Kaden sind ungefähr zur gleichen Zeit zusammengekommen wie Lucas und ich. Nur dass es bei den beiden länger hält. Jedenfalls hat sie sowohl meinen Höhenflug als auch meinen Fall mitbekommen. Mir ist klar, dass ich teilweise der größte Störfaktor in ihrer Beziehung gewesen bin. Immerhin war Kaden in den ersten Wochen nach meiner Trennung fast ausschließlich bei mir. Hat bei mir übernachtet, mir Essen gemacht und mich dazu gebracht, erst mal zu meinen Eltern zu fahren, obwohl alles in meinem alten Zimmer mich an Violet erinnert hat. Aber ich war völlig verloren und meine Mutter hat es zumindest geschafft, mich einigermaßen aufzupäppeln, bevor das neue Semester gestartet ist.

»Woher weißt du das?«

»Sie hat mir geschrieben«, erwidere ich tonlos und reiche ihm mein Smartphone.

Kaden liest die Nachricht und schweigt. Völlig überfordert von der Situation lasse ich mich auf mein Bett fallen. Avery setzt sich daneben und starrt gedankenverloren an die Decke, während Kaden auf und ab tigert.

»Hast du seit dem Vorfall noch mal mit ihr gesprochen?«

Vor meinen Augen taucht erneut das Bild auf, wie sie oberkörperfrei auf dem Schoß meines Freundes sitzt. Die Gesichter so nahe beieinander, dass es unmöglich ist, dass sie sich nicht geküsst haben. Das helle Lachen, das über ihre Lippen kam, als er sich zu ihr hinuntergebeugt und ihren Hals liebkost hat. Meine Zähne knirschen, so sehr beiße ich meine Kiefer aufeinander.

»Nein«, presse ich hervor und würde mich am liebsten wieder mit einer Serienkillerdokumentation betäuben.

»Vielleicht will sie sich entschuldigen?«

Meine Augenbrauen wandern nach oben, als ich Kaden völlig entgeistert ansehe. »Entschuldigen? Dafür, dass sie mit meinem Freund geschlafen hat? Wie zum Teufel soll man das entschuldigen? Hast du etwa mit ihr gesprochen? Bist du jetzt auf ihrer Seite, oder was?« Mit den Armen stütze ich mich hinter mir ab. Meine Gefühle gehen komplett mit mir durch.

Avery legt beruhigend ihre Hand auf meine, aber ich schüttle sie ab und stelle mich meinem besten Freund in den Weg.

»Nein, und das weißt du genau. Überleg dir, mit wem du gerade sprichst.« Seine Stimme ist absolut ruhig und er sieht mich eindringlich an.

Ich kann nicht mehr. All diese Emotionen übermannen mich und ich breche in Tränen aus. Es gibt einen guten Grund, warum ich Violet Bishop aus meinen Gedanken verbannt habe, und das ist der, dass ich sie sonst schrecklich vermissen würde.

Einen Moment halte ich inne. Zum ersten Mal realisiere ich, dass das die Wahrheit ist. Sie hat mich betrogen und aufs Tiefste verletzt, und trotzdem würde ich sie schrecklich vermissen, wenn ich den Gedanken an sie zuließe. Der größte Streit, den wir bis zum Ende unserer Freundschaft jemals hatten, ging darüber, an welche Uni wir gehen würden. Ich war drei Tage lang traurig und enttäuscht darüber, dass Violet nicht mit Kaden und mir nach San Francisco gehen wollte. Aber uns beiden war klar, dass das nur übergangsweise ein Problem wäre. Alles andere waren kleine Zickereien, die bei Kindern, die wie Geschwister aufwachsen, eben normal sind.

»Fuck, es tut mir leid, Kaden. Das meinte ich nicht so«, schluchze ich und spüre vier warme Arme, die mich in eine feste Umarmung ziehen. Ich bin wütend auf Violet, weil sie mich schlimmer hintergangen hat als alle anderen Menschen zuvor, und das lasse ich jetzt an der einen Person aus, die immer für mich da war.

Kaden redet beruhigend auf mich ein und ich merke, dass hinter der Wut noch etwas anderes steckt. »Ich vermisse sie«, bringe ich tränenüberströmt hervor, und mein bester Freund streichelt mir langsam über den Rücken, während Avery den Arm um meine Schultern legt. Statt weiter über das zu reden, was mir eben klar geworden ist, sind die beiden einfach für mich da, und ich verdränge die Gefühle in eine Schublade, auf der in großen Buchstaben NICHT ÖFFNEN steht.

Als ich mich beruhigt habe, drückt Kaden mich sanft auf mein Bett. Avery setzt sich neben mich und schnappt sich meinen Laptop. Sie tippt etwas ein und schon erscheint das Titelbild zu *Mamma Mia!*. Ein Lächeln stiehlt sich auf mein tränenüberströmtes Gesicht. Den Film haben Kaden, Violet und ich früher immer mit meiner Mom angesehen. Sie liebt Meryl Streep. Und obwohl ich die Erinnerung mit Violet verbinde, hat sie mir nicht die Freude an dem Film genommen. Immerhin etwas.

Es dauert nicht lange, bis wir den Laptop zur Seite stellen und bei jedem Song mittanzen oder -singen. Selbst Avery, die früher nicht Teil unserer Tradition war, macht mit. So gut es eben geht, wenn drei Leute auf fünfzehn Quadratmetern tanzen. Mir geht es wesentlich besser, auch wenn ich immer noch nicht weiß, was ich mit der Nachricht genau anfangen soll. Was ein paar gute Lieder und eine Runde Heulen nicht alles bewirken können. Die Erinnerungen an Violet sind sicher verstaut und ich kann mich voll und ganz auf das Date mit Dean morgen freuen.

Mein Date. Stimmt.

Pünktlich zum Ende des Mamma-Mia-Songs schnappe ich mir Kadens Arm.

»Kannst du mich morgen bitte schminken?«, frage ich ihn, noch etwas außer Atem von der Tanzeinlage.

Er zieht die Augenbrauen zusammen. »Wieso?«

»Ich treffe mich doch mit Dean«, erkläre ich, was er eigentlich schon längst weiß.

»Ja, aber warum soll ich dich dafür schminken? Ihr geht doch nur Schlittschuh laufen.«

Innerlich rolle ich mit den Augen, setze aber ein ermutigendes Lächeln auf. »Er kennt mich doch nur geschminkt.«

Mein bester Freund verzieht missmutig das Gesicht. »Das brauchst du aber nicht. Sei einfach du selbst.«

»Wenn ich ich selbst wäre, würde ich gar nicht erst auf dieses Date gehen, und das weißt du genau. Ich bin morgen wieder Meghan.«

Er schüttelt den Kopf. »Du hast versprochen, dass du es ihm morgen sagst.«

»Ja, natürlich, aber er soll mich ja wenigstens erkennen. Außerdem gefällt es mir und du weißt, dass ich es alleine nicht hinkriege.« Flehend sehe ich ihn an.

Mit verschränkten Armen sieht er mich abschätzend an. »Ich finde das nicht gut.«

»Und dafür liebe ich dich, okay? Du bist mein gutes Gewissen, aber jetzt höre ich einfach auf mein schlechtes. Bitte?!« Die Hände vor der Brust gefaltet, sehe ich ihn an.

Er atmet tief ein und nickt schließlich. »Ich schminke dich morgen zum letzten Mal für ein Date als Meghan, okay? Entweder du sagst es ihm oder ich will nichts weiter damit zu tun haben.«

»Danke!« Froh darüber, dass er sich dazu überreden hat lassen, schlinge ich die Arme um seinen Hals. Er ist eben der Beste.

Avery, die sich während des Gesprächs auf den Film konzentriert hat, räuspert sich. »Gucken wir noch weiter, oder …?« Sie lässt den Satz unvollständig und sieht zur Tür.

»Aber na klar.« Voller Vorfreude auf den nächsten Tag schmeiße ich mich aufs Bett.

Kapitel 9

Vor der Eisbahn am Union Square herrscht ein unglaubliches Gedränge. Heute ist der letzte Tag, an dem sie geöffnet hat, und gefühlt ganz San Francisco will noch mal drauf. Der Kontrast zu den Palmen, die auf dem Platz verteilt sind, ist witzig.

Trotz der vielen Menschen sehe ich Dean sofort, der aus der entgegengesetzten Richtung kommt. In seinem dunklen Hoodie und den eng sitzenden Jeans sieht er verdammt gut aus. Dabei ist es so ein einfaches Outfit. Er hebt den Blick und erkennt mich einen Moment später auch. Ein Grinsen breitet sich auf seinem Gesicht aus, wobei er eine Reihe perfekter Zähne mit etwas spitzeren Eckzähnen entblößt.

»Hallo, Meghan«, begrüßt er mich und ich zucke kaum merklich zusammen. Stimmt ja, Dean Bishop trifft sich nicht mit mir. »Wow, die Haarfarbe steht dir.« Sein Blick wandert von meinen Haaren über mein Gesicht und ich bilde mir ein, dass er eine Sekunde an meinem Mund hängen bleibt.

Schnell verdränge ich das schlechte Gewissen, weil ich ihm noch immer nicht erzählt habe, wer ich wirklich bin. Heute bin ich Meghan. Nicht mehr Jenna, die als Kind so oft im Krankenhaus lag, dass es sich nicht lohnte, die Haare lang wachsen zu lassen. Der richtige Zeitpunkt, reinen Tisch zu machen, wird bestimmt noch kommen. Erst mal will ich die gemeinsame Zeit genießen.

»Dean«, begrüße ich ihn ebenfalls und lege meine Hand an seinen Rücken, um ihm eine kurze Umarmung zu geben. Mein viel zu schnell klopfendes Herz ignoriere ich dabei. »Danke. Ganz nach dem Motto: neues Jahr, neues Ich«, gebe ich zurück und grinse breit. Wenn er wüsste, wie wörtlich ich diesen Vorsatz genommen habe ... »Gehst du öfter Schlittschuh laufen?«, frage ich, schließlich war es sein Vorschlag.

»In New York war ich regelmäßig. Aber seit ich wieder in Kalifornien bin, kaum noch. Und du?«

Wir schlendern gemeinsam zu der Schlange vor der Kasse und ich beobachte die Menschen auf dem Eis.

»Bis jetzt einmal«, gebe ich zurück und denke daran, wie wacklig ich mich angestellt habe, als Violet mich dazu überredet hatte. Schon wieder eine Erinnerung an sie. Egal was ich tue, alles hat irgendwie mit ihr zu tun. Aber das ist nicht verwunderlich, wenn man über fünfzehn Jahre lang befreundet war. Irgendwann werde ich darüber hinwegkommen.

Dean bezahlt unsere Tickets so wie auch unsere Leihschlittschuhe. Wir setzen uns nebeneinander auf eine der Bänke im Umkleidebereich, der nur durch ein weißes Zelt vom Rest des Platzes getrennt ist. Während Dean kurze Zeit später in seinen Schlittschuhen steht, kämpfe ich noch immer mit dem ersten, der jedes Mal zur Seite fällt, wenn ich mit meinem Fuß hineinschlüpfen will.

»Warte, ich helfe dir. Reinkommen ist meistens der schwierigste Part.« Trotz der spitzen Kufen unter seinen Füßen geht er vor mir in die Hocke, hält den Schuh und hilft mir dabei, ihn anzuziehen. Hitze steigt mir in die Wangen. Nicht nur, weil es mir ein bisschen peinlich ist, dass ich nicht mal diesen Teil alleine schaffe, sondern auch, weil er mir so nah ist, dass ich seine Wärme spüren kann. Sein unwiderstehlicher Dean-Duft umhüllt uns.

Nachdem ich auch auf Schlittschuhen stehe, nimmt er meinen Oberarm und hilft mir dabei, zur Eisfläche zu eiern. Kaum haben wir das rutschige Weiß erreicht, beginnt er vor mir rückwärtszulaufen und jede meiner Bewegungen genau zu beobachten. Zugegebenermaßen sind es nicht viele, denn ich kralle mich an der Bande fest und schiebe ganz vorsichtig einen Fuß nach vorne. Mir entgeht nicht, dass er versucht, sich ein Grinsen zu verkneifen.

»Okay, lach mich aus. Ich habe keine Ahnung, was ich tun soll.« Die Hände noch immer fest um das Holz gekrallt, das als Absperrung dient, kneife ich die Augen zusammen, um nicht auch noch sehen zu müssen, wie er sich über mich lustig macht. Früher habe ich dafür gelebt, von ihm gesehen zu werden. Auch wenn es nur für ein paar spitze Kommentare war. Doch zu meiner Überraschung spüre ich, wie er sanft seine Hand auf meine Schulter legt.

»Komm, ich zeig es dir.« Er greift nach unten zu meiner Hand und zieht mich vorsichtig von meinem sicheren Hafen weg. »Hebe abwechselnd deine Füße. Wie beim Laufen, nur dass du dich nicht abrollst. So.« Ohne mich loszulassen, entfernt er sich ein paar Zentimeter und deutet auf seine Füße, die er etwas übertrieben vom Eis löst.

Ich nicke. Sieht gar nicht so schwierig aus. Als ich es probiere, gerate ich jedoch so ins Wanken, dass Dean mich auffangen muss, sonst wäre ich der Nase nach hingeflogen.

»Das war doch gar nicht mal so schlecht«, meint er. Mit zusammengezogenen Augenbrauen sehe ich ihn an. Der frühere Dean hätte sich auf jeden Fall über mich lustig gemacht. Ich frage mich, was damals passiert ist, dass er so plötzlich verschwunden ist. Violet wollte nie darüber reden, und ich wollte sie nicht darauf ansprechen, um nicht zuzugeben, dass ich in ihn verliebt bin – war. Schließlich kenne ich ihn inzwischen kaum noch. Aber wie er mit einem aufmunternden Lächeln dasteht und meine Hand hält … Das fühlt sich so verdammt gut an.

»Schalte den Kopf ab. Jeder Gedanke bringt dich ins Wanken.«

Über seinen schlechten Reim müssen wir beide lachen, was mich schon wieder ins Rudern bringt. Aber Deans Hand hält mich auf, und so schaffen wir es eine ganze Runde um den Ring. Dass ich danach schnaufe wie eine alte Dampflok, ignoriere ich, und er zum Glück auch.

»Was machst du sonst so gerne in deiner Freizeit?«, fragt er, während ich eine kleine Pause einlege. Die Eisfläche ist voll, sodass wir uns an den Rand drängen. Er legt locker die Ellenbogen auf der Bande ab und sieht den anderen Schlittschuhläufern zu, während ich noch immer etwas verkrampft dastehe.

Die Frage lässt sich schwer beantworten, wenn man das letzte halbe Jahr vor sich hin vegetiert hat. Aber ich will ihn nicht weiter anlügen.

»Mir ging es die letzten Monate nicht wirklich gut, sodass ich viel Zeit in meinem Zimmer verbracht habe. Ich bin gerade sozusagen in der Findungsphase.«

»Und Eislaufen gehört nicht dazu?« Mit leicht schief gelegtem Kopf sieht er mich an, und ich bin dankbar, dass er nicht weiterfragt, was los war.

Ich zucke mit den Schultern. »Vielleicht sollte ich noch eine zweite Runde ausprobieren.«

Als wäre es selbstverständlich, greift er nach meiner Hand und zieht mich weiter. Beim nächsten Versuch klappt es schon deutlich besser und ich schaffe eine Länge der Bahn sogar ohne seine Hilfe. Auch wenn ich das Gefühl von seiner Hand in meiner vermisse. Dieses Mal machen wir keine Pause, sondern starten nahtlos in die nächste Runde.

»Vielleicht gehört es doch dazu. Zu den Dingen, die ich gerne mache«, sage ich, als wir am Eingang vorbeifahren und ich langsam ein Gefühl für die Bewegungen bekomme.

Dean, der vor mir rückwärtsfährt, nickt. »Sieht auch schon wesentlich besser aus.«

Übertrieben schockiert lege ich mir die Hand auf die Brust. »Du meinst also, zu Anfang sah es nicht gut aus?« Mit weit aufgerissenen Augen sehe ich ihn an.

Er grinst und zuckt mit den Schultern. »Jeder fängt mal klein an.« Dann dreht er sich um, damit er wieder vorwärtsfährt.

»Und du?«, frage ich schließlich, als er sich endlich etwas zurückfallen lässt und wir in einem Tempo übers Eis gleiten: Schneckengeschwindigkeit.

»Ich seh immer gut aus«, erwidert er, woraufhin ich ihn leicht mit der Schulter anstupse.

»Ich meine, was du gerne in deiner Freizeit machst. Oder überhaupt. Bei allem, was ich weiß, könntest du auch ein Geheimagent sein, der gerne Filme dreht.« Abgesehen davon, dass ich ihn kenne, seit er acht Jahre alt ist.

»Und komische Texte auf Bühnen vorträgt«, fügt er schmunzelnd hinzu.

»Der Text war nicht komisch. Ich fand ihn großartig.« Dass ich vor unserem Zusammenstoß im Theater fast in Tränen ausgebrochen bin, lasse ich aus.

Er zuckt lediglich mit den Schultern.

»Okay, also bist du ein Texte schreibender, Filme drehender Geheimagent auf welcher Mission?«

Dean nimmt meine Hand und zieht mich vorsichtig an den Rand, dann lehnt er sich ganz dicht an mein Ohr. So nah, dass ich seinen warmen Atem auf meiner kühlen Haut spüren kann. Die plötzliche Nähe überfordert mich und mein Herz. Es setzt erst einen Moment aus, um dann in doppelter Geschwindigkeit weiterzuklopfen. Eine Gänsehaut überzieht meinen Nacken und mein Mund wird trocken.

»Wenn ich dir das verraten würde, müsste ich dich umbringen.« Dann zieht er seinen Kopf zurück und ich muss lachen. Natürlich kam dieser Spruch. Ich habe es ja mehr oder weniger darauf angelegt. Ein dünner Schleier der Enttäuschung legt sich trotzdem über meine Stimmung, weil ich die Nähe genossen habe. »Füge ›Comedian‹ deiner Liste noch hinzu.« Mit einem Zwinkern lehnt er sich an die Bande, den Kopf zu mir gedreht.

»Das zahle ich dir heim.« Einen Moment sehe ich ihn mit ernster Miene an, bevor ich wieder lachen muss. So viel Spaß wie heute hatte ich schon viel zu lange nicht mehr.

»Versuch's doch«, gibt er zurück und sprintet plötzlich los. Kurz überlege ich, ihm nachzuhechten, aber es ist hoffnungslos. Stattdessen bleibe ich am Rand stehen und warte, bis er die Runde beendet hat. Er lässt sich ausgleiten und bleibt kurz vor mir stehen.

»Das wäre lustiger gewesen, wenn du mir gefolgt wärst. Jetzt fühl ich mich nur schlecht, weil ich dich stehen gelassen habe.« Seine Lippen verziehen sich zu einem filmreifen Schmollmund.

»Dann mach es wieder gut, indem du mich zum Essen einlädst«, schlage ich scherzhaft vor.

»Deal, auf was hast du Lust?« Zu meiner Überraschung geht er auf meinen Vorschlag ein. Meine Beine zittern inzwischen durch die Kälte, die von unten aufsteigt. Mein Outfit, bestehend aus einer schwarzen Hose und einem oversized Wollpulli, der mir auf einer Seite von den Schultern rutscht, reicht unter normalen Umständen vielleicht für den kalifornischen Winter, aber auf dem Eis ist es doch etwas kühl.

»Ist es komisch, dass ich gerade am liebsten eine warme Suppe essen würde?«

Er schüttelt den Kopf. »Ist dir so kalt? Willst du meinen Hoodie haben?« Als er Anstalten macht, den schwarzen Kapuzenpullover auszuziehen, halte ich seine Hand auf. Die kurze Berührung erinnert mich an das Gefühl von vorhin. Sein Körper ganz nah an meinem, sein Atem auf meiner Haut. Einen Moment zu lange verweilen meine Finger auf seinen. In meinem Magen beginnen die Schmetterlinge wieder zu flattern.

Ein Vater, der sein Kind führt, rempelt uns an und zerstört den Augenblick. Meine Hand rutscht von Deans und ich halte mich an der Balustrade fest. Überschwänglich entschuldigt sich der Fremde.

»Ist bei dir alles in Ordnung?« Mit ernstem Gesichtsausdruck scannt Dean mich.

Ich nicke. »Nichts passiert«, gebe ich zurück und der Mann fährt etwas unbeholfen weiter. Es ist süß die beiden zu beobachten, auch wenn ich nicht weiß, ob er der Richtige dafür ist, dem kleinen Mädchen das Schlittschuhfahren beizubringen.

»Lass uns was essen gehen.« Dean legt seine Hand an meinen unteren Rücken und führt mich zum Ausgang. Wie sich herausstellt, ist das Ausziehen von Schlittschuhen fast so anstrengend wie das Anziehen. Aber dieses Mal schaffe ich es allein, auch wenn ich mir beinahe die Hand aufschlitze. Das Gefühl, zurück in meine weißen Chucks zu schlüpfen, ist verrückt. Als würde ich versuchen, auf Wasser zu laufen. Nach wenigen Schritten ist es zum Glück weg. Dean läuft ein Stück vor mir und drängt sich durch die Leute. Es dauert eine Weile, bis wir die Menschenmassen, die noch auf den Einlass warten, hinter uns gelassen haben.

»Ein Kumpel von mir hat vor ein paar Wochen ein Restaurant ganz in der Nähe eröffnet. Ich glaube, da sollten wir etwas für dich finden.«

Statt in die Geary Street abzubiegen, in der ich einige Lokale kenne, schlägt Dean eine andere Richtung ein: die Powell Street bergaufwärts. Für ein paar Minuten gehen wir schweigend nebeneinander. Während er nach vorne sieht, wandert mein Blick immer wieder zu ihm. Zu seinem markanten Profil mit der geraden Nase und den hohen Wangenknochen, über seine Kieferpartie, die gefährlich scharf ausgeprägt ist, bis hin zu seinen breiten Schultern, um die ich am liebsten meine Arme schlingen würde. Heute ist er, im Gegensatz zu Silvester, glatt rasiert, und ich kann mich nicht entscheiden, welche Version mir besser gefällt. Er ist über die Jahre muskulöser geworden und sein Gesicht kantiger, aber ansonsten sieht er aus wie in meiner Kindheit. Selbst sein Gang ist gleich. Die entspannten, langen Schritte, das selbstbewusste Auftreten. Alles an ihm drückt aus, dass er zu sich steht. Nicht mal ein Fünkchen Unsicherheit spiegelt sich in seiner Art wider. Schon früher war ich beeindruckt davon. Ich habe es darauf geschoben, dass er älter ist, aber nun, da ich das Alter, in dem er damals war, selbst durchlebt habe, bin ich noch beeindruckter.

»Hier sind wir«, sagt er plötzlich und deutet auf einen unauffälligen Laden mit einer großen Fensterfront. Dahinter sieht man ein paar wenige Tische, die alle besetzt sind.

»Sieht voll aus«, kommentiere ich das Offensichtliche, aber Dean drückt bereits die Tür auf.

»Buonasera, Dean«, grüßt ihn der Mann hinter der kleinen Bar, die durch einen offenen Durchgang mit der Küche verbunden ist.

»Mario!« Mit einem ausladenden Handschlag begrüßt er den Mann mittleren Alters. Ob das der Kumpel ist, von dem er gesprochen hat?

»Wer ist denn die hübsche Signora hinter dir?« Nun sieht dieser Mario zu mir und ich setze ein freundliches Lächeln auf.

»Das ist mein Date. Meghan«, stellt er mich vor und ich reiche dem Fremden die Hand. Kurz muss ich die Augen schließen, weil eine Welle der Schuld droht mich zu überfluten. Während ich über meine Kindheitserinnerungen von Dean nachdenke, weiß er nicht mal, dass wir uns schon mal begegnet sind. »Es ist ja ziemlich voll. Hast du trotzdem noch ein Plätzchen für uns?«

»Sì, für dich doch immer.« Da alle Tische belegt sind, sehe ich mich verwundert um, aber da führt uns der Mann bereits durch eine Tür direkt neben der Bar, die ich im ersten Moment gar nicht gesehen habe.

Wir landen in einem überschaubaren Hinterhof, der mit Lichterketten geschmückt ist. In der Mitte gibt es eine kleine Grünfläche, auf der im Sommer bestimmt wunderschöne Blumen sprießen. Zumindest würde das zu der Atmosphäre passen. Zwei Tische stehen in unmittelbarer Nähe der Tür. Es sieht absolut märchenhaft aus.

Dean zieht für mich einen Stuhl hervor und ich nehme Platz. Der Boden ist mit schwarzen und weißen Fliesen in einem Schachbrettmuster versehen und überall stehen Pflanzen. Ich kann nicht glaube, dass wir uns tatsächlich in einem Hinterhof mitten in der Stadt befinden. Nur die hohen Fassaden mit den kleinen Balkonen, die ihn einschließen, erinnern daran.

Mario reicht jedem von uns eine Karte und stellt einen Krug Wasser auf den bereits gedeckten Tisch.

»Als hättest du auf uns gewartet«, grinst Dean. »Kannst du Meghan noch eine Decke bringen?«

Seit wir die Eisfläche verlassen haben, ist mir zwar nicht mehr so kalt, aber der Gedanke an eine wärmende Decke lässt mich strahlen. Wie aufmerksam von ihm. Jetzt wäre vermutlich der richtige Zeitpunkt, ihm zu beichten, dass ich gelogen habe, aber die Vorstellung, dass unser Date danach vielleicht vorbei sein könnte, hält mich davon ab. Ich nehme mir vor, es ihm nach dem Essen zu sagen, obwohl ich weiß, dass jede Minute, die ich es weiter hinauszögere, die Situation nur noch schlimmer macht. Als Mario mit der Decke und unseren Getränken nach draußen kommt, schüttle ich die Gedanken ab.

Unser Gespräch fliegt von einem Thema zum nächsten. Dean erzählt von seinem Studium in New York und den verrückten Leuten, die er dort getroffen hat, und ich erzähle alles über Seattle – meine angebliche Heimatstadt –, was ich von meinem Besuch bei Violet noch weiß. Zum Glück sagt er, dass er selbst noch nie dort war. Die Frage, warum, wenn seine Schwester doch dort studiert, liegt mir auf der Zunge, aber bevor ich sie stellen kann und mich damit selbst verrate, kommt Mario mit unserem Essen.

Vor mir stellt er eine dampfende Schüssel Tomatensuppe und dazu köstlich riechendes Brot ab und Dean bekommt seine Spaghetti all'arrabiata. Das Essen sieht großartig aus. Zeitgleich greifen wir nach dem Teller, auf dem das Besteck liegt, wobei sich unsere Finger berühren. Ein Kribbeln wandert durch meinen Körper, dabei ist das heute ja nicht die erste Berührung, aber jede einzelne hat sich in meine Erinnerung gebrannt. Niemals hätte ich mir träumen lassen, dass ich mit Dean ausgehen würde …

Als ich den ersten Löffel meiner Suppe probiere, schließe ich kurz die Augen und ein leises Seufzen kommt über meine Lippen. Genau hiernach habe ich mich gesehnt. Die Wärme durchflutet meinen ganzen Körper und ich komme nicht umhin zu vermuten, dass die Person, die mir gegenübersitzt, auch etwas damit zu tun hat.

Kapitel 10

Nach der Hauptspeise bringt der Kellner uns noch eine Dessertplatte.

»Die geht aufs Haus«, erklärt er und verschwindet im Restaurant.

»Wow, mit wem hast du denn geschlafen, dass wir was umsonst bekommen?«, rutscht es mir heraus. Vielleicht nicht der passendste Kommentar für ein erstes Date. Das Problem ist nur, dass ich mich viel zu wohl in seiner Gegenwart fühle. Dabei ist das alles falsch. Scheiße.

Er zieht eine Augenbraue hoch und zuckt mit den Schultern. »Ein Gentleman schweigt und genießt«, gibt er zurück und ich bin froh, dass er es mit Humor nimmt. Dabei hätte mich alles andere auch wirklich überrascht. Nachdem ich von der Pannacotta, dem Tiramisu und dem kleinen Schokotörtchen probiert habe, die sich auf der schwarzen Schieferplatte befinden, lehne ich mich pappsatt zurück und lege mir die Hände auf den Bauch.

»Das war köstlich. Wieso kannte ich diesen Laden nicht?« Eine absolut dämliche Frage, wenn man überlegt, dass ich die letzten Monate fast ausschließlich zu Hause gehockt bin.

»Weil du mich nicht kanntest.«

Statt zu antworten, verstecke ich mich hinter meinem Glas Cola und trinke den letzten Schluck aus.

Mario bringt die Rechnung. Als ich nach meinem Portemonnaie greife, winkt Dean ab.

»Aber du hast schon das Schlittschuhlaufen bezahlt«, versuche ich dagegenzuhalten, doch da schiebt er bereits einen Schein in das kleine Lederetui, in dem die Rechnung steckt, und legt seine Hand darauf.

»Es ist mir eine Freude.«

»Danke«, erwidere ich. Er trinkt noch den letzten Schluck Ginger Ale aus seinem Glas, bevor er aufsteht.

»Wollen wir …«, frage ich.

»Soll ich …«, beginnt er im selben Moment und wir müssen beide grinsen.

Einen Moment sehen wir uns an. Das Blau seiner Augen funkelt in der dezenten Beleuchtung der Lichterketten. Es erinnert mich an unseren Kuss unter dem Sternenhimmel. Gerade einmal zwei Wochen ist das jetzt her. Neben uns an der Wand hängt eine große Uhr mit geschwungenen Zahlen auf dem Ziffernblatt. Erst 19 Uhr. Die früh einsetzende Dunkelheit im Winter lässt mich abends jedes Zeitgefühl verlieren. In meinen Augen könnte es auch schon 10 Uhr abends sein. Mit Dean Zeit zu verbringen, fühlt sich so locker an.

»Wollen wir noch ein bisschen am Embarcadero spazieren gehen?« Die große Straße, die an der Küste verläuft, ist um diese Zeit bestimmt voller Touristen, aber ich liebe den Ausblick auf die Bay Bridge.

»Gerne.«

Zusammen verlassen wir das Restaurant und machen uns auf den Weg durch die riesigen Häuserschluchten der Stadt. Die Sonne ist bereits seit einer Weile untergegangen und das Nachtleben erwacht langsam. Es schiebt sich eine unglaublich spannende Mischung aus Geschäftsleuten, die gerade Feierabend gemacht haben, Touristen auf der Suche nach einem Ort, um ihren Tag ausklingen zu lassen, und Einheimischen, die sich noch auf ein Glas Wein oder Bier treffen wollen, über den Asphalt. Ich liebe es, um diese Zeit unterwegs zu sein und die vielen verschiedenen Leute zu beobachten. Jeder mit seiner ganz eigenen Geschichte. So unbekannt und grenzenlos. Fasziniert von der Vorstellung, was die Menschen hier zusammenbringt, vergesse ich fast, mit wem ich unterwegs bin.

»Siehst du den Mann dort drüben?«, reißt mich Dean plötzlich aus meinen Gedanken. Etwas überfordert folge ich der Richtung, in die seine Hand zeigt. Ein Mann mit Glatze in einem schicken Anzug läuft mit schnellem Schritt und ernstem Gesicht zur Straßenbahnhaltestelle.

»Ja, kennst du ihn?«, frage ich überrascht, da er nur ein weiterer Passant im Strom der Menschen zu sein scheint.

»Nein, keine Ahnung, wer er ist, aber ich wette, er beeilt sich so sehr, um nach Hause zu kommen, weil dort drei Katzen auf ihn warten. Und weil die Katzensitterin ihm geschrieben hat, dass eins seiner Babys heute einen Haarballen ausgespuckt hat.«

Kopfschüttelnd sehe ich ihn an. Kann er Gedanken lesen?

»Woher weißt du, dass ich dieses Spiel liebe?«, frage ich scherzend. Denn es ist die Wahrheit. Ich denke mir immer möglichst unwahrscheinliche Geschichten über die Menschen aus, denen ich begegne, einfach, um immer wieder meine eigenen Vorurteile herauszufordern.

Er grinst. »Jemand, an den du mich manchmal erinnerst, hat das früher gespielt. Damals fand ich es komisch, aber inzwischen liebe ich es.«

Seine Worte bewirken eine Art Vollbremsung in meinem Hirn. Ohne es sagen zu müssen, weiß ich, dass er von mir spricht. Von Jenna. Der besten Freundin seiner kleinen Schwester. Ich habe das schon früher gespielt, aber ich wusste nicht, dass er es je mitbekommen hat. Wir waren selten zusammen an einem Ort, an dem man es spielen konnte, und noch seltener habe ich die Dinge, die ich gedacht habe, laut ausgesprochen.

Ein überraschtes »Oh« kommt über meine Lippen.

»Aber das ist nichts Schlechtes, sie war echt cool. Nur etwas eigensinnig. Aber ... Ach, das ist schon ewig her. Bestimmt schon zehn Jahre«, fährt er fort und ich muss schlucken. Es ist sechs Jahre her.

»Okay«, erwidere ich schlicht und blicke mich um. Dass er mich wirklich cool fand, glaube ich nicht. Vermutlich wollte er nur etwas Nettes sagen, weil er mich mit ... nun ja, mit mir verglichen hat. Gott, mein Kopf brummt.

»Ich muss ...«, beginne ich. Genau in diesem Moment werde ich angerempelt und stolpere. Deans Arme fangen mich wieder einmal auf und er blickt mir tief in die Augen. Mist. Sein Blick ist so offen und warm, dass sich mein Herz vor Sehnsucht zusammenzieht. Ich kann ihm nicht die Wahrheit sagen. Nicht jetzt, wo er mir so nah ist und die Erinnerung an seinen Lippen auf meinen ein Kribbeln durch meinen gesamten Körper schickt.

»Alles in Ordnung?«

Ich nicke und lasse zu, dass er mich loslässt. Vielleicht sollte ich auch einfach noch etwas warten. Irgendwann ergibt sich bestimmt die Möglichkeit, das Missverständnis ganz einfach aufzuklären. Warum den schönen Abend ruinieren?

Da fällt mein Blick auf ein Mädchen, dessen lange pinke Haare auf einer Seite raspelkurz rasiert sind. Es hat einen Ring in der Nase und trägt ein übergroßes kariertes Hemd über einem schwarzen Faltenrock. Darunter noch ein paar schwarze, blickdichte Strumpfhosen und dicke Dr. Martens.

»Sie«, ich deute auf das Mädchen, um unser Spiel fortzusetzen und nicht weiter über die Probleme nachzudenken, die meine Lüge mit sich bringt, »macht gerade ihren Master in Mathematik und will später Highschoollehrerin werden.«

Er folgt meinem Blick und nickt. »Und in ihrer Freizeit hilft sie im Tierheim aus.«

Wir spielen, bis wir die Bay Bridge sehen können. Wie erwartet ist der Embarcadero voll mit Touristen, die sich fotografieren, schlendern oder den Straßenkünstlern zusehen. Ein Mann, der mit ungefähr zwölf Bällen jongliert, fesselt als Erstes meine Aufmerksamkeit. Dann höre ich eine unglaublich gefühlvolle Stimme einer Sängerin, die nur unweit von uns singt. Das ist es, was ich liebe. Diese Diversität, das Leben.

In diesem Moment realisiere ich, wie sehr es mir gefehlt hat, und ich kämpfe gegen die Tränen an, die mir in die Augen steigen wollen.

»Hey, was ist los?«, fragt Dean und greift nach meinem Arm.

»Nichts«, bringe ich hervor und zwinge mich zu einem Lächeln. Er führt mich zu einer Bank mit Blick über die Bucht und drückt mich sanft darauf.

»Bist du sicher?« Sein Ton ist vorsichtig. Ohne Wertung. Er weckt den Drang in mir, mich öffnen zu wollen.

»Das letzte halbe Jahr war nur sehr schwer für mich, und das hier, das erinnert mich daran, was ich vorher alles so geliebt habe«, erkläre ich und starre auf das Wasser hinaus.

Er legt locker den Arm um die Lehne in meinem Rücken, aber ohne mich zu berühren. Und so sitzen wir eine Weile ruhig nebeneinander. Die Lichter der Stadt spiegeln sich in den schwarz wirkenden Wellen in der Dunkelheit und zum ersten Mal seit einer Ewigkeit fühle ich mich gut.

»Was hast du geliebt?«, fragt er zögerlich und dreht seinen Oberkörper zu mir, einen Ellenbogen weiterhin auf die Rückenlehne gestützt.

Seine Frage lässt mich schmunzeln. Das ist Dean. Ich erinnere mich, wie sehr er Small Talk gehasst hat, wie er den Erwachsenen immer weiterführende Fragen zu ernsten Themen gestellt hat, obwohl sie sich mit ihm meist nur über die Schule unterhalten wollten. Violet war von seinem Hinterfragen immer genervt, aber ich mochte es. Auch wenn ich das damals nie zugegeben habe.

Ich stoße geräuschvoll Luft aus.

»Das ist eine ziemlich tiefgründige Frage für ein erstes Date, oder?« Ich spüre, wie er mit den Schultern zuckt.

»Ich liebe das Filmemachen, das Schreiben von Texten und Skripten, und ich liebe es, meinen Körper herauszufordern. Wenn ich länger als ein paar Tage nicht zum Sport kann, werde ich unausstehlich. Und wenn ich mich mit jemandem unterhalten will, dann interessieren mich Themen wie das Wetter oder der neuste Tratsch nicht.«

Die geballte Kraft Ehrlichkeit in seiner Aussage überrascht mich.

»Wo kommt das plötzlich her?«, frage ich unsicher.

»Jetzt kennst du meine Antwort auf die Frage. Vielleicht fühlst du dich dann wohler, sie auch zu beantworten. Wie gesagt, Small Talk ist nicht so meins.«

Den Blick noch immer auf das Wasser gerichtet, überlege ich eine Weile. Dean wartet einfach schweigend, ohne mich zu einer Antwort zu drängen.

»Ich liebe es, neue Dinge auszuprobieren. Als Kind war ich …« Ich komme ins Stocken. Mist, ich muss ihm eine weitere Lüge auftischen. Wenn ich sage, dass ich wegen eines Unfalls lange im Krankenhaus war, wird er vielleicht doch noch die Verbindung herstellen.

»Meine Kindheit war nicht so cool, auf jeden Fall konnte ich nicht viel ausprobieren, weshalb ich versucht habe, so viel wie möglich nachzuholen. Aber keine krass verrückten Sachen«, schiebe ich schnell hinterher. »Nur eben Erfahrungen. Ich habe zum Beispiel in einem Jahr angefangen zu reiten, Klavier zu spielen und Standardtanz zu lernen. Dann habe ich Tennis probiert, Volleyball, Oboe spielen.« Während ich so drüber nachdenke, ist es mir fast peinlich aufzuzählen, was ich alles schon angefangen und dann doch nicht weiterverfolgt habe.

»Ich habe auf jeden Fall viel probiert und daran Spaß gehabt. Es war für mich nicht schlimm, dass bis jetzt nicht das Richtige dabei war. Gleichzeitig fühlt es sich aber auch ein bisschen scheiße an, weil mein bester Freund schon seit Ewigkeiten weiß, was er machen will. Aber ich, ich springe immer von einer Sache zur nächsten.« Meine Finger trommeln nervös auf meinem Oberschenkel herum. Schon wieder sorgt Dean dafür, dass ich Dinge ausspreche, die ich bis jetzt nur gedacht habe. »Ich habe übrigens endlich einen Termin bei der Studiengangsberatung ausgemacht, weil ich definitiv nicht mehr Soziologie studieren will.«

»Du solltest weiter so viele Dinge ausprobieren, wie du nur kannst«, rät er mir und legt sanft seine Finger auf meine. Ob er jede Frau so berührt? »Ich glaube nicht daran, dass es nur einen Lebensweg gibt. *Die Weisheit eines Menschen misst man nicht nach seinen Erfahrungen, sondern nach seiner Fähigkeit, Erfahrungen zu machen.*« Das Letzte klingt verdächtig nach einem Zitat, aber ich habe es noch nie gehört.

»Wer hat das gesagt?«, hake ich nach.

»George Shaw, ein irischer Dramatiker.«

»Hast du eine Zitatenzyklopädie auswendig gelernt oder ist es Zufall, dass du so viele kennst?«

Sein Schmunzeln entgeht mir nicht. »Nein, du hast inzwischen auch mein gesamtes Repertoire an sozialwissenschaftlichen Sprüchen gehört. Mehr habe ich nicht zu bieten.« Sein Lachen ist so ansteckend, dass ich nicht anders kann als einzustimmen.

»Ich könnte mir im Leben keine Zitate merken«, gebe ich, noch immer kichernd, zu.

»Auch keine Filmzitate?«

Er sieht mich mit weit aufgerissenen Augen an, als ich den Kopf schüttle.

»So was liegt mir überhaupt nicht. Ganz davon abgesehen, dass ich selten Filme gucke.«

Dean fasst sich an die Brust, als hätte ich eben einen Dolch hineingerammt. »Das müssen wir ändern.« Mit der Schulter gibt er mir einen Stups. Mein Herz schlägt ein paar Takte schneller bei seinen Worten.

»Vielleicht können wir ja mit etwas anfangen, das du gedreht hast?«

Es ist, als hätten meine Worte einen Schalter umgelegt. Seine Augen glühen aufgeregt. »Ehrlich?«, fragt er fast schon atemlos. »Daran hättest du Interesse?«

Ich lege den Kopf schief. »Na klar.«

Dean greift nach meiner Hand und hält sie fest. »Das bedeutet mir unglaublich viel.«

Nun sehe ich ihn fragend an. Natürlich freue ich mich darüber, dass er so begeistert davon ist, mir seine Filme zu zeigen, aber ich werde das Gefühl nicht los, dass da noch mehr dahintersteckt. Mein Blick scheint meine Unsicherheit widerzuspiegeln, denn er zuckt mit den Schultern, bevor er in die Ferne blickt.

»Sorry, dass ich mich so freue, es ist nur, dass sich außerhalb der kleinen Filmblase, in der ich mich größtenteils aufhalte, bis jetzt niemand Interesse daran gezeigt hat, was ich mache.«

Meine Hand liegt noch immer in seiner und ich streiche sanft mit meinem Daumen über seine raue Haut.

»Was ist mit deinen Eltern?«, hake ich nach. Ich versuche mich daran zu erinnern, wie es früher war, aber ich kann mich nicht mehr erinnern.

»Sie haben immer erwartet, dass ich auch etwas ›Richtiges‹ mache, wie Jura oder Medizin. Und dass ich ›mein Potenzial nicht mit dem Drehen von kleinen Filmchen verschwende‹.« Er setzt die letzte Aussage in Anführungszeichen, obwohl schon sein sarkastischer Tonfall Information genug war, dass jemand anderes ihm diesen Blödsinn eingeredet hat. *Was ›Richtiges‹, so wie seine Schwester,* füge ich in Gedanken hinzu. Aber er sagt es nicht. Vielleicht ist es besser, wenn ich mein Geheimnis noch eine Weile für mich behalte, denn er scheint irgendwas zurückzuhalten, das mit seiner Familie zu tun hat.

Ein unsicheres Lachen kommt über seine Lippen. »Und wie ist es bei dir? Welche Erwartungen werden an dich gestellt?« Es ist eindeutig, dass er von sich ablenken will, also gehe ich auf den Themenwechsel ein.

»Das ist das Gute daran, wenn man nichts kann. Die Leute sind schon froh darüber, wenn man irgendetwas tut«, scherze ich, spüre dabei aber, dass mich die Tatsache verletzt. Ich weiß noch, wie glücklich meine Eltern waren, als wir endlich grünes Licht von den Ärzten bekommen haben, mich nicht mehr einschränken zu müssen, weil die Folgen des Unfalls unter Kontrolle waren. Sie waren so stolz, als ich alles ausprobiert habe, bis über die Zeit immer ein leicht enttäuschter Unterton dazukam, wenn ich mal wieder etwas aufgegeben habe, um etwas Neues zu beginnen.

Nun stupst Dean mich sanft mit seiner Schulter an. »Du wirst schon noch das finden, was dir Spaß macht, da bin ich mir sicher.«

Kapitel 11

»Guten Morgen!«

Mit einer Umarmung begrüßt mich Kaden, der vor der Cafeteria gewartet hat. Avery biegt in dem Moment ebenfalls um die Ecke und wir winken ihr zu. Als sie uns erkennt, läuft sie ein bisschen schneller und schlingt die Arme um ihren Freund.

»Ihr wisst schon, dass ihr zusammenwohnt, oder?« Ich kann mir den Kommentar nicht verkneifen.

Kaden streckt mir die Zunge raus und drückt seiner Freundin einen schmatzenden Kuss auf den Mund. Daraufhin zieht sie ihren Kopf weg und wischt sie theatralisch über das Gesicht.

»Ich war die letzten zwei Stunden in der Bibliothek«, erklärt Avery und nimmt Kadens Hand. Zusammen gehen wir in die Cafeteria. Für Sonntagmorgen um kurz nach acht ist es schon erstaunlich voll.

»Ich suche uns schon mal einen Platz.« Avery lässt Kaden los und geht auf eine freie Tischreihe im hinteren Teil zu, während mein bester Freund und ich uns in die Reihe der Essensausgabe stellen.

»Und, wie hat er es aufgenommen?«, kommt er direkt zur Sache, die ich am liebsten verdrängen würde.

Betont unauffällig starre ich an die Decke. »Ach, äh, also, es hat –«

»Du hast es ihm nicht gesagt?!« Kaden unterbricht mein Gestotter viel zu laut, sodass sich einige Köpfe zu uns umdrehen. Seine Stimme trieft vor Enttäuschung.

»Psst«, mache ich, doch er schüttelt nur den Kopf. Zum Glück erreiche ich in diesem Moment die Theke mit dem Essen und schnappe mir einen Teller

Pancakes – den letzten. Aber ich vermute, dass das nicht der ausschlaggebende Grund für Kadens genervten Seufzer ist.

Ohne einen weiteren Kommentar nimmt er für sich und seine Freundin einen Teller French Toast und einen Bagel. Nachdem wir uns mit Kaffee versorgt haben, gehen wir schweigend zur Kasse, wo wir unsere Studierendenausweise vorhalten und schließlich zu unserem Platz gehen.

Die Stille macht mir Angst, weil ich sicher mit einem Vortrag gerechnet hätte.

»Jenna, wie zum Teufel stellst du dir das vor?« Etwas zu kräftig stellt er sein Tablett auf den Tisch, sodass etwas Kaffee aus seinem To-go-Becher schwappt, dessen Deckel er immer offen lässt, damit er schneller abkühlt. Sobald ich sitze, vergrabe ich die Hände in meinem Gesicht.

»Was ist los? Hat sie es ihm endlich gesagt?«, fragt Avery nach, während sie den Lachs-Bagel von Kadens Tablett nimmt.

»Nein, habe ich nicht«, gebe ich zurück und verschränke die Arme vor der Brust.

»Und jetzt?« Avery sieht mich mit geweiteten Augen an.

»Gar nichts jetzt. Ich werde es ihm schon noch irgendwann erklären. Zur Not sage ich einfach, ich hätte ihn nicht erkannt.«

»Das glaubst du doch selbst nicht.« Mein bester Freund funkelt mich böse an.

Das stimmt. Die Idee klingt absurd.

»Okay, okay, das war eine dämliche Aussage. Können wir vielleicht einfach frühstücken?« Demonstrativ schneide ich ein großes Stück von meinem Pancake ab und stopfe es mir in den Mund. Immerhin muss ich dann keine Fragen beantworten, obwohl Kadens Enttäuschung so präsent ist, dass ich fast das Gefühl habe, danach greifen zu können. Ja, ich habe Mist gebaut. Mir ist das durchaus bewusst. Aber wenn Dean und ich uns erst mal besser kennenlernen, dann kann ich das Missverständnis bestimmt problemlos aufklären. Ich habe ja nichts Schlimmes getan, nur mich mit einem anderen Vornamen vorgestellt. Der sogar in meinem Pass steht, nur halt nicht an erster Stelle. Okay, und ich habe über meine Heimatstadt gelogen ...

»Und wie war das Date sonst?« Avery schlägt einen versöhnlicheren Ton und am liebsten würde ich sie dafür abknutschen. Mein bester Freund hingegen schnaubt nur genervt.

»Es war wundervoll. Nach dem Schlittschuhlaufen waren wir noch etwas essen und sind am Embarcadero spazieren gegangen«, schwärme ich.

Kaden schüttelt nur den Kopf und ich spüre den Abgrund, der sich zwischen uns auftut. Er ist enttäuscht von mir. Und zwar so richtig. Statt weiter von meinem Date zu schwärmen, konzentriere ich mich aufs Essen. Avery, die versucht, die Stimmung aufzulockern, lenkt das Thema auf etwas anderes.

»Ich habe gestern bei Macy's einen Pulli gesehen, der dir unglaublich gut stehen würde mit den neuen Haaren«, erklärt sie in meine Richtung gewandt. »Wie wäre es, wenn wir heute mal zusammen hingehen?« Unsicher blicke ich auf. »Alle«, betont sie mit Blick auf ihren Freund.

Vorsichtig lege ich meine Hand auf Kadens. »Ich mache einen Fehler, das ist mir bewusst, aber es fühlt sich so verdammt richtig an, dass ich gerade nicht über die Konsequenzen nachdenken will. Bitte, bitte, nimm mir das nicht übel.«

Er seufzt und legt seine andere Hand auf unsere. »Ich nehme dir das nicht übel. Ich finde es schade, dass du denkst, dass du jemand anderes sein musst. Und je länger du es hinauszögerst, desto größer wird der Knall am Ende. Es ist wie ein Pflaster, am besten zieht man es schnell ab. Aber du lässt es drauf. Und dann tut es vielleicht mehr weh, es langsam abzuziehen.«

Nickend starre ich auf meine Pancakes. Der bernsteinfarbene Ahornsirup tropft auf den weißen Teller.

»Oder es fällt von allein ab«, gebe ich zurück und Kaden seufzt.

»Oder so.« Seiner Stimme ist deutlich anzuhören, dass er nicht überzeugt ist. Er entzieht mir seine Hand und beginnt, seinen French Toast zu essen. Avery sieht still zwischen uns hin und her.

In diesem Moment erreicht mich eine Nachricht. Ich blicke auf mein Smartphone und muss automatisch lächeln.

Dean: Ist es zu früh, dich um ein weiteres Date zu bitten?

Nachdem er mich gestern zum Wohnheim gebracht hat, haben wir uns mit einem flüchtigen Kuss verabschiedet, der die Schmetterlinge in meinem Bauch die restliche Nacht in Aufruhr gebracht hat. Leider wurden wir vom Pförtner unterbrochen, der genau in diesem Moment eine Raucherpause einlegen musste.

Ich: Nein 😉

Wenige Sekunden später vibriert das Smartphone in meiner Hand erneut. Er ruft an. Ich entschuldige mich bei Avery und Kaden, lasse meine halb gegessenen Pancakes stehen und gehe aus der Cafeteria.

»Hey«, begrüße ich ihn etwas atemlos. Aufregung steigt in mir auf.

»Hey, schön, dass du rangegangen bist«, gibt er zurück und ich höre das Lächeln in seiner Stimme. Bevor ich antworten kann, spricht er weiter: »Ich war gerade unterwegs und habe ein paar Flyer gesehen, da wollte ich dich mal fragen, ob du schon mal auf Alcatraz warst?«

»Ein paarmal«, erwidere ich.

»Oh, schade«, gibt er enttäuscht zurück. »Ich dachte, das könnten wir nächstes Wochenende mal machen.«

»Können wir doch trotzdem. Ich finde es cool dort. Oder wir fahren nach Angel Island, warst du schon da?«, schlage ich vor.

Dean schweigt kurz. »Nein, ich glaube nicht.«

»Super, die Insel ist auf jeden Fall einen Besuch wert.«

Er seufzt. »Ich habe nebenbei mal nachgesehen. Die ist im Januar leider geschlossen. Vielleicht verschieben wir den Besuch um ein paar Wochen?«

Ich kann das aufgeregte Kribbeln in meinem Bauch nicht unterdrücken bei der Vorstellung, ihn in ein paar Wochen immer noch regelmäßig zu treffen.

»Sehr gerne. Dann lass uns dieses Wochenende Alcatraz machen. Aber unbedingt die Nachttour«, stimme ich zu und freue mich auf die ehemalige Gefängnisinsel. Ich war bis jetzt dreimal dort. Zweimal tagsüber und einmal bei Nacht. Die nächtlichen Führungen durch das verlassene Gebäude sind besonders gruselig.

Dean macht ein zustimmendes Geräusch. Wir vereinbaren, dass ich die Tickets buche, und verabschieden uns.

Nachdem ich aufgelegt habe, lege ich den Kopf in den Nacken und atme tief durch. Noch nie war ich nach einem Telefonat so glücklich. Ich mache mich direkt daran, die Tickets zu buchen. Im Sommer ist so eine spontane Entscheidung kaum möglich, weil die Plätze Wochen im Voraus ausgebucht sind, aber Ende Januar sind kaum Touristen in San Francisco und wir haben Glück. Ich schicke Dean die Buchungsbestätigung, als Kaden und Avery aus der Cafeteria kommen.

»Die Pancakes waren übrigens köstlich«, erklärt mein bester Freund mir und streckt mir die Zunge raus. Ich erwidere die kindische Geste und geselle mich zu den beiden. Schließlich wollen wir ja gemeinsam shoppen gehen. Während wir uns auf den Weg zu den Wohnheimen machen, vibriert mein Smartphone erneut. In Erwartung, eine Nachricht von Dean zu lesen, bleibe ich abrupt stehen, als mir der Absender ins Auge springt. Oder in diesem Fall die Absenderin. Violet. Schon wieder.

Bitte, ich muss etwas mit dir klären.

Die Buchstaben verschwimmen vor meinen Augen, weil meine Finger so sehr zittern. Warum jetzt? Sechs Monate lang hat sie nichts von sich hören lassen und jetzt auf einmal schreibt sie mir? Kaum dass ich ihrem Bruder näherkomme?

»Alles in Ordnung, Jenna?« Avery legt mir eine Hand auf den Rücken und ich sehe in ihre dunklen Augen.

Ich nicke und nehme einige tiefe Atemzüge, um mich zu beruhigen. Dann lasse ich mein Smartphone zurück in meine Tasche gleiten.

»Lasst uns shoppen gehen«, verkünde ich.

***

Avery hatte recht, der Pulli, den sie für mich ausgesucht hat, ist perfekt. Das dunkle Kirschrot lässt meine Haare noch etwas kräftiger strahlen, außerdem komplementiert es meinen Teint, sodass ich trotz der fehlenden Bräune nicht aussehe wie eine Wasserleiche. Nachdem ich mich dazu entschieden habe, ihn zu kaufen, schlendern wir noch ein wenig durch die Damenabteilung. Plötzlich bleibt Kaden stehen. Vor uns sind ein paar Schaufensterpuppen in verschiedenen Outfits aufgebaut, die Masken von bekannten Promis tragen.

»Das ist die Idee. Wir könnten … und dann …« Wild gestikulierend läuft er zu der Auslage. »Du müsstest … Genial!« Kaden greift scheinbar wahllos nach ein paar Klamotten und hält sie an mir hoch. Was? Ich verstehe kein Wort. Stattdessen wende ich mich Hilfe suchend an Avery, die aber ebenfalls nur mit den Schultern zuckt. Kaden kramt inzwischen in seinem Rucksack nach etwas und zieht kurze Zeit später ein Notizbuch hervor.

»Setz dich mal kurz, bitte.« Mit einem Stift deutet er auf das Regal, das in etwa Sitzhöhe hat und vor den Schaufensterpuppen steht. Es lohnt sich nicht, Nachfragen zu stellen. Das habe ich in den Jahren unserer Freundschaft inzwischen gelernt. Wenn er einen kreativen Heureka-Moment hat, bringt es nichts, herausfinden zu wollen, was in seinem Kopf vorgeht. Am besten folgt man einfach seinen Anweisungen und wartet ab, was geschieht. Also tue ich genau das.

Ich stelle meine Tasche zwischen meinen Beinen ab und lege den Pulli über meinen Oberschenkel, während Kaden bereits beginnt, etwas in seinem Buch zu skizzieren. Ich sehe nur, wie seine Hand über das Papier fliegt und in nahezu unmenschlicher Geschwindigkeit etwas zeichnet. Avery schielt immer wieder auf das Buch, verzieht aber nur fragend das Gesicht, als unsere Blicke sich treffen. Gerade will ich nach meinem Smartphone greifen, um mich etwas abzulenken, denn künstlerische Ergüsse können bei ihm manchmal eine Weile dauern, als er mit der Zunge schnalzt.

»Perfekt.« Das Notizbuch in die Höhe gehalten, sieht er zu mir. »Okay, Jenna, hör zu. Ich habe dir doch von dem Kunstprojekt erzählt, richtig? Alte Gemälde neu interpretieren. Und ich dachte anfangs eventuell in anderen Stilen. Also ein gotisches Kunstwerk impressionistisch zu malen. Aber ich weiß bereits von drei anderen, dass sie das ebenfalls so machen. Das hier, das ist die Idee. Ich brauche dich als Model. Und zwar sollst du klassische Gemälde nachstellen!«

Seine Worte kommen in einem Schwall heraus, sodass ich erst mal einen Moment brauche, um sie gedanklich zu sortieren. Ich soll klassische Gemälde nachstellen? Wie bitte? Das Erste, was mir einfällt, sind die Bilder, die in seinem Kunstbuch abgedruckt sind. Frauen, die sich nackt einem Apfel entgegenräkeln. Nein danke.

Mit zusammengezogenen Augenbrauen sehe ich ihn an. »Welche Gemälde meinst du? Ich ziehe mich nicht aus«, stelle ich direkt klar. In den letzten Monaten habe ich Kaden und manchmal auch Avery bei ihren Projekten geholfen, aber meistens eher im Hintergrund. Entweder war ich da, um etwas zu halten, oder um mich schminken zu lassen. Aber selbst da ging es nie um mich. Mein Gesicht diente lediglich als Leinwand.

»Natürlich nicht, Gott, Jenna, ich rede von Mona Lisa, dem Mädchen mit den Perlenohrringen, verdammt, wir könnten sogar eine Büste von Kleopatra nachstellen. Die Optionen sind endlos. Wir müssen sie perfekt ausleuchten, das Make-up muss den Geist unserer Zeit widerspiegeln und vielleicht finden wir irgendwo ein Fake-Piercing. O ja, das wird großartig!«

Mein Mund öffnet sich, nur um sich daraufhin zu schließen, ohne etwas gesagt zu habe. Es dauert einen Moment, bis ich die Idee überhaupt verstanden habe.

»Okay«, antworte ich schließlich zögerlich. Eine andere Wahl bleibt mir sowieso nicht wirklich, außer ich lasse meinen besten Freund hängen. Und das werde ich ihm nicht antun. Solange ich mich nicht ausziehen muss, wird es schon nicht so schlimm.

Bevor ich weitere Fragen stellen kann, wirbelt er bereits herum und läuft durch die Gänge. Avery und ich folgen ihm. Er und seine Freundin haben die Abmachung, dass sie sich zwar mit allen Projekten unterstützen, aber nicht aktiv daran mitwirken. Das haben sie beschlossen, nachdem sie einmal zusammen für Averys Studium ein selbst geschriebenes Theaterstück einstudiert haben, woraus ein so heftiger Streit resultierte, dass sie kurz davor waren, ihre Beziehung zu beenden. Beiden wurde daraufhin klar, dass sie künstlerisch kein gutes Team bilden. Stattdessen helfen sie sich eher beim Vorbereiten von Kulissen oder dem Einüben von Texten.

»Ich liebe seine Leidenschaft.« Die Augen von Kadens Freundin leuchten auf, während sie ihn beobachtet.

»Ich auch«, gebe ich zu.

Am Ende unserer Shoppingtour sind wir alle mit Taschen bepackt und voller Tatendrang für das neue Projekt. Die Abgabe ist schon nächste Woche. Deswegen beschließen wir, heute loszulegen. Denn wenn eins Kadens Kreativität behindert, dann ist das Zeitdruck. Sein kreativer Erguss kam definitiv zur rechten Zeit. Ich hatte die Aufgabe schon wieder fast vergessen.

Kaum betreten wir das Apartment der beiden, schiebt mich Kaden in das Schlafzimmer links vom Eingang.

Wie schon so viele Male zuvor, drückt er mich auf sein Bett und beginnt damit, sein Make-up zusammenzusuchen. Die Pinsel holt er frisch gereinigt aus einer Kiste unter dem Bett, auf der in Großbuchstaben sein Name steht. Den Rest sammelt er zusammen, während Avery ein Ringlicht vor mich stellt und es so ausrichtet, dass ich gut beleuchtet bin. Dann kommt Kaden zu uns und beginnt damit, mich zu schminken. Keine Ahnung, was ›den Geist unserer Zeit‹ ausdrücken soll, aber ich bin mir sicher, dass er weiß, was er tut. Avery macht sich währenddessen daran, einen Hintergrund für unseren ersten Versuch zu malen. Die Mona Lisa. Ich meine, das ist ja eine total banale Sache, mit einem der bekanntesten Gemälde der Welt mithalten zu müssen. Gar kein Druck. Aber daran denke ich jetzt nicht. Das Einzige, was ich tue, ist, meinem besten Freund bei der Umsetzung einer Idee zu helfen.

Jetzt, wo ich mit geschlossenen Augen dasitze und mich von Kaden verwöhnen lasse, fällt mir die Nachricht von Violet ein. Was will sie nur? Immer wieder streiche ich mit dem Zeigefinger über meinen Daumennagel und überlege, warum sie mir geschrieben hat. Auch wenn sie mir das Herz gebrochen hat, und das hat sie definitiv mehr, als Lucas es je hätte tun können, verbindet uns so viel, dass ich sie am liebsten direkt anrufen würde.

Kadens warme Hand an meiner Schulter holt mich aus meinen Gedanken.

»So, Jenna, dann lass es uns mal probieren.« Er deutet auf das Kleid, das wir eben gekauft haben. Ich ziehe mich mit Averys Hilfe um, ohne die Frisur zu ruinieren. Dann sehe ich in den Spiegel. Mein Kleid hat ungefähr denselben Ausschnitt wie das auf dem Original. Meine Haare liegen ähnlich und meine Augenbrauen sind fast vollständig abgedeckt. Dafür trage ich dicken Eyeliner und roten Lippenstift. Noch erkenne ich die Ähnlichkeit kaum, aber ich vertraue Kaden.

Avery positioniert mich vor dem unglaublich detailgetreuen Hintergrund, den sie in der Zeit gezaubert hat, und ihr Freund schießt das erste Foto. Dann gibt er mir Anweisungen zu meiner Pose oder meinem Gesichtsausdruck, die ich, so gut es eben geht, versuche umzusetzen.

Nach zehn Fotos leuchten Kadens Augen auf. »Ich glaube, wir haben es. Wow!« Auch Avery beugt sich über die Kamera und gibt mir ein Daumenhoch-Zeichen.

Ein wohliges Kribbeln breitet sich in meinem Magen aus. Nichts fasziniert mich mehr als mein bester Freund, wenn er mit einem Projekt zufrieden ist. Lächelnd trete ich zu den beiden und betrachte das Foto. Zum Vergleich reiße ich das ausgedruckte Bild des Originals von der Wand und halte es neben das Display.

»Wow«, hauche ich. Auch wenn ich mir mit den zusammengepressten Lippen und dem Blick ins Leere nicht sonderlich gefalle, ist das ein grandioses Ergebnis für Kadens Projekt.

»Lass uns das gleich auf den Laptop übertragen und schon mal sehen, welche Verbesserungen wir noch machen können«, schlägt Avery vor, woraufhin Kaden ein kleines Fach öffnet, um die SD-Karte herauszuziehen. Er übergibt die Speicherkarte an seine Freundin und reicht mir eine Packung Abschminktücher.

»Wir machen direkt weiter.«

Fünf Stunden später wische ich mir den letzten Make-up-Look vom Gesicht. Kaden braucht zwar nur drei Bilder, aber wir haben zwischendurch etwas rumprobiert. Obwohl mein Teil des Projektes der einfachste ist, fühle ich mich völlig erschöpft. Draußen dämmert es bereits.

Die beiden Künstler stehen am Schreibtisch und starren auf den Bildschirm, der die letzten Bilder unseres Shootings anzeigt. Die Kleopatra-Variante. Das ist mein absoluter Favorit. Zu meiner Überraschung sehe ich richtig majestätisch aus.

Mein Magen knurrt laut.

»Das ist wohl mein Stichwort«, erkläre ich und deute auf die Tür. Keine Ahnung, wie die beiden es machen, aber ich habe seit meiner halben Portion Pancakes heute früh nichts mehr zu mir genommen und bin kurz vorm Verhungern.

Kaden und Avery nicken, ohne weiter auf mich zu achten. Ihr Blick ist stattdessen von den Bildern gefesselt. Na gut.

In Ruhe ziehe ich mir meine normalen Klamotten an, nehme meine Einkaufstüten und rufe den beiden noch ein »Tschüss« zu, bevor ich ihre Wohnung verlasse. Sie haben echt verdammt Glück, eins der umrissenen Studierendenapartments bekommen zu haben, die im letzten Semester fertiggestellt wurden. Ich bin froh, dass der Weg zu den Wohnheimen nur einmal quer über den Campus führt. Eine kalte Brise lässt mich erschaudern und ich beeile mich, die kurze Distanz zu überbrücken, ohne zu erfrieren.

»Jenna?«, ruft plötzlich eine Stimme und meine Füße rammen sich in den rauen Asphaltboden. In meinem Nacken stellen sich die Haare auf, und das hat rein gar nichts mit der Umgebungstemperatur zu tun. Mein Magen fühlt sich an, als hätte ich zu viele Chili Cheese Nuggets gegessen, und zieht sich zusammen, sodass mir fast die Galle hochsteigt.

Sanfte Schritte ertönen und dann sehe ich sie. Zumindest schemenhaft, denn ohne mein Wissen sind Tränen in meine Augen getreten.

Kapitel 12

Violet steht vor mir, in einem marineblauen Trenchcoat.

»Jenna«, sagt sie atemlos und legt mir eine Hand auf den Unterarm. Am liebsten will ich ihn ihr entziehen und weglaufen. Einfach nur so weit weg wie möglich. Nicht mehr darüber nachdenken, wie ihr schmerzerfüllter Blick auf meinen trifft. Aber ich bin wie erstarrt. Kann mich nicht von dem traurigen Ausdruck in ihren Augen losreißen.

»Was machst du hier?« Was als Fauchen geplant war, kommt nur als Flüstern über meine Lippen. Ich hasse es, wie schwach ich klinge. Als würde es mich immer noch verletzen, dass ich meine beste Freundin seit Kindheitstagen verloren habe, wegen eines verdammten Idioten. Ach, fuck, es tut auch noch immer weh. Vor allem jetzt, da sie vor mir steht. Die großen braunen Augen weit aufgerissen, abwartend, wie ich reagieren werde. Erst jetzt fällt mir auf, wie wenig sie mit ihrem Bruder gemein hat.

»Ich muss mit dir reden«, antwortet sie verspätet auf meine Frage, die ich schon vergessen habe.

Ich will sie nicht sehen. Will nicht, dass sie mich so ansieht.

»Dafür ist es leider zu spät«, bringe ich hervor.

»Bitte, ich vermisse dich.« Ihre Worte sind wie ein brennendes Messer, das mir jemand in die Brust gerammt hat. Sie steht vor mir und wartet auf eine Antwort, ihre Hand noch immer auf meinem Arm.

Ich kann das nicht. Statt zu antworten, schüttle ich nur den Kopf und ziehe meinen Arm zurück.

»Jenna, es tut mir so leid, können wir bitte reden?« Das Flehen in ihrer Stimme gibt mir den Rest.

»Nein, können wir nicht. Lass mich bitte einfach in Ruhe.« Sie sieht mich aus traurigen Augen an, aber ich drehe mich weg. Das hier ist zu viel.

Ich beginne zu laufen, noch ehe ich weiter darüber nachdenken kann. Ich laufe, obwohl mir jeder Atemzug in der Seite sticht. Ich laufe immer weiter, bis ich das Wohnheim erreiche. Immer drei Stufen auf einmal nehmend, renne ich die Treppe hinauf zu meinem Zimmer. Meine Lunge schreit nach Sauerstoff, als ich endlich die Tür mit der Nummer 372 erreiche und keuchend davor stehen bleibe. Ein sanfter Lichtschimmer tritt durch den Spalt am Boden. Also scheint Emily zu Hause zu sein.

Ich muss atmen. Ich muss mich beruhigen. Verdammt, das da unten war Violet und kein Serienkiller, und doch fühle ich mich, als würden eine Million Ameisen unter meiner Haut krabbeln. Mit ihrem Erscheinen hat sie eine Wunde aufgerissen, die kein Stück verheilt ist, die nur betäubt und ignoriert wurde.

Bilder tauchen vor mir auf. Lucas, dessen Hand mit Violets BH spielt, sie, wie sie sich eng an ihn drückt. Das leise Stöhnen, das ihre Lippen verlässt. Mir wird schlecht.

Schnell laufe ich in das in der Dunkelheit liegende Gemeinschaftsbad gegenüber und übergebe mich in eine der Toilettenschüsseln. Das Licht flackert etwas, bevor es vollständig angeht, aber da würge ich bereits den letzten Rest meines Frühstücks hervor.

Langsam rapple ich mich auf und presse meine Stirn gegen das kalte Plastik der Tür. Der Versuch, meine Gedanken zu sortieren, sorgt dafür, dass sie noch viel schneller durch meinen Kopf wirbeln. Statt eine Lösung zu suchen, spüle ich mir den Mund aus, bevor ich durch den muffigen Flur zu meinem Zimmer gehe. Kaum habe ich die Türschwelle überquert, sehe ich Emily, die mit Kopfhörern auf ihrem Bett hockt, den Laptop vor sich auf einigen Unibüchern abgelegt. Um sie herum liegen lose Notizblätter und sie nippt gerade an einem Metallstrohhalm.

Als sie den Blick hebt, nimmt sie die Kopfhörer ab.

»Was ist passiert?« Sie klettert von ihrem Bett, wobei einige Blätter auf den Boden segeln, und legt mir die Arme um die Schultern.

Als ich ihre Wärme spüre, beginnen die Tränen erneut zu fließen. Immer wieder schluchze ich auf. So viele Erinnerungen prasseln auf mich ein. Am liebsten würde ich meinen Kopf abschalten.

»Jenna? Rede mit mir. Soll ich jemanden verprügeln? Ist jemand gestorben? Verdammt, was ist passiert?« Sie hält mich eine Armeslänge von sich. Von dem vielen Heulen bekomme ich langsam Kopfschmerzen. Sanft löse ich mich von meiner Zimmergenossin und trotte zu meinem gemachten Bett. Mit einem Geräusch, das eine Mischung aus Seufzen und Schluchzen ist, lasse ich mich auf die weiche Matratze fallen. Emily folgt mir und setzt sich neben mich. Sanft streichelt sie mir über den Rücken.

»Wenn du mit mir nicht darüber reden willst, kann ich das auch verstehen. Soll ich Kaden für dich anrufen?«

Ihr Verständnis zaubert mir den Hauch eines Lächelns auf die Lippen. Immerhin habe ich mich bei Kaden noch abgeschminkt, sonst würde ich bei der Grimasse, die ich gerade schneide, vermutlich aussehen wie der Clown aus *Es*. Selbst ich spüre, dass mein Lächeln nur ein kläglicher Versuch ist.

Ich glaube, ich möchte zum ersten Mal von mir aus darüber sprechen. Ich schlucke und sehe schließlich auf. Endlich haben die Tränen aufgehört und ich erzähle die Geschichte vom Sommer so kurz wie möglich.

»Nein!«, ruft sie empört.

Ich wünschte, es wäre anders, aber ich zucke nur mit den Schultern. »Seitdem …« Meine Stimme zittert leicht und ich blinzle die Tränen weg, die mir in die Augen schießen, als ich mir selbst darüber klar werde, wie schlecht es mir seitdem geht. »Bin ich ziemlich am Ende. Keine Ahnung, wieso ich noch nicht darüber hinweggekommen bin. Es ist immerhin schon sechs Monate her, aber … Na ja, sie hat vor ein paar Tagen versucht mich zu erreichen. Eben bin ich ihr über den Weg gelaufen und ich konnte einfach nicht. Es hat so wehgetan. Und ich bin einfach immer noch so sauer. Vermutlich ist das lächerlich.«

»Also wirklich, deine beste Freundin hat dich hintergangen. Du hast alles Recht der Welt, für den Rest deines Lebens sauer zu sein.« Bestärkend reibt sie mir über den Rücken.

Ich seufze. »Ich weiß nicht. Wir waren Freunde seit der Preschool und ich habe –«

»Was? Verdammt«, unterbricht sie mich.

Ich nicke. »Ja, seit damals haben wir nie mehr als drei Tage getrennt voneinander verbracht. Also bis zum College. Sie studiert in Seattle. Aber selbst damals haben wir fast jeden Tag zumindest geschrieben. Sie, Kaden und ich sind alle zusammen aufgewachsen. Unsere Eltern haben immer gescherzt, dass wir Drillinge wären, die bei der Geburt getrennt wurden. Das alles zu verlieren, ist einfach schmerzhaft.«

»Ach, Süße, das ist so verdammt herzzerreißend.« Sie nimmt mich noch mal fest in den Arm. »Und was ist passiert, im Sommer? Was ist mit deinem Ex-Freund, dem Arschloch?«

Bevor ich antworten kann, muss ich einen tiefen Atemzug nehmen. Die Erinnerungen habe ich weggeschlossen und doch sind sie so präsent wie sonst nichts anderes.

»Wir hatten einen Girlstrip gemacht, runter nach San Diego. Es waren drei Wochen geplant, nachdem wir uns wegen der Prüfungsphasen kaum noch gesehen hatten. Die erste Woche war ein absoluter Traum.« Jedes Bild, das ich von diesem Urlaub noch im Kopf habe, ist wie ein Messerstich in mein Herz. Violet und ich, wie wir zusammen Stand-up-Paddling ausprobiert haben, der riesige Eisbecher, den wir uns jeden Abend geteilt haben, die Strandpartys, auf die wir zufällig gestoßen sind. Fuck, es war ein Sommer, wie er im Buch steht.

»Und dann Anfang der zweiten Woche kam Lucas. Violet ist an dem Tag wandern gegangen. Sie hatte gesagt, sie möchte uns etwas Zeit zu zweit schenken.« Ein bitteres Lachen kommt über meine Lippen. »Als sie zurückkam, haben wir zusammen gegrillt und sie haben sich ganz normal unterhalten. In der Nacht«, die Worte wollen sich nur schwer bilden, »bin ich aufgewacht und das Bett war leer. Unser Badezimmer grenzte ans Schlafzimmer, aber ich hörte nichts. Also habe ich ihn gesucht. Und gefunden. Emily, dieser Moment war das Schrecklichste, was ich je in meinem Leben gesehen habe. Lucas saß auf Violets Bett und sie – nun ja, es war ziemlich eindeutig, was gerade abging. Dann bin ich einfach abgehauen. Habe meine Sachen gepackt und war weg.«

Die Stille, die uns umhüllt, entspricht ganz und gar nicht dem Chaos, das in meinem Kopf herrscht. Auch Emily, die ich noch nie sprachlos erlebt habe, bringt nach meiner Schilderung kein Wort hervor. Vor nicht mal einem Monat war das Spannendste in meinem Leben der Cliffhanger irgendeiner belanglosen Serie, die ich schaute. Und heute laufe ich meiner ehemals besten Freundin in die Arme, mit deren Bruder ich für das nächste Wochenende ein Date ausgemacht habe. Und der denkt, dass wir uns noch nie im Leben begegnet sind.

»Fuck«, erschöpft lasse ich mein Gesicht in meine Hände fallen. In regelmäßigen Abständen streicht Emily mir über den Rücken.

»Hast du ... also ...«, druckst sie herum und ich hebe den Blick. Nach einem tiefen Atemzug vervollständigt sie den Satz: »Hast du seitdem mal mit ihr gesprochen?«

So fest ich kann, beiße ich die Zähne aufeinander und schüttle den Kopf. Emily sagt nichts mehr.

Ich bin dankbar dafür, dass sie hier ist und nicht Kaden. Mir ist bewusst, dass das Thema Violet bei ihm genauso emotional aufgeladen ist wie bei mir. Nicht nur ich habe jemanden verloren. Auch er hat jeglichen Kontakt abgebrochen. Seit einem halben Jahr versuche ich nicht nur meine eigene Trauer zu verdrängen, sondern tue auch noch so, als wäre ich die Einzige, die darunter leidet.

In meiner Tasche, die ich achtlos mit den Einkaufstüten neben meine Füße gestellt habe, vibriert mein Telefon. *Bitte lass es nicht Violet sein.* Der Gedanke, dass sie mich inzwischen erreichen kann, sorgt dafür, dass ich verkrampfe. Regungslos sitze ich auf dem Bett und starre darauf. Die Tasche wackelt kaum wahrnehmbar. Dann streckt Emily ihre Hand danach aus, sieht auf das Display und hält es in meine Richtung. Mein Herzschlag beschleunigt sich. Ich starre das kleine Ding einfach nur an, während es immer weiter vibriert. Dean.

Mit dem Zeigefinger tippe ich auf meinen Oberschenkel, unsicher, ob ich rangehen soll oder nicht. Seine Stimme zu hören, könnte mir nach diesem Tag den Rest geben oder mich vollständig zusammensetzen. Ich weiß es nicht.

Bevor ich eine Entscheidung treffen kann, erlischt das Licht auf meinem Bildschirm und der Anruf ist beendet. Ich lasse mich nach hinten auf mein Bett fallen.

»Brauchst du etwas Ablenkung?«, fragt Emily, die noch auf der Kante der Matratze sitzt. Mein Smartphone hat sie neben sich gelegt.

»Klar, gerne.«

»Nalu hat mir heute geschrieben.«

Mein Blick wandert zu ihr. Ihre Wangen schimmern leicht rosa und sie beißt sich auf ihre Unterlippe.

»Und?«, frage ich ungeduldig, die Augenbrauen in die Höhe gezogen.

»Er hat eine Zusage von der USF bekommen.«

Quietschend schließe ich die Arme um meine Freundin. »Wie cool!«

Sie nickt aufgeregt und ihr Grinsen könnte vermutlich eine ganze Stadt erleuchten.

Ich bin es gewohnt, den Schmerz wegen Violet in den Hintergrund zu drängen, weshalb es mir auch dieses Mal nicht schwerfällt, mich für Emily zu freuen, während eben noch meine Welt kollabiert ist. Sie erzählt mir noch ein wenig von den Plänen, die Nalu und sie geschmiedet haben, bevor sie sich ihrem Unikram zuwendet.

»Ich denke, du solltest ihn zurückrufen«, empfiehlt sie mir, setzt sich die Kopfhörer aufs Ohr und lernt im Chaos ihres Bettes weiter.

Nachdenklich nehme ich mein Smartphone. Ohne weiter darüber nachzudenken, klicke ich auf seinen Namen und halte mir das Telefon ans Ohr. Es tutet ein paarmal, dann meldet er sich endlich.

»Meghan!« Seine tiefe Stimme jagt mir einen warmen Schauer über den Rücken.

»Hey, sorry, ich habe deinen Anruf leider verpasst«, erkläre ich schnell.

»Kein Problem.« Er lacht. »Ich gebe zu, dass ich einfach nur deine Stimme gerne noch mal hören wollte, bevor die neue Woche losgeht. Wie war dein Sonntag?«

Bei seinen Worten steigt mir Wärme in die Brust. Dean Bishop freut sich darüber, meine Stimme zu hören.

»Ganz in Ordnung, ich war shoppen und habe meinem besten … äh, also einem Kumpel bei einer Projektarbeit geholfen. Und …« Meine Stimme bricht, weil ich nicht weiß, wieso ich überhaupt weitergesprochen habe. Das ist der Teil, den ich ihm verschweigen sollte.

»Was ist los? Meghan?«

Erschöpft vom Tag, lege ich mir die Hand auf die Augen.

»Ich habe jemanden getroffen, der besser in meiner Vergangenheit hätte bleiben sollen.«

»Willst du drüber reden?« Seine Worte sind so sanft, dass ich am liebsten gleich wieder anfangen würde zu weinen, aber ich schaffe es, mich mit ein paar Atemzügen zu beruhigen.

»Danke, es geht schon wieder.«

»Okay, ansonsten kann ich auch gerne vorbeikommen.«

Alles in mir schreit Ja, bis auf mein Verstand, der mit einem starken Nein dagegenhält. Aber Dean versteht mein Zögern anscheinend falsch.

»Wir können uns auch irgendwo treffen. Hast du schon gegessen? Wie wäre es mit *Papalote*? Ein kleiner Mexikaner in Uninähe«, schlägt er vor.

Ich zögere. Der ganze Aufruhr wegen Violet hat meinen Hunger ganz verdrängt. Doch bei dem Gedanken an mexikanisches Essen knurrt mein Magen laut.

»Okay, ähm, gerne.« Auf meinem Daumennagel kauend, richte ich mich langsam auf. Mein Outfit ist noch akzeptabel, nur mein Gesicht muss ich unter Kontrolle bringen.

»Ich brauche circa eine halbe Stunde dorthin, schaffst du das? Von der Uni sind es nur fünfzehn Minuten.«

Erst jetzt fällt mir auf, dass ich fast nichts über Deans jetziges Leben weiß, wie zum Beispiel, wo er eigentlich wohnt. Alles, worauf ich mich beziehe, ist inzwischen sechs Jahre her.

»Alles klar, dann bis gleich.« Wir verabschieden uns und ich bleibe ratlos in der Mitte des Zimmers stehen. Die Freude, Dean gleich wiederzusehen, mischt sich mit der Unsicherheit, wie ich damit umgehen soll, dass er meine Identität immer noch nicht kennt. Auch wenn ich das Missverständnis schon längst hätte aufklären sollen, will ich mich heute nicht auch noch damit belasten. Stattdessen wische ich mir mit einem Abschminktuch über das verweinte Gesicht.

»Was machst du?«, fragt Emily, die erneut die Kopfhörer abgesetzt hat.

»Ich glaube, ich habe ein Date. Mit Dean«, erkläre ich und versuche mich an einem Lächeln.

Kapitel 13

Dean hatte recht, nach einer Viertelstunde zeigt mir mein Navi auf dem Smartphone an, dass ich mein Ziel erreicht habe. Verwundert blicke ich an den Fassaden entlang. Es dauert einen Moment, bis ich den kleinen mexikanischen Imbiss sehe, denn neben ihm thront ein riesiges Gebäude mit schwarz lackierter Fassade. *Barell Head Brewhouse* steht in goldenen Lettern darauf. Erst auf den zweiten Blick erkenne ich das rot-blaue Schild des *Papalote*. Ich bin etwas zu früh da und betrachte schon mal die Speisekarte, die neben der Tür in einem kleinen Schaufenster hängt.

»Hallo, Meghan«, höre ich plötzlich Deans Stimme hinter mir. Er steigt gerade von einem alten Rennrad ab und schließt es an einem Fahrradständer an, der vor dem Eingang steht.

»Du bist mit dem Rad hergekommen?«, frage ich. In Jackson fährt niemand, den ich kenne, nach der Grundschule noch mit dem Fahrrad, und hier in San Francisco, wo der Verkehr eine Katastrophe ist, würde ich mich erst recht niemals freiwillig auf so einen Drahtesel schwingen.

Er streicht sich mit der Hand durch die dunklen Haare, die vermutlich durch den Fahrtwind ziemlich durcheinander aussehen, und zuckt mit den Schultern.

»So bin ich am flexibelsten. Und es tut gut, an der frischen Luft zu sein.«

»Darüber lässt sich streiten«, sage ich grinsend.

»Ich glaube, du musst dem Ganzen nur eine Chance geben.«

»Vielleicht«, gebe ich zurück und deute auf den Imbiss. »Wollen wir reingehen?«

Dean macht einen Schritt an mir vorbei und hält mir die Tür auf. Der Geruch von Cumin und anderen mexikanischen Gewürzen, die sich zu einer kleinen Wolke der Köstlichkeit vermischt haben, schlägt mir entgegen. Ich nehme einen extra tiefen Atemzug. Wow, woher kennt Dean nur all diese großartigen Restaurants? Allein der Duft der würzigen Speisen lässt mir das Wasser im Mund zusammenlaufen.

»Ich liebe mexikanisches Essen«, sage ich, als auch schon eine Kellnerin auf uns zukommt. Sie begrüßt uns überschwänglich und setzt uns dann an einen kleinen Tisch am Fenster. Wir blättern schweigend durch die Speisekarten, als sie wiederkommt und zwei Gläser Wasser auf den Tisch stellt.

»Wisst ihr schon, was es sein darf?«, fragt sie mit einem breiten Grinsen.

»Eine Cola«, bestellen wir gleichzeitig und müssen lachen. Nachdem wir auch unser Essen geordert haben und die Kellnerin die Karten mitgenommen hat, mustert Dean mich.

»Wie geht es dir?« Seine blauen Augen sehen besorgt aus. Sie erinnern mich an die Zenoten, die ich mit meiner Familie einmal in Mexiko besucht habe, tiefe Löcher in der Erde, gefüllt mit strahlend blauem Wasser, das so klar ist, dass man fast bis auf den Grund sehen kann. Aber bei Dean ist es nicht so einfach, bis auf den Grund zu sehen.

Meine Mundwinkel zucken. Keine Ahnung, wie ich diese Frage beantworten soll.

»Mir geht es schon besser, es tut mir leid, dass ich am Telefon so fertig war.« Statt das Thema fallen zu lassen, sieht er mich noch intensiver an.

»Meghan, du brauchst dich nicht zu entschuldigen. Wirklich nicht. Mir ist es lieber, du sagst mir, was los ist, damit ich dir damit helfen kann. Niemand sollte schwierige Situationen allein durchstehen müssen.« Sein Blick lässt mich nicht los und am liebsten würde ich meinen abwenden. Das ist eine Farce. Eine inzwischen absolut lächerliche Farce. Und trotzdem berühren mich seine Worte auf einer Ebene, die viel tiefer liegt als meine Lüge. Es ist, als würde sie aus seinem Mund direkt in mein Herz wandern und dort etwas berühren, das schmerzt und sich nach Heilung sehnt.

Ich schaffe es nicht, ihn weiter anzulügen, und trotzdem kann ich ihm in diesem Moment nicht die Wahrheit sagen. Zumindest nicht die ganze. Denn seine Reaktion halte ich heute nicht aus. Egal, wie sie ausfällt. Also lecke ich mir langsam mit der Zunge über die Unterlippe und sehe hinaus auf die Straße.

»Im Sommer war ich mit meiner besten Freundin im Urlaub. Dort habe sie in der zweiten Woche mit meinem Freund im Bett erwischt. Jetzt ist sie hier und will mit mir sprechen, aber jedes Mal, wenn ich daran denke, verknotet sich mein Magen und ich würde mich am liebsten übergeben.« Dass ich es tatsächlich getan habe, muss er nicht erfahren.

Seine Lippen bilden eine schmale Linie, während er mich mit zusammengezogenen Augenbrauen betrachtet.

»Das ist scheiße«, murmelt er und ich rechne jeden Augenblick damit, dass er mich erkennt. Schreie ihn innerlich förmlich an. Doch in diesem Moment bringt die Kellnerin unser Essen und wir unterbrechen den Blickkontakt.

Ich greife gerade nach meiner Gabel, als er seine Hand auf meine legt. Die Wärme seiner rauen Finger dringt durch mich hindurch. Die Berührung ist ganz sanft und doch so intensiv, dass ich für einen Moment die Augen schließen muss.

»Wart ihr lange befreundet?«, fragt er nach.

Ein Kloß bildet sich in meinem Hals, während ich nicke. Ich bin so feige. So lächerlich feige. Aber die Art, wie er mich in diesem Moment ansieht, macht es mir unmöglich, endlich die Wahrheit zu sagen. Ach, scheiß drauf. Ich habe heute genug durchgemacht. Wenn wir auf Alcatraz sind, dann werde ich ihm alles erklären. Ganz in Ruhe.

»Das ist absolut unterirdisch. Ich verstehe nicht, wie Leute so egoistisch und verdammt arschig sein können.« Seine Hand, die meine nicht berührt, ballt sich auf dem Tisch zur Faust.

»Es war echt hart, und obwohl es schon ein halbes Jahr her ist, kann ich es immer noch nicht fassen«, gebe ich zu.

»Danke, dass du mir das erzählt hast. Ich hoffe, du hast den Typen ins Nirvana verbannt.«

»Ich hab seitdem nicht ein Wort mehr mit ihm gewechselt.«

»Ich bin stolz.« Nun grinst er mich an und ich kann nicht anders, als es zu erwidern. Noch immer berühren wir uns, während das Essen vor unserer Nase langsam aufhört zu dampfen.

»Wollen wir essen?«, frage ich zögerlich, denn eigentlich würde ich ihn gerne weiter auf meiner Haut spüren.

Er drückt meine Hand noch einmal, bevor er seine zurückzieht und mich mit einem Gefühl der Leere zurücklässt. Vor jedem von uns liegen vollgepackte Tacos und zwischen uns ein großer Teller Nachos mit verschiedenen Dips. Es riecht köstlich.

»Gott, ist das lecker«, stöhne ich nach meinem ersten Bissen. »Woher kennst du nur all diese großartigen Essgelegenheiten? Ich studiere seit über einem Jahr in San Francisco und war noch nie hier.«

»Du läufst anscheinend mit Scheuklappen herum«, grinst er und ich muss ebenfalls schmunzeln.

»Da kann ich dir nicht mal widersprechen.«

Mir gefällt Deans Gesellschaft so verdammt gut. Wir unterhalten uns über seine Zeit in New York, wo er zwei Wochen lang alle Restaurants im unmittelbaren Umfeld getestet hat, damit er jedem, der neu in der Stadt ist, Empfehlungen aussprechen kann. Er erzählt von seinem Studium mit einer Leidenschaft, die mich auch begeistert. Er fragt mich, was ich gerne machen will, was ich mir von dem Gespräch mit der Studienberatung erwarte und was ich in der Schule am liebsten mochte. Es tut gut, mit jemandem über meine Zweifel zu sprechen.

Nach dem Essen bringt uns die Kellnerin die Rechnung. Obwohl ich danach greife, nimmt er sie an sich und bezahlt erneut für uns beide.

»Du musst das nicht …«, will ich protestieren, als er das kleine Ledermäppchen, in welches er das Geld gelegt hat, bereits zuklappt.

»Ich weiß, aber es ist kein Problem«, gibt er zurück. Dann erheben wir uns und gehen aus dem Restaurant. Unschlüssig bleiben wir vor der Tür stehen.

»Möchtest du noch …?«

»Wollen wir …?«, beginnen wir wieder mal gleichzeitig und müssen lachen.

Er streicht sich durch die dunklen Haare und sieht mich an. »Ich würde gerne noch etwas Zeit mit dir verbringen. Aber ich will keine Grenze überschreiten. Du hattest einen harten Tag und ich will, dass du dich wohlfühlst.«

Ganz von selbst wandern meine Mundwinkel nach oben. »Mit dir fühle ich mich wohl«, kommt es aus meinem Mund, bevor ich darüber nachdenken kann. Dean setzt an, etwas zu erwidern, doch ich schüttle schnell den Kopf. »Aber ich will dich damit nicht überrumpeln, verdammt, eigentlich sollte ich das noch nicht sagen, aber es ist einfach so«, plappere ich weiter.

Statt mich damit aufzuziehen oder wegzurennen, zieht Dean mich zu sich. Bevor ich realisiere, was passiert, legt er seine Lippen auf meine. Ich schlinge die Arme um seine breiten Schultern und lasse mich fallen. Spüre, wie seine Hand über meinen Rücken fährt und seine Zunge vorsichtig gegen meine Lippen stößt. Ein Stöhnen entkommt meiner Kehle, als unsere Zungen aufeinandertreffen.

Deans Mundwinkel verziehen sich zu einem Lächeln, ohne dass er unseren Kuss unterbricht. Wenn ich den an Silvester schon umwerfend fand, ist der hier ein verdammter Hurrikan. Mit den Händen fahre ich ihm durch die weichen Haare. Sein Duft nach Heimat umhüllt uns. Ja, das bedeutet er für mich.

Viel zu schnell löst er sich von mir. Seine blauen Augen glühen noch vor Verlangen, als er nach meiner Hand greift.

»Lass uns ein wenig spazieren gehen.« Seine Stimme ist rau und er klingt atemlos. Ich unterdrücke ein Grinsen. Also hat ihn der Kuss auch nicht kaltgelassen. Das gefällt mir.

Unsere Finger verschränken sich miteinander, während er mich durch die hell erleuchtete Straße führt. Die Sonne mag schon untergegangen sein, aber um diese Zeit ist es hier dank der vielen beleuchteten Restaurants trotzdem fast taghell. Wir spazieren an dem Starbucks vorbei, bei dem Emily und ich zu besonderen Anlässen frühstücken. Als uns eine Gruppe entgegenkommt, weichen wir aus. Dabei rutscht mein Fuß vom Bordstein. Ich verliere den Halt und rudere mit den Armen. Mein Herz rutscht gefühlt eine Etage tiefer, bis ein spitzer Schmerz durch meinen Knöchel geht. Dean schafft es gerade noch so, mich aufrecht zu halten.

»Scheiße«, entfährt es mir bei dem Versuch, meinen Fuß zu belasten. Der

Schmerz zieht sich mein ganzes Bein hoch. Zum Glück steht vor dem nächsten Laden eine öffentliche Bank, auf die Dean mir hilft.

Kaum sitze ich, kniet er sich vor mich und nimmt vorsichtig meinen Fuß in seine Hand. Er schiebt die Hose etwas nach oben und die Wärme seiner Finger berührt meine Haut. Fachmännisch streicht er über die schmerzende Stelle und bewegt das Gelenk ein wenig. Dabei richtet sich sein Blick auf mich, aber ich verziehe keine Miene. Der Schmerz begrenzt sich zum Glück auf die Belastung.

»Gebrochen scheint es nicht zu sein. Vermutlich eine Zerrung. Du musst deinen Knöchel aber unbedingt kühlen. Wenn es zu sehr anschwillt oder die Schmerzen morgen nicht besser werden, dann solltest du ins Krankenhaus. Ich glaube zwar nicht, dass die Bänder gerissen sind, aber wenn es über Nacht schlimmer wird, dann sollte sich ein Arzt das mal ansehen.«

Beim Gedanken an Krankenhäuser und Ärzte verziehe ich das Gesicht. Nachdem ich die Hälfte meiner Kindheit in einer verbracht habe, sehne ich mich nicht wirklich danach, jemals wieder einen Fuß in eine Klinik zu setzen.

Dean greift nach meiner Hand und streichelt zart über meine Haut. »Wenn du Angst hast, kann ich dich auch begleiten. Aber ich rechne fest damit, dass du keinen Arzt brauchst, okay?« Seine Stimme ist ruhig und warm, und am liebsten würde ich sie für den Rest meines Lebens hören. Noch nie haben mich Worte auf diese Art beruhigt. Er ist da.

Ich sehe in seine strahlend blauen Augen. Die Wärme, die darin liegt, raubt mir einen Moment den Atem. Sie sind so wunderschön, und zum ersten Mal frage ich mich, woher er sie hat. Violet und ihre Eltern haben braune Augen. Wie war das noch mal mit der Vererbung von Augenfarben?

Bevor ich weiter darüber nachdenken kann, dreht Dean mir plötzlich den Rücken zu, während er noch auf dem Boden hockt.

»Komm, einmal aufsitzen, ich trage dich zurück zum Campus.«

Was? Über seine Schulter hinweg grinst er mich an und bedeutet mir mit seinen Händen, dass ich mich auf seinen Rücken begeben soll.

»Niemals«, erwidere ich und verschränke die Arme vor der Brust.

»Meghan. Du humpelst nicht zurück in dein Zimmer. Steig auf. Vertrau mir.« Nun zwinkert er mir auch noch zu. In meinem Inneren schreit eine Stimme, dass ich bestimmt viel zu schwer bin und mich vermutlich blamiere. Eine andere hält dagegen, dass ich mich an seinen Rücken schmiegen und es verdammt noch mal genießen soll. Ich beschließe, auf die zweite zu hören.

»Denkst du, du schaffst das wirklich?«, versichere ich mich, die Hände schon auf seine trainierten Schultern gelegt. Selbst durch den Hoodie spüre ich die Muskeln, die sich darunter anspannen.

»Jetzt oder nie«, gibt er zurück und ich klettere etwas unbeholfen auf ihn. Seine Arme schieben sich unter meine Oberschenkel und er steht auf. Für eine Sekunde wankt er, fängt sich dann aber schnell. Das bekomme ich aber nur am Rande mit. Meine gesamte Aufmerksamkeit liegt auf dem warmen Druckgefühl, das von seinen Händen ausgeht, die nur Zentimeter von meinem Hintern entfernt sind. Möglichst unauffällig presse ich mich noch ein wenig enger an ihn. Verdammt, fühlt sich das gut an.

Eingehüllt in seine Wärme und seinen unvergleichlichen Geruch, blende ich die Außenwelt einfach aus. In dem Universum, in dem ich mich gerade befinde, gibt es nur uns. Dean und mich, wie er mich durch die Straßen San Franciscos trägt. Mit den Armen um seinen Hals geschlungen, kuschle ich mich an seinen Rücken. Bei jedem Schritt wird das Kribbeln in meinem Bauch ein wenig stärker.

Obwohl die Masonic Avenue bergauf geht, bleibt Deans Atmung gleichmäßig. Ich wäre vermutlich bereits völlig aus der Puste.

»Was machst du eigentlich für Sport?«

»Dies und das. Im Sommer gehe ich viel wandern, im Frühling und im Herbst auch gerne laufen. Wenn es sich anbietet, fahre ich im Winter Ski. Ansonsten bin ich zweimal die Woche in der Kletterhalle.«

»Und du fährst mit dem Fahrrad«, füge ich noch hinzu. Das klingt alles nach ziemlich viel Ausdauer.

»Ja, ich fahre auch noch jeden Tag ein paar Meilen mit dem Fahrrad, das stimmt.«

»Ein paar Meilen?« Ich kann nichts dafür, dass meine Stimme schockiert klingt. Allein die Vorstellung, bei den Hügeln hier auch nur eine Meile zu fahren, lässt mich schwitzen.

Dean zuckt mit den Schultern. »Es ist gut für den Körper, die Umwelt und bei dem Verkehr auch für die Nerven.«

Da hat er definitiv recht. Ich bin froh, dass der Umkreis, in dem ich mich im Alltag bewege, sich vor allem auf den Campus begrenzt, sodass ich fast alles zu Fuß erledigen kann. Für alles andere gibt es die Metro oder Kadens Auto.

»Und wo wohnst du?«

»Im Mission District.«

Zu meiner Überraschung kenne ich die Gegend sogar. Obwohl ich inzwischen über ein Jahr hier lebe, habe ich außerhalb des Univiertels nur sehr wenig von San Francisco kennengelernt. Aber nicht nur das, der Mission District ist auch noch wunderschön. Künstler und Künstlerinnen malen dort regelmäßig überdimensionale Meisterwerke an die Hauswände.

»Wow, wie cool.«

»Ja, es ist ziemlich toll«, gibt er zurück und klingt dabei tatsächlich etwas beeindruckt. »Sehr inspirierend.«

»Ich liebe es, durch die Straßen zu schlendern und mir die Kunst anzusehen«, gestehe ich. Noch bevor ich damals mit Lucas zusammengekommen bin, habe ich viele Abende mit Kaden dort verbracht. Aber Lucas mochte diesen Teil der Stadt nicht, weshalb ich, seit dem Beginn unserer Beziehung, nicht mehr da war.

»Dann sollten wir das das nächste Mal zusammen machen. Sobald du wieder laufen kannst.« Sein Lächeln ist in seiner Stimme hörbar und auch meine Mundwinkel wandern nach oben. Die Tatsache, dass er anscheinend genauso gerne Zeit mit mir verbringt wie ich mit ihm, ist einfach großartig.

Schweigend trägt er mich weiter. Über dem Campus liegt eine gespenstische Ruhe, als wir das weitläufige Gelände erreichen.

Vorsichtig rutsche ich von seinem Rücken, als wir das Lone-Mountain-Gebäude erreichen, das seit dem Sommer meine neue Heimat ist.

»Danke fürs Herbringen und das Essen.« Meine Stimme ist viel zu leise.

Ich will nicht, dass der Abend endet. Mit Dean könnte ich die ganze Nacht verbringen und es würde sich trotzdem nicht nach genug Zeit anfühlen.

Er macht einen Schritt auf mich zu und legt seine Hände an meine Wangen. Sein Gesicht ist meinem nun so nahe, dass ich seinen Atem spüre. Während ich in den Tiefen des Ozeans versinke, senken seine Lippen sich ganz langsam auf meine. Kurz bevor wir uns berühren, verharrt er. Die Spannung, die sich zwischen uns entwickelt, müsste jeden Moment in einen Funken überspringen und unsere Körper in Brand setzen. So intensiv. Mein ganzer Körper kribbelt in freudiger Erwartung.

Ob das von jetzt an immer so ist? Jeder Kuss hat mir bisher den Atem geraubt. Und nun sorgt schon das leise Versprechen dessen, was gleich folgen wird, dafür, dass ich fast explodiere.

Ganz langsam und doch viel zu schnell liegt sein Mund auf meinem und ich schmiege mich in seine Hände. *Ja! Ja! Ja!*

Mein Herz springt ihm mit jedem Schlag entgegen, als würde es sich ebenfalls nach seiner Berührung verzehren. Als würde es nur darauf warten, von ihm in eine Umarmung gezogen zu werden, nachdem es so lange Zeit nur mit viel Mühe zusammengehalten hat. Es fühlt sich an, als würde es endlich heilen. Keine fiesen Splitter, die auch Monate später noch wehtun, wenn ich daran rüttle. Keine Risse, die jeden Schlag schmerzhaft machen und mich nie vergessen lassen wollen, was passiert ist. Nein, zum ersten Mal fühlt es sich wieder vollständig an.

Ohne Vorwarnung zieht Dean sich zurück. Ich reiße meine Augen auf, verwundert darüber, was ihn dazu gebracht hat.

»Meghan, du weinst.« Quälend sanft wischt er mir eine Träne von der Wange. Ich habe nicht einmal bemerkt, dass sie da war. Aber ich weiß, dass sie aus reinster Erleichterung geflossen ist.

»Du …« Ein tiefer Schluchzer unterbricht meinen Satz.

Dean legt einen Arm um mich und zieht mich eng an sich. »Hey, schhh.«

Der klägliche Versuch eines Lachens kommt über meine Lippen. Es klingt eher nach einem sterbenden Meerschweinchen. Schniefend wische ich mir über das tränennasse Gesicht.

»Du bist das Beste, was mir seit langer Zeit passiert ist«, bringe ich schließlich heraus und sehe dabei zu Boden.

Aber er lässt nicht zu, dass ich meine Worte so stehen lasse. Stattdessen legt er seinen Finger an mein Kinn und zwingt mich, ihn anzusehen.

»Das ist das Schönste, was ich seit langer Zeit gehört habe.«

Kapitel 14

»Bist du sicher, dass ich dich nicht ins Krankenhaus bringen soll?« Emily beobachtet, wie ich von meinem Bett zum Schreibtisch humple. Nachdem ich mir gestern eine Tüte Eis auf den Knöchel gelegt habe, fühlt er sich wesentlich besser an. Aber Laufen ist immer noch schmerzhaft.

»Nein, geht schon«, bringe ich zwischen zusammengebissenen Zähnen hervor. Ich öffne eine Schublade meines Schreibtisches und bin froh, als ich die kleine Dose Schmerztabletten finde, die ich sonst nur bei extremen Kopfschmerzen nehme.

Emily sieht mich weiter mit hochgezogenen Augenbrauen an. »Ganz sicher? Ich kann meinen ersten Kurs auch ausfallen lassen. Mrs Hendricks ist sowieso eine Schlaftablette vom Dienst.«

»Alles gut, wirklich«, erwidere ich und schlucke die Tablette trocken herunter. Bevor ich noch mal in ein Krankenhaus gehe, muss mir schon der Fuß abfallen.

Sie zuckt mit den Schultern und fährt dann damit fort, sich für den Tag zu schminken. Mit einem Knuff in ihre Seite verabschiede ich mich und verlasse unser Zimmer.

Statt mich auf den Weg zu meiner Vorlesung zu machen, humple ich quer über den Campus zum University Center, in dem die Studienberatung angesiedelt ist. Die Morgensonne taucht das Gelände in warmes Licht und lässt es fast surreal wirken. Um diese Zeit sind kaum Studierende unterwegs. Diesen Moment möchte ich unbedingt festhalten, also greife ich nach meinem Smartphone. Auf dem Display prangen mir zwei verpasste Anrufe von Kaden entgegen. Oh, Mist. Was er so früh wohl von mir will?

Schnell drücke ich auf seinen Namen und presse mir das Gerät ans Ohr. Nach dem ersten Tuten nimmt er ab.

»Jenna!«, meldet er sich überdreht. Sehr untypisch für diese Zeit.

»Ja?«

»Rate mal.«

Innerlich verdrehe ich die Augen. Dieses Spiel liebt mein bester Freund.

»Kim Kardashian hat einen deiner Tweets geretweetet?«

Kaden schnappt nach Luft. »Hat sie?« Bei der Aufregung in seiner Stimme muss ich mir auf die Zunge beißen. Ups. Dass er sie anhimmelt, ist kein Geheimnis.

»Nein, natürlich nicht. Aber woher soll ich denn wissen, was du morgens um halb neun von mir willst?«, gebe ich zurück und kann die enttäuschte Grimasse, die er zieht, förmlich vor meinem inneren Auge sehen.

»Du Miststück. Nein, Avery und ich haben eins der Bilder gestern fertig bearbeitet und es Harry geschickt, meinem Chef beim Theater. Er hat ein gutes Auge für Kunst und ich wollte seine Meinung hören. Na ja, jedenfalls hat er vorgeschlagen ...« Er unterbricht sich selbst mit einem aufgeregten Quietschen. Obwohl ich keine Ahnung von Kunst und auch kein wirkliches Interesse daran habe, bin ich gespannt, was nun kommt. »Er hat gesagt, dass er die Bilder im Theater ausstellen wird. Kannst du das glauben? Eine eigene kleine Vernissage. Mit deinem Gesicht.«

Ich reiße die Augen weit auf. Die Vorstellung, dass mein Bild im Zentrum dieser Ausstellung sein soll, klingt für mich ungefähr so attraktiv, wie freiwillig eine extra Hausarbeit zum Thema wissenschaftliches Arbeiten zu schreiben. Nämlich gar nicht.

»Er will eine Vernissage für ein Bild ausrichten?« So sehr ich mich auch für meinen besten Freund freuen will, das klingt nun doch etwas unrealistisch.

»Nein, du Dummie, für alle Bilder der Reihe. Ich rede heute mit Professor Krasinski darüber, aber ansonsten steht dem nichts mehr im Weg.«

»Äh, Kaden, das klingt toll, aber ...« Es fällt mir schwer zu widersprechen, wenn er so aufgeregt klingt. Verdammt, ich beiße mir auf die Zunge.

»Jenna, das ist eine unglaubliche Möglichkeit, meine Arbeit bekannt zu machen. Bitte komm jetzt nicht mit einem Aber.« Seine Stimme klingt fast schon weinerlich.

Kurz schließe ich die Augen und atme einmal tief durch. »Das ist eine wunderbare Chance für dich. Ich bin dabei.«

»Danke!«, quietscht er so laut, dass ich zusammenzucke.

»Aber nur, wenn du mir vorher nicht das Trommelfell zerstörst.«

Er lacht. »Okay, wie sieht dein Terminplan diese Woche aus? Harry plant die Vorstellung für nächsten Samstag. Eigentlich sollte es da nämlich eine Single-Act-Vorstellung geben, die Freitag abgesagt hat. Kannst du das glauben?« Sein erneutes Quietschen dröhnt in meinem Ohr, während meine Laune weiter Richtung Tiefpunkt sackt. Eine ganze Reihe Bilder mit meinem Gesicht klingt nach einer absoluten Katastrophe. Aber immerhin bin ich mit Dean verabredet, dann muss ich nicht dabei sein, wenn ein Haufen Fremder Bilder von mir ansieht.

»Hey, das wird richtig gut, vertrau mir.« Nun klingt er wesentlich sanfter.

»Das tue ich ja, es, also, es fühlt sich nur komisch an, dass mein Gesicht das Zentrum der Aufmerksamkeit sein soll.«

»Ach Quatsch, das musst du anders sehen. Meine Meisterwerke auf deinem Gesicht sind das Zentrum der Aufmerksamkeit.« Sein Lachen ist so ansteckend, dass ich nun doch grinsen muss. »Und ich würde sagen, das ist ein enormer Schritt aus deiner Komfortzone. Wenn du das machst, lasse ich dich den gesamten Februar mit unserer Abmachung in Ruhe.«

»Okay, okay, schon überredet. Aber ich muss jetzt los.« Inzwischen stehe ich vor dem University Center und die überdimensionale Uhr neben dem Eingang zeigt, dass ich nur noch ein paar Minuten habe, um pünktlich zu meinem Termin zu erscheinen.

Kaden verabschiedet sich von mir und ich lege auf.

***

Mit dem Gefühl, dass ich die gesamte Welt umarmen könnte, verlasse ich das Gebäude eine Stunde später. Keine Ahnung, was ich mir von dem Termin versprochen habe, aber definitiv nicht, endlich zu wissen, in welche Richtung ich gehen möchte: Psychologie.

Der Studienberater Mr Newcrest hat genau die richtigen Fragen gestellt. Dabei hat er nicht nur meine Interessen miteinbezogen, sondern auch meine bereits abgeschlossenen Kurse. So habe ich einen Plan, welche Kurse ich ab jetzt belegen kann. Für dieses Semester habe ich zwei Veranstaltungen abgewählt. Zusätzlich konnte ich einen Kurs noch tauschen. Vermutlich werden mich die kurzfristigen Änderungen ein Semester kosten, aber damit kann ich leben. Viel mehr ärgert mich, dass ich nicht viel früher auf die Idee gekommen bin.

Mit einem Haufen Broschüren in der Tasche mache ich mich auf den Weg zurück zum Wohnheim. Selbst meinem Fuß geht es nach dem Gespräch besser, auch wenn die beiden Dinge vermutlich eher weniger miteinander zu tun haben. Mr Newcrest hat gesagt, dass ich jetzt das Fundament lege, das meine Zukunft trägt. Und dabei kommt es nicht darauf an, wo andere gerne bauen, sondern darauf, mich für das zu entscheiden, worauf ich gerne bauen möchte. Zum ersten Mal habe ich das Gefühl, dass ich eine echte Entscheidungsmöglichkeit habe.

Erst als ich zurück in meinem Zimmer bin, sehe ich auf mein Smartphone. Kaden hat eine Nachricht geschrieben und fragt, wann ich Zeit habe.

Durch meinen gelockerten Stundenplan bin ich voller Tatendrang.

Jetzt, antworte ich spontan und warte auf eine Rückmeldung. Währenddessen sortiere ich die Flyer über die verschiedenen außerschulischen Aktivitäten, die der Studienberater mir noch mitgegeben hat. Ich habe ihm davon erzählt, dass ich gerne Neues probiere, weil ich früher häufig nicht die Chance dazu hatte, dass es im Studium aber nachgelassen hat. Daraufhin hat er mir alle möglichen Clubs aufgezählt. Obwohl ich nur von einem Bruchteil der Möglichkeiten etwas mitgenommen habe, hat der Stapel nun eine beachtliche Größe.

Nach und nach sortiere ich. Einige Clubs klangen bei Mr Newcrests Erklärung zwar interessant, aber ich glaube nicht, dass ich wirklich Französisch lernen will oder mich mit internationaler Netiquette befassen möchte. Dafür spricht mich das Mitwirken bei *ON Campus*, einem nationalen Onlinemagazin für Studierende, bei genauerer Betrachtung immer mehr an. Ich habe zwar schon Poster darüber in der Cafeteria gesehen, aber ich war noch nie auf der Website.

Kurzerhand gebe ich den Link ein. Eine bunte Seite begrüßt mich mit einem Artikel zum Black History Month. Ich scrolle weiter und finde eine Mischung aus diversen Themen. Sowohl Freizeit- als auch Business-Themen werden abgedeckt. Alle Artikel sind mit ansprechenden Bildern untermalt. Ich klicke auf Artikel, die sich interessant anhören, und überfliege die Inhalte. In kürzester Zeit habe ich zwanzig Tabs geöffnet und muss mich zurückhalten, immer weitere anzuklicken.

Es wäre ein verdammt gutes Gefühl, irgendwann mal meinen Namen dort zu lesen. Ich bin so vertieft in meine Recherche, dass ich zusammenschrecke, als mein Smartphone plötzlich piept.

> Kaden: Was ist mit deinem Kurs? Wenn du willst, komm vorbei, habe eben noch ein paar Sachen besorgt.

Die Freude darüber, dass ich heute keinen Kurs habe, zaubert mir ein Lächeln aufs Gesicht. *Soziologen und ihre Errungenschaften* ist einer der schlimmsten, die ich besucht habe, und ich bin heilfroh, dass das nun der Vergangenheit angehört.

> Ich: Bin unterwegs.

Schon beim Tippen schnappe ich mir meine Handtasche und nehme die Flyer, die mich nicht mehr interessieren, mit für die Papiertonne.

Eigentlich schade, so viel Papier zu verschwenden. Spontan beschließe ich, sie unten beim Pförtner auszulegen, vielleicht findet ja jemand anders eine spannende Freizeitaktivität.

Mr Harrison, der gerade an der Rezeption sitzt, sieht mich stirnrunzelnd an.

»Werbung machen ist nicht erlaubt«, ist das Erste, was er zu mir sagt, als er mich mit dem Papier in der Hand sieht.

»Okay, aber ich will die nicht wegschmeißen. Ich habe sie vom University Center mitgenommen und mich dagegen entschieden. Kann ich sie bitte einfach hier hinlegen? Vielleicht findet jemand anderes etwas, das sie oder ihn interessiert.«

»Aber Werbung machen ist nicht erlaubt«, wiederholt er.

Ich unterdrücke ein Augenrollen. »Verstanden. Dann lege ich sie hierhin und hole sie später ab«, versuche ich ihn zu überreden, aber er schüttelt vehement den Kopf. Na super. Wenn Mrs Hopkins hier wäre, wäre das bestimmt kein Problem.

Statt weiter zu diskutieren, packe ich die Broschüren in meine Tasche und mache mich auf den Weg zu Kaden. Mein Fuß tut zwar immer noch bei jedem Schritt etwas weh, aber inzwischen bin ich mir sicher, dass es nur eine Bänderdehnung ist. Es ist auf jeden Fall gut auszuhalten.

Als Kaden mir die Tür aufmacht, stehen seine sonst immer nach oben gegelten Haare in alle Richtungen ab.

»Was ist passiert?«, frage ich, ohne ihn zu begrüßen, und deute auf seinen Kopf. Erst jetzt bemerke ich die Farbspritzer auf seiner Wange und seinen nackten Armen. Er trägt ein blaues T-Shirt und darüber eine fleckige rote Schürze. Tiefe Ringe liegen unter seinen Augen.

Er gähnt. »Avery und ich haben die ganze Nacht an verschiedenen Sets für die einzelnen Porträts gearbeitet. Wie viel Zeit hast du mitgebracht?«

»Äh, viel?«, gebe ich zurück. Daraufhin schnappt er sich meinen Arm und zieht mich in das Apartment, das intensiv nach Farbe riecht. Ich muss husten.

»Habt ihr schon mal gelüftet, seitdem ihr angefangen habt?« Die zugezogenen Vorhänge deuten auf ein Nein hin.

Ich humple zu den Fenstern und reiße sie auf. Frische Luft strömt in die Räume und meine Lunge bedankt sich. Ich sehe zu meinen Freunden, deren Gesichter sich ebenfalls etwas erhellen. Kein Wunder, dass sie so fertig aussehen, bei der Luft und dem Arbeitspensum.

Überall stehen kleine Aufsteller mit Kunstwerken in verschiedenen Fertigkeitsgraden. Allein diese Arbeit hat eine Ausstellung verdient. Aber jetzt soll ich mein Gesicht noch davorsetzen? Die Idee überzeugt mich noch immer nicht zu hundert Prozent.

Avery verschwindet in die Küche und ich höre das Mahlwerk einer Kaffeemühle.

»Wie viel Koffein habt ihr schon intus, wenn ihr die ganze Nacht gearbeitet hat?«

Kadens Antwort ist ein mattes Schulterzucken.

»Lass uns anfangen. Zuerst machen wir ein dezentes Make-up für die Nachstellung des Mädchens mit dem Perlenohrring. Ich habe auch noch dieses Gemälde von Jean-Baptiste Santerre gefunden.« Er zeigt mir einen Ausdruck eines relativ einfachen Bildes, auf dem ein Mädchen bei Kerzenschein einen Brief liest. »Hierfür würdest du dein Smartphone nehmen und statt der Kerze nehmen wir eine Lavalampe.«

»Gehören die nicht schon fast ins letzte Jahrhundert?« Mein scherzhafter Ton prallt an meinem übermüdeten besten Freund einfach ab. Nicht mal seine Mundwinkel zucken, als er die Augen verdreht.

Statt weiter darauf einzugehen, zieht er noch einen Ausdruck hervor. »Und dann vielleicht noch in die Richtung.«

Ohne das Bild überhaupt sehen zu können, runzle ich die Stirn. »Bist du dir sicher, dass wir das alles heute machen sollen? Ich kann auch morgen noch mal wiederkommen.«

Er übergeht meinen Einwand erneut komplett und drückt mich bestimmt auf sein Bett. Kaum trifft mein Hintern auf die Matratze, habe ich schon einen Pinsel im Gesicht. Automatisch schließe ich die Augen und lasse es geschehen. Inständig hoffe ich, dass es ein sauberer Make-up-Pinsel ist und keiner, der bei der Entstehung der Ölleinwände dabei war, aber ich frage nicht nach. Ich habe Kaden schon oft genug im kreativen Wahnsinn erlebt, um zu wissen, dass ich am besten einfach genau das mache, was er von mir verlangt. Und gerade in diesem Moment ist das still dazusitzen und mein Gesicht zu entspannen.

An den dumpfen Schritten und dem plötzlich aufkommenden Kaffeegeruch erkenne ich, dass Avery den Raum betreten hat. Dann knarzt etwas und der Straßenlärm, der bis eben noch deutlich hörbar war, verstummt. Anscheinend hat sie beschlossen, dass genug gelüftet wurde.

»Auf dem Originalbild trägt die Frau eine Art Turban auf dem Kopf. Ich hatte die Idee, es mit einem Handtuch nachzustellen, als kämst du gerade aus der Dusche. Nur etwas besser geschminkt. Mit diesen Perlenohrringen.« Vorsichtig blinzle ich, um zu sehen, was er meint. Er deutet auf ein paar weiße Perlen, die er von Claire's hat, wie auf dem Schild zu lesen ist.

Die Müdigkeit in seiner Stimme wird völlig von der Aufregung überdeckt. Kaden ist einer der kreativsten Köpfe, die ich kenne, ohne Frage, aber bei diesem Projekt scheint er sich besonders reinzuhängen.

Den Rest der Zeit verbringt er schweigend damit, mein Make-up aufzutragen.

»So, perfekt.«

Seine Worte reißen mich aus meinem Dämmerzustand und ich schlage die Augen auf. Wie immer hält er mir einen kleinen Schminkspiegel vors Gesicht und ich betrachte das Ergebnis. Es ist schlicht, aber definitiv aussagekräftiger als die beiden Porträts, die er mir vorher unter die Nase gehalten hat. Dann positioniert er mich vor einem schwarzen Vorhang, drapiert ein Handtuch auf meinem Kopf und gibt schließlich Anweisungen dazu, was ich machen soll.

»Ich werde übrigens mein Studienfach wechseln«, erwähne ich zwischen zwei Aufnahmen, weil mich die kreative Stille, die zwischen uns herrscht, in den Wahnsinn treibt. Ich verstehe, dass Kaden sich ganz in seiner eigenen Welt befindet, keine Frage, aber ich bin nun mal für diesen Moment Teil seiner Welt.

Er hält in der Bewegung inne. Auch Avery, die auf dem Bett vor sich hingedöst hat, schlägt die Augen auf.

»Okaaay?« Kaden spricht das Wort langgezogen aus und sieht mich mit schief gelegtem Kopf an. Seine Freundin hingegen grinst breit und gibt mir einen Daumen hoch.

»Ich war heute bei der Studienberatung und werde ab nächstem Semester zu Psychologie wechseln. Einige der Kurse, die ich schon abgeschlossen habe, brauche ich dafür sowieso. Mir fehlen noch ein paar Prep-Kurse, die ich dann ab dem Sommer belegen kann.«

»Psychologie?« An der Stimme meines besten Freundes kann ich die Zweifel förmlich hören.

»Ja.« Auf eine Diskussion habe ich nun gerade gar keine Lust. Ich will noch ein bisschen auf der Wolke der Euphorie schweben. Mir ist bewusst, dass ein neuer Studiengang nicht automatisch bedeutet, dass mir alles viel Spaß machen wird, aber die Möglichkeiten, die ich damit habe, fühlen sich einfach so befreiend an.

Entweder hat Kaden genauso wenig Lust auf die Diskussion oder er hat meinen Tonfall verstanden, jedenfalls lässt er das Thema fallen. Wir beenden das Fotoshooting und ich bin froh, als Kaden mir die Abschminktücher reicht. Auch wenn der Look modern gehalten ist, will ich nicht mit dem Make-up über den Campus laufen.

»Also ist das Psychologie-Ding jetzt was Ernstes oder wieder nur eine deiner fixen Ideen?«

Ich bin gerade dabei, den schwarzen Eyeliner von meinem rechten Auge zu wischen, und halte in der Bewegung inne. »Was meinst du?«

Kaden zuckt mit den Schultern und wendet den Blick in Richtung seines Laptops, auf den er gerade die Bilder überträgt.

»Kaden?«, hake ich nach und kann nichts gegen meinen angepissten Tonfall. *Wieder eine meiner fixen Ideen?* Was soll das denn bedeuten?

»Du hast jetzt nicht unbedingt die beste Erfolgsbilanz, wenn es um Durchhaltevermögen geht.«

Die Gleichgültigkeit in seiner Stimme versetzt mir einen schmerzhaften Stich. Was soll das? Kaden ist mein bester Freund. Natürlich ist mir klar, dass meine Interessen manchmal sehr sprunghaft wechseln. Aber seine Worte verletzen mich trotzdem. Vielleicht auch, weil sie die Zweifel berühren, die tief in mir drinstecken.

»Ach, vergiss es, ich bin bloß müde«, lenkt er ein. Aber ich kann das nicht einfach vergessen.

»Nein, erklär mir bitte, wieso du das denkst. Wenn wir heute schon mal so offen sind.«

Sein Blick wandert über mein Gesicht, ehe er sich wegdreht, um auf den Bildschirm zu sehen. Er hält etwas zurück. Wenn mir die letzten fünfzehn Jahre Freundschaft mit ihm etwas gebracht haben, dann, dass ich jede seiner Gefühlsregungen gut erkennen kann. Und dass er es nicht offen sagt, ist auf jeden Fall ein schlechtes Zeichen.

Nun dreht er sich komplett zu mir um und stößt sich mit dem Fuß ein Stück vom Schreibtisch weg. Die Rollen unter seinem Stuhl machen ein klapperndes Geräusch.

»Hör zu. Du bist meine beste Freundin, mach dein Ding. Ehrlich. Es war doof von mir, was zu sagen.«

Das ist doch lächerlich. Mit den Händen in die Hüften gestemmt, springe ich auf. »Du hast es gesagt, also scheinst du es ja auch zu meinen. Sag mir bitte, was dein Problem ist.«

Nun steht er ebenfalls auf. »Ich habe kein Problem, okay? Ich frage mich nur, was los ist. Hat Jenna sich entschieden, was Neues zu machen, oder war das Meghan?«

Daher kommt sein Unmut also. Kopfschüttelnd sehe ich ihn an. Er weicht meinem Blick nicht aus.

»Ich bin glücklich, Kaden, glücklicher, als ich es seit langer Zeit war.« Damit packe ich meine Tasche und stolziere aus der Wohnung. Verdammt, ich benehme mich absolut lächerlich, aber er hat einen wunden Punkt getroffen, um den ich mich jetzt nicht kümmern kann oder will. Es läuft gerade viel zu gut.

Ich höre, wie hinter mir die Apartmenttür aufgeht, aber ich gehe einfach weiter. Ignoriere, wie er meinen Namen ruft, und laufe über den Campus zurück zu meinem Zimmer. Emily ist nicht da und ich bin heilfroh, ihr meinen Zustand nicht erklären zu müssen.

Kapitel 15

Statt mich weiter mit meinen Gefühlen auseinanderzusetzen, beginne ich aufzuräumen. Mein Kleiderschrank ist zwar ordentlich, aber ich ziehe trotzdem die einzelnen Stapel Klamotten hervor und sortiere sie auf meinem Bett. Dann hole ich noch zwei Kisten aus dem Schrank, die hinter den T-Shirts lagen. Beim Anblick des hellbraunen Stoffes, der sie umzieht, muss ich schlucken. Obwohl ich seit einer Ewigkeit nicht mehr daran gedacht habe, weiß ich direkt, was darin ist.

Der Kloß in meiner Kehle wird größer. Langsam lasse ich mich auf den Boden sinken und lehne meinen Rücken an den Bettkasten. Meine Finger zittern, als ich den Deckel öffne. Schon beim ersten Foto schießen mir Tränen in die Augen und ich presse es eng an mich. Die Erinnerung zieht an mir und gedanklich befinde ich mich plötzlich in Violets Küche. Es riecht nach Zitronen, weil ihre Familie auf der Terrasse, deren Türen geöffnet sind, zwei Zitronenbäume stehen hat. Der Duft von Apfelkuchen ist genauso präsent.

Als das Bild entstanden ist, saßen wir gerade auf der Anrichte und haben je ein riesiges Stück mit extra viel Sahne gegessen. Wir strahlen in die Kamera, als würden wir keine Sorgen kennen. Und verdammt, das taten wir damals auch nicht. Es war kurz nachdem ich die letzte Reha begonnen hatte und mich wieder freier bewegen konnte. Der erste Sommer, in dem ich Dinge ausprobieren konnte.

Als wäre es nicht schon Jahre her, erinnere ich mich, wie wir im Anschluss an unsere Kuchenpause die Ellenbogen- und Knieschützer angelegt haben und Violet mir beigebracht hat, Inliner zu fahren. Ich bin ins Rudern gekommen und wollte mich an der Mülltonne festhalten. Leider habe ich sie bei dem

Versuch umgeschubst und bin oben drüber geflogen. Noch immer habe ich Violets Quietschen und Deans tiefes Lachen im Ohr. Violets Mom kam angerannt und hat sich solche Sorgen gemacht, während mir die Sache einfach nur unglaublich peinlich war.

Meine Erinnerung wird durch ein Klopfen unterbrochen. Das unerwartete Geräusch lässt mich erstarren und ich bleibe mucksmäuschenstill. Egal, wer da vor der Tür steht, ich will die Person nicht sehen. Im Moment will ich niemanden sehen.

»Mach auf, Jenna.«

Kaden. Mist. Ihm will ich definitiv noch nicht unter die Augen treten.

Bewegungslos bleibe ich sitzen, als es am Schloss klimpert. Verdammt. Kaden hat einen Ersatzschlüssel.

Bevor ich mich einigermaßen zusammenreißen kann, springt die Tür schon auf und mein bester Freund tritt ein. Die Ringe unter seinen Augen gleichen inzwischen eher Autoreifen, und erst jetzt wird mir bewusst, wie scheiße ich mich eigentlich aufgeführt habe.

Seine Stirn legt sich in Falten, als er mich auf dem Boden kauernd sieht. Ohne ein Wort zu sagen, lässt er sich neben mir auf die Knie sinken und schließt die Arme um mich. Ein Schluchzen entfährt meiner Kehle, während ich mich an seine warme Brust lehne. Der Geruch von Heimat und Sicherheit umhüllt mich. Noch immer halte ich das Foto von Violet und mir umklammert. Er war an dem Tag auch da, kam aber erst nach meinem Unfall mit der Mülltonne. Violets Dad hat uns an dem Abend ein Outdoorkino aufgebaut und wir saßen auf Decken im Garten. Mit dem Beamer wurde *Tarzan* an die Hauswand gestrahlt. Kaden und ich haben den Film geliebt, während Violet und Dean ihn sterbenslangweilig fanden.

»Rede doch mal mit ihr.« Obwohl er flüstert, habe ich das Gefühl, dass er mich anschreit. Sanft streicht er mit der Hand über meinen Rücken.

Noch ein Schluchzer überkommt mich. »Es tut … mir leid.« Langsam richte ich mich auf. Meine Stimme zittert. »Ich … habe überreagiert.«

Kaden nickt. »Ich weiß. War trotzdem scheiße. Aber ich war auch doof. Es tut mir auch leid.« Seine warmen Hände streichen über meine Haare, während ich weiter sein Oberteil vollheule. Ein dunkler Fleck breitet sich langsam auf dem Stoff aus.

»Es ist deine Entscheidung, was du wegen Dean tust, aber ich finde die Scharade langsam ziemlich fies. Je länger du es hinauszögerst, desto heftiger wird am Ende der Knall. Aber das weißt du, oder?«

Noch immer an ihn gekuschelt nicke ich. Kaden ist für mich wie ein Bruder. Seine Nähe hat etwas Tröstliches, auch wenn seine Worte nicht besonders angenehm sind.

Nachdem ich mich beruhigt habe, steht er auf und reicht mir seine Hand. Ich ziehe mich daran hoch, packe den Deckel auf die Kiste und schiebe sie zurück in den hinteren Teil des Kleiderschrankes. Kaden beobachtet mich. Ich weiche seinem Blick aus, um die Trauer in seinen Augen nicht zu sehen. Ich will das nicht sehen. Will nicht den Beweis haben, dass mein Verhalten auch ihn verletzt. Er vermisst Violet genauso sehr wie ich. Und zu wissen, dass er sich trotzdem zu hundert Prozent auf meine Seite gestellt hat, als der Vorfall passiert ist, lässt mich eine Welle der Wärme empfinden. Keine Ahnung, ob ich in der Lage wäre, das Gleiche für ihn zu tun, wären die Umstände andersherum. Ich hoffe es.

Mit hängenden Schultern verabschiedet er sich schließlich von mir.

»Die Bilder sind übrigens top geworden. Vermutlich ist dein Part damit zu Ende.«

»Freut mich. Aber mach für heute Feierabend. Du brauchst dringend Schlaf, okay?« Mit der Hand streiche ich über seinen Oberarm. »Danke, dass du vorbeigekommen bist.« Nickend sieht er auf. »Ich hoffe, du weißt, dass ich dir eigentlich die Hölle heiß machen würde wegen deines Verhaltens, wenn ich nicht so unglaublich müde wäre.«

Nun bin ich diejenige, die nickt. Ein Lächeln zupft an meinen Mundwinkeln. Natürlich wollte er mir nach meiner Aktion den Kopf waschen. Kadens Bullshit-Toleranz ist ungefähr so hoch wie der Wasserstand des Grand Canyons.

»Danke.« Mein Flüstern geht im Schließen der Tür unter und ich lasse mich mit dem Rücken dagegensacken. Meinen Hinterkopf lehne ich gegen das Holz und sehe nach oben zur Decke.

Ach, scheiß drauf. Ohne weiter darüber nachzudenken, schnappe ich mir mein Smartphone und öffne den Chat mit Violets Nachricht.

Sekundenlang schweben meine Finger über der leuchtenden Tastatur auf dem Display, ohne sich zu bewegen. Mein Blick ist auf die wenigen Worte gerichtet, die sie mir geschrieben hat.

Bitte, ich muss mit dir sprechen.

Sie schreien mich förmlich an. Ohne etwas zu tippen, klicke ich auf ihr Profilbild, das inzwischen hochgeladen wurde. Sie strahlt in die Kamera und sieht dabei noch genauso aus wie vor unserem Streit. Nun gut, so viel verändert sich in einem halben Jahr vermutlich auch nicht. Aber es sticht trotzdem, sie so glücklich zu sehen. Ich wünschte mir, ihr ginge es wenigstens so schlecht wie mir.

Gedankenverloren scrolle ich durch ihre Timeline. Nichts weist darauf hin, dass sie auch nur ansatzweise eine harte Zeit durchgemacht hat. Bevor ich mich entscheiden kann, was ich antworten soll, vibriert das Gerät in meiner Hand. Deans Name ploppt oben auf. Kurz starre ich ihn an, bis ich mich schließlich traue, den Anruf anzunehmen.

»Hey«, melde ich mich und bin froh, dass meine Stimme nicht mehr so zittrig klingt.

»Meghan!« Sein Lächeln kann ich förmlich durch den Hörer hören, woraufhin mein Magen sich freudig zusammenzieht. »Wie geht es deinem Bein?«

»Geht schon«, erwidere ich und stoße mich langsam von der Tür ab, um mich aufs Bett zu setzen. Falls Emily nach Hause kommt, will ich nicht von ihr umgerannt werden.

»Du klingst nicht gut.«

Seufzend lasse ich mich nach hinten fallen.

»Es ist nichts Schlimmes, ich … also … ich habe mich mit einem Freund gestritten.«

»Oh«, erwidert er.

»Ja, aber es ist schon okay. Ich freu mich, von dir zu hören.«

Dean räuspert sich. »Ich weiß nicht, ob es so schön ist. Sind leider schlechte Nachrichten.«

»Okay?« Mit den Fingern fahre ich das Muster meiner Tagesdecke nach. Keine Ahnung, ob ich wissen will, was jetzt kommt. Andererseits, kann der Tag überhaupt noch viel schlimmer werden? Und das, obwohl er so vielversprechend begonnen hat.

»Ich kann am Samstag leider nicht, weil ich arbeiten muss.«

Kurz überkommt mich Traurigkeit, die aber fast zeitgleich von Neugierde abgelöst wird. »Was machst du denn beruflich?«

Er räuspert sich, was in ein leises Lachen übergeht. Es wirkt, als wäre es ihm unangenehm. »Ich drehe Filme. Eigentlich arbeite ich für ein Projekt, das außerschulische Aktivitäten anbietet. Drehe zum einen Imagefilme und zeige den Kids auch, wie man das macht. Aber Samstag soll ich für einen Kumpel einspringen, der spontan ein Event hat.«

»Oh, wow, das klingt ... großartig.« Ernsthaft beeindruckt vergesse ich beinahe, dass er gerade unser Date abgesagt hat.

»Ja, das ist es auch. Außer für unsere Pläne. Hast du vielleicht Mittwoch Zeit, also übermorgen? Ich will ein paar Aufnahmen von meiner Nachbarschaft machen und dachte, weil du das Viertel ja so magst, dass wir das eventuell zusammen machen könnten. Und anschließend gehen wir essen? So wie letztes Mal?«

»Liebend gerne!« Meine Stimme ist viel zu quietschig, aber es ist mir egal.

»Okay, super! Wie wäre es um drei? Oder hast du da noch Veranstaltungen?«

»Nein, das passt.«

»Perfekt, ich wohne in der 2200 Mission Street. Direkt vor dem Gebäude ist eine Haltestelle, falls du mit dem Bus fahren möchtest. Ich warte am Eingang auf dich.«

Automatisch beginne ich zu strahlen. Allein die Vorstellung, Zeit mit ihm zu verbringen, lässt eine Welle der Freude durch meinen Körper strömen.

»Alles klar. Ich freue mich.« Mit meiner freien Hand hole ich meinen Kalender aus der Schublade am Schreibtisch und notiere mir die Adresse in dem Feld für Mittwoch. Darüber steht noch die Zeit für meinen Kurs, der eigentlich stattgefunden hätte. »Ich war heute übrigens bei der Studienberatung und werde ab nächstem Semester zu Psychologie wechseln.«

»Oh, cool!« Im Hintergrund höre ich plötzlich Stimmen, als hätte er einen vollen Raum betreten. »Ich muss jetzt erst mal los, aber wir sehen uns Mittwoch, okay? Bis dann.« Der Trubel wird immer lauter und der Anruf ist beendet, bevor ich die Verabschiedung erwidern kann.

Ich lasse mein Smartphone sinken und blättere durch meinen Kalender. So viel verschwendete Zeit. Seit ich ihn zu Beginn des Semesters gekauft habe, steht außer Veranstaltungen, die ich die meiste Zeit absolut gehasst habe, nichts drin. Keine Partys, keine Ausflüge, außer zurück nach Jackson zu meiner Familie. Rein gar nichts. Immer wieder sehe ich mir die leeren Seiten an, die mit etwas hätten gefüllt werden können. Tränen brennen in meinen Augen.

Die letzten sechs Monate habe ich nichts von dem getan, was ich liebe. Und wenn ich ehrlich bin, habe ich, selbst als ich mit Lucas zusammen war, wenig von dem getan, was mich interessiert hat. Ich war auf den Partys seines Studiengangs. Auf den Ausflügen, die er vorgeschlagen hat, verdammt, ich habe ihn sogar zu dem Mädelstrip eingeladen. Ich habe es gemacht, obwohl ich meine beste Freundin monatelang nur über einen Bildschirm gesehen habe.

Und wofür? Dafür, dass mir das Herz gebrochen wurde? Gleich zweimal. Das ist doch Bullshit.

Meine Finger kribbeln, während ich meinen Laptop hochfahre und das Schreibprogramm öffne. Ich muss etwas tun. Mein ganzer Körper zittert, während ich die ersten Worte tippe.

Was hält dich davon ab, das Leben deiner Träume zu führen?

Immer schneller fliegen meine Finger über die Tastatur. Das Klacken der Tasten erfüllt den Raum und ich starre auf die Wörter, die sich vor meinen Augen bilden. Ich fühle mich, als hätte mir jemand eine Brille aufgesetzt, durch die ich endlich klarsehen kann.

Angst ist es, was mich die ganze Zeit zurückgehalten hat. All die Gedanken, die dazu in meinem Kopf herumwirbeln, sortieren sich wie von selbst in dem Dokument. Ich schreibe über die Angst, die mich zurückhält, meine Liebe dazu, Neues auszuprobieren, und warum ich mich nicht mehr traue weiterzuprobieren. Ständig werden Wörter rot unterkringelt, weil meine Finger beim Tippen schneller sind als meine Tastatur, aber es ist mir egal. Ich tippe so schnell, dass manche Buchstaben fehlen oder vertauscht sind, aber auch das ist mir egal. Alles, was zählt, ist, endlich diese Gedanken aufzuschreiben. Jedes Wort fühlt sich an wie ein Stein, den ich ablegen kann, dabei wusste ich nicht einmal, dass ich welche mit mir herumschleppe. Mein Blick schnellt zwischen der Tastatur und dem Bildschirm hin und her, gefangen in einer Art Tunnel.

»Hast du morgen eine Abgabe oder warum tippst du wie eine Bekloppte auf deinen Laptop ein?« Gleichzeitig mit ihren Worten legt Emily eine Hand auf meine Schulter.

Ich zucke so heftig zusammen, dass ich fast vom Stuhl falle.

»Emily!« Mein Herzschlag dröhnt viel zu schnell in meinen Ohren und ich kralle mich am Tisch fest. Dann presse ich mir die andere Hand aufs Herz. »Scheiße, hast du mich erschreckt.« Nun sehe ich in die großen blauen Augen meiner Mitbewohnerin.

Sie sieht mich mit gehobenen Augenbrauen an, dann wandert ihr Blick zum Bildschirm und sie runzelt die Stirn. »Was ist das?«

Schnell klappe ich den Laptop zu und atme tief durch. Mein Schreibmarathon hat mich völlig aus der Puste gebracht.

»Das ist eine Kampfansage.«

Nun sieht sie mich noch verwirrter an als vorher. »Okaaaay?«, fragt sie langgezogen.

»Ich muss das unbedingt fertig machen, ich erkläre dir das wann anders.« Bevor ich mein Zimmer verlasse, schnappe ich mir noch meine Handtasche, in die ich meinen Laptop stecke, und laufe durch den Flur in Richtung Ausgang. Dieser Text hat sich schon jetzt in mein Herz gebrannt und ich muss ihn nun unbedingt überarbeiten. Aber nicht, wenn Emily mit im Raum ist.

Denn ich habe das Gefühl, jegliche Art von Gesellschaft würde mich aus diesem Sog reißen, den ich spüre, sobald ich über die Wörter nachdenke, die all meine Gedanken zum ersten Mal beschreiben.

Die Bücherei liegt einmal quer über den Campus. Bei jedem Schritt pocht mein Fuß, aber es ist mir egal. Sobald ich durch die gläsernen Türen gegangen bin, sehe ich mich nach einem freien Platz um. Leises Gemurmel begrüßt mich, ebenso wie das Klackern von Tasten.

Die meisten Einzelplätze sind besetzt, aber hinter dem Regal der Religionsbücher finde ich noch einen Ort für mich. Ich stelle meinen Laptop auf und beginne damit, meinen Text noch einmal zu lesen. Es dauert einen Moment, bis ich wieder drin bin, aber dann schreibe ich weiter, als hätte ich keine Pause gemacht. Ich tippe wie verrückt. Lösche wieder einen Teil. Formuliere um. Irgendwann habe ich das Gefühl, dass er fertig ist. Also lese ich ihn noch mal von Anfang an.

Zunächst korrigiere ich die Rechtschreibfehler und dann beginne ich, die Worte auf mich wirken zu lassen. Ein paar Änderungen später weiß ich, dass er nun vollendet ist. Immer wieder fliege ich über die Zeilen, die mein Innerstes so gut zusammenfassen, dass ich es selbst nicht glauben kann. Ohne lange zu überlegen, suche ich die Kontaktdaten der Verantwortlichen für *ON Campus* an der SFU heraus und füge sie in das Mailprogramm ein. Dann schreibe ich ein kleines Anschreiben darüber, wie viel mir der Text bedeutet und was ich damit erreichen will, und füge das Dokument an.

Mein Finger schwebt über dem Mauspad, während der Cursor auf dem Senden-Button liegt. Vielleicht ist es noch nicht der richtige Zeitpunkt. Vielleicht sollte ich noch mal eine Nacht darüber schlafen. Oder jemand anderes drüber lesen lassen. Aber das Hoch, das mich beim Schreiben getragen hat, überwiegt. Jetzt zu zögern, würde im kompletten Widerspruch zu dem stehen, was ich ausdrücken will. Also kneife ich die Augen zu und lasse meinen Finger auf die Taste herabsinken.

Ich blinzle, um zu sehen, ob es geklappt hat, und spüre, wie mir schlecht wird, als ich die Meldung *Ihre Nachricht wurde verschickt* lese. Shit. Das war die dümmste Idee, die ich jemals hatte. Meine Finger sind eiskalt, als ich sie an meine Stirn lege und meinen Kopf fallen lasse. Durch die Lücken zwischen meinen Fingern sehe ich eine neue E-Mail aufploppen und mein Herz beginnt zu rasen. Zu meiner Enttäuschung ist es nur die Eingangsbestätigung.

In diesem Moment ertönt der Gong, der ankündigt, dass die Bibliothek in fünf Minuten schließt. Überrascht nehme ich die Hände vom Gesicht und sehe zur Uhr. Unglaublich, es ist bereits kurz vor zehn. Schnell packe ich meine Sachen zusammen und laufe zurück in mein Zimmer.

Als ich die Tür öffne, sitzt Emily auf ihrem Bett, den Laptop vor sich, und sieht mich mit weit aufgerissenen Augen an.

Abwehrend hebe ich die Hände. »Du brauchst nichts zu sagen, ich erkläre dir alles.«

Meine Tasche lege ich neben meinen Schreibtisch und setze mich zu meiner Mitbewohnerin aufs Bett, die extra zur Seite rutscht.

»Also«, beginne ich, unsicher, wie der Satz enden soll. »Ich, äh, habe einen Text geschrieben.«

»Das habe ich gesehen, Captain Obvious«, unterbricht sie mich und verdreht die Augen.

Bevor ich weiterspreche, hole ich tief Luft, um meine Gedanken zu sortieren. »Es geht um das Thema Angst und wie sie uns zurückhält, also mich, wie sie mich zurückhält. Und ich habe ihn an *ON Campus* geschickt. Ich hatte schon vorher überlegt, dem Club beizutreten, aber der Text hat sich einfach so passend angefühlt, dass ich ihn abgeschickt habe. Aber ich glaube, das war ein Fehler.« Meine Stirn lasse ich dabei gegen ihre Schulter fallen. Noch immer weiß ich nicht, wieso ich das Dokument abgeschickt habe. »Argh«, mache ich.

Emily zieht langsam meinen Kopf nach oben und zwingt mich, sie anzusehen.

»Was ist das Schlimmste, das passieren kann?« Ihre Augen sehen mich ohne jegliche Wertung an und ich muss schlucken.

»Hm?« Mein Herz pocht noch immer viel zu schnell.

»Na ja, du sagst, du denkst, es war ein Fehler, den Text abzuschicken. Mag sein, vielleicht auch nicht. Jetzt gerade kannst du es sowieso nicht ändern.

Aber wovor genau hast du Angst? Was ist das Schlimmste, das passieren kann?«

Noch immer kann ich keinen klaren Gedanken fassen. Das war absolut dämlich. »Jenna, sieh mich an.« Mit festem Griff fasst meine Zimmernachbarin nach meinen Armen. »Okay, dann spiele ich das jetzt für dich durch. Worst-Case-Szenario? Dein Text ist absoluter Mist. Wirklich von vorne bis hinten der reinste Müll.«

»Na danke, wenn man dich als Freundin hat, braucht man echt keine Feinde.« Die Arme vor der Brust verschränkt, rutsche ich von ihr weg. Aber sie hat vermutlich recht. Mein Text ist schlecht. Grottenschlecht.

Sie verdreht die Augen. »Ich habe gesagt, angenommen. Ist ja auch egal, sag mir einfach, was das Schlimmste ist, das passieren könnte?«

Ich starre an die Decke und denke über ihre Worte nach. Wenn der Text so schlecht ist, dass sich die Person, die ihn liest, darüber lustig macht. Über mich herzieht und die Gefühle, die ich darin verarbeitet habe, nicht ernst nimmt. Als ich Emily das sage, nickt sie nur.

»Absolut nachvollziehbar. Das wäre wirklich ziemlich schmerzhaft, kann ich mir vorstellen. Aber was würde dann passieren? Ist das Urteil dieser einen Person, die du nicht kennst, alles, was zählt? Ist sie eine Expertin im Bereich der Angstbewältigung, die deine Art, damit umzugehen, als völlig sinnlos abwerten kann? Ist das, was du darin geschrieben hast, so weit hergeholt, dass nicht einmal du dich damit identifizieren kannst?« Mit hochgezogenen Augenbrauen sieht Emily mich eindringlich an.

»Aber … also, ja, aber nein. Natürlich nicht.«

»Okay, dann ist es doch klar. Du hast etwas von dir geteilt. Das ist mutig. Aber nun auch vorbei. Es ist draußen. Und wenn die Person, die das liest, die Worte nicht nachvollziehen kann oder sie nicht richtig gewählt findet, dann wirst du eine Absage bekommen. Und dann? Dann hast du trotzdem Worte für das gefunden, was dich beschreibt. Was dir hilft, klarer zu denken. Das wolltest du gerne mit der Welt teilen. Und das ist angsteinflößend, aber du wirst davon weder sterben noch sonst irgendwelche negativen Konsequenzen davontragen. Und weißt du, was ich glaube? Ich glaube, dass du mit diesen Worten so viele Menschen erreichen wirst, die sich selbst von ihrer Angst zurückhalten lassen und die genau deine Sicht auf die Dinge brauchen, um selbst damit klarzukommen.«

»Aber du hast den Text doch gar nicht gelesen?« Ihr Versuch mich aufzumuntern in allen Ehren, aber was ist, wenn das wirklich der größte Murks war, den je jemand fabriziert hat?

»Das stimmt. Aber ich kenne dich und habe dich gesehen, mit wie viel Herzblut du dir deine Finger fast wund getippt hast. Das nennt man Leidenschaft. Und daraus entsteht meistens etwas Gutes.«

»Bist du dir sicher?«

Ihr Nicken wirkt so überzeugend, dass selbst ich es glaube. Mit beiden Armen zieht sie mich in eine feste Umarmung.

Kapitel 16

Als ich am nächsten Morgen nach meinem Smartphone greife, gehe ich als Erstes die eingegangenen E-Mails durch. Noch immer keine Antwort. Der klar denkende Teil meines Gehirns sieht, dass es gerade einmal kurz nach sieben ist und vermutlich noch keiner meinen Text gelesen hat. Aber mein verschlafener Teil, der gerade noch den letzten Traum abschüttelt, springt zu dem Ergebnis, dass ich einen riesigen Fehler gemacht haben muss.

Ich lege das Smartphone zur Seite und starre an die Decke. Weißer, krümeliger Putz, an den bestimmt schon hundert Studierende vor mir gestarrt haben. Dann aktualisiere ich mein Postfach noch einmal. Eine neue E-Mail, die mein Herz kurz aufgeregt hüpfen lässt, es dann aber in Enttäuschung ertränkt. Irgendein Newsletter. Frustriert von mir selbst lege ich das Gerät in die Schublade meines Nachtkästchens. Auch wenn ich heute keine Veranstaltungen habe, muss ich irgendetwas unternehmen, mich irgendwie beschäftigen, damit ich nicht alle fünf Minuten mein Smartphone checke. Meine Arme und Beine kribbeln.

Mein Blick fällt auf meinen Laptop, den ich gestern auf meinen Schreibtisch gestellt habe. Ob ich …?

Bevor ich weiter darüber nachdenken kann, schwinge ich die Beine aus dem Bett.

Emily liegt noch mit dem Rücken zu mir. Ihre gleichmäßigen Atemzüge heben ihre Decke sanft auf und ab. Nachdem ich mich geduscht habe, packe ich möglichst leise meinen Laptop, meinen Kalender und mein Notizbuch in meine Tasche und mache mich auf den Weg zur Bibliothek.

Dort angekommen, setze ich mich auf denselben Platz wie gestern und starre die erste Seite eines leeren Dokuments an. Was tue ich hier eigentlich?

Mit dem Zeigefinger tippe ich auf die hölzerne Tischplatte. Der Geruch der alten Bücher liegt in der Luft. Eine Mischung aus Schwere und Freiheit. Schwere der dicken Seiten, die teilweise seit Jahrzehnten hier herumstehen, und die Freiheit der Geschichten, die zwischen den Buchklappen festgehalten sind und zum Träumen einladen.

Der Strich auf dem Dokument blinkt. Es ist schon fast hypnotisierend, dabei zuzusehen. Da, nicht da, da, nicht da … Immer wieder.

»Was auch immer du schreiben willst, so wird das nichts.«

Eine tiefe Stimme reißt mich aus meinem tranceähnlichen Zustand. Erschrocken presse ich mir die Hand auf die Brust und sehe auf. Colt. Der Barkeeper aus dem *Birds and Beers* steht vor mir. Mit einem fetten Grinsen auf den Lippen zieht er sich einen Stuhl an den Tisch.

»Was führt dich hierher? Ich hab dich noch nie in der Bib gesehen.«

»Und du bist häufiger hier?« Die Skepsis ist meiner Stimme anzuhören. Ich weiß zwar so gut wie nichts über Colt, aber ich würde ihn nicht als jemanden einschätzen, der regelmäßig in der Bib abhängt.

Er stemmt die Hände in die Hüften, was im Sitzen ziemlich dämlich aussieht. Ich muss grinsen.

»Was soll das heißen? Als Barkeeper soll ich gefälligst an der Bar bleiben, statt mich mit Büchern auseinanderzusetzen?« Sein Lachen nimmt seinen Worten die Schärfe.

»Äh, sorry, das, also …«, stottere ich, aber er winkt ab.

»Alles gut, ich gebe hier ab und an Nachhilfe.« Vage deutet er auf ein paar Studierende im vorderen Bereich der Bibliothek.

Mit einem Gesichtsausdruck, der hoffentlich nicht ausdrückt, wie überrascht ich bin, nicke ich ihm zu. Ich gebe ab und zu Schulkindern aus der Umgebung Nachhilfe. Mit Leuten in meinem Alter würde ich mich wirklich nicht gerne rumschlagen. Außerdem zahlen die Eltern der Kinder meistens mehr als andere Studierende. »Das wusste ich nicht«, gebe ich zurück, weil mir nichts Besseres einfällt.

Sein Blick wandert auf meinen leeren Bildschirm und dann zu mir. Mit der Hand kratzt er sich über den Hinterkopf, ohne etwas zu sagen. Okay, langsam wird die Stille unangenehm. Gerade als ich mich umdrehen will, räuspert er sich. »Wie geht es eigentlich Emily? Ich habe sie lange nicht gesehen.«

»Ihr geht's ganz gut, nur viel zu tun«, versuche ich, diplomatisch zu antworten. Dabei weiß ich, dass sie letztes Wochenende wieder unterwegs war. Komisch, dass sie keinen Stopp im *Birds and Beers* gemacht hat. Normalerweise geht sie vor dem Feiern immer noch eine Portion Pommes holen.

Er nickt und sieht mich weiter an. »Hat sie, äh, hat sie was erzählt?«

Stirnrunzelnd sehe ich ihn an. Was? Okay, okay, ich hab eindeutig etwas verpasst. Etwas Großes, wenn ich mir Colts hoffnungsvollen Blick so ansehe.

»Ich …« Kurz überlege ich, wie ich am besten aus der Sache rauskomme. »Ich habe die letzten Tage nicht viel mit ihr gequatscht. Irgendwie haben wir uns immer verpasst.« Die Hoffnung, die eben noch in seinen Augen schimmerte, zerfällt.

»Ach so. Na gut, dann, äh, frohes Schaffen noch.« Er erhebt sich vom Stuhl, stellt ihn zurück und schlendert zu seinen Sachen, die ein paar Tische weiter liegen.

Was zum Teufel war das? Ich muss dringend mit Emily sprechen.

Als ich mich wieder meinem Laptop zuwende, erstarre ich. Mein Postfach zeigt eine neue Nachricht an. Mit zitternden Fingern klicke ich sie an. Ich muss ein Kreischen unterdrücken, als ich sehe, dass es der Kontakt von *ON Campus* ist.

Liebe Jenna,

danke für deinen wirklich bewegenden Text. Man spürt, wie persönlich das Thema ist. Auch dein Schreibstil hat uns im Team sehr berührt. Wir würden dich gerne zu unserem Meeting am Donnerstag um 16 Uhr einladen.
Liebe Grüße
Natalie
Vorstand von ON Campus USF

Ich kann meinen Blick nicht von der Nachricht losreißen. Mein Herz pumpt aufgeregt in meiner Brust, als ich mir den Termin umgehend in meinen Kalender eintrage. Ich sehe mich um, um sicherzugehen, dass hier nicht so viele Leute sind, und suche in meiner Tasche nach meinem Smartphone. Aber es ist nicht da. Mist, ich habe es ja vorhin im Zimmer gelassen. Immerhin müsste Emily inzwischen wach sein.

Schnell packe ich meine Sachen zusammen und gehe Richtung Ausgang. Colt kommt erneut auf mich zu und bleibt schräg vor mir stehen.

»Äh, Jenna?«

»Ja?«

Schweigend sieht er mich an. Zwischen seinen Augenbrauen hat sich eine tiefe Furche gebildet.

»Das Gespräch vorhin, äh, kann das unter uns bleiben?« Es ist offensichtlich, dass es ihm unangenehm ist. Er tritt von einem auf das andere Bein und spielt mit seinen Fingern.

»Klar«, erwidere ich, auch wenn ich dringend herausfinden muss, was zwischen den beiden passiert ist. Mit den Händen in den Hosentaschen geht er zu seinem Platz und ich mache mich auf den Weg zurück in mein Zimmer.

Leider ist Emily schon weg. Zu gern würde ich sie zu meinem merkwürdigen Gespräch mit Colt ausfragen. Dass er auf sie steht, ist mir schon vor einer Weile aufgefallen. Und wenn selbst mir Eigenbrötlerin das auffällt, dann muss anderen das durchaus auch bewusst sein. Die Frage ist nur, warum er plötzlich davon ausgeht, dass sie über ihn redet. Aber ohne Emily werde ich darüber nichts erfahren, also setze ich mich an meinen Schreibtisch und beginne mit den Arbeiten für die neuen Kurse.

***

Mit einer dicken Kameratasche bepackt, steht Dean am Eingang des Gebäudes, das sich, wie er gesagt hat, gegenüber der Bushaltestelle befindet. Mit einem breiten Grinsen kommt er auf mich zu.

»Wie cool, dass du heute kommen konntest.« Er zieht mich in eine einarmige Umarmung und ich fühle mich wie zu Hause. Alles an ihm strahlt für mich Sicherheit aus. Das war schon immer so und ich bin überzeugt, dass es für immer so bleiben wird.

»Danke, dass du mich eingeladen hast. Ich bin schon ganz gespannt, was wir heute machen.« Mit einem Nicken deute ich auf die schwarze Tasche, die er in der Hand hält.

»Ach, eigentlich nichts Besonderes. Du hattest doch gesagt, dass du die Gegend hier schön findest, oder?«

Die Untertreibung des Jahres. Ich liebe es hier.

»Absolut«, erwidere ich mit einem breiten Grinsen.

»Dann gehen wir hier spazieren und sehen uns die Kunstwerke an den Gebäuden an. Nebenbei werde ich ein paar B-Roll-Aufnahmen für ein Projekt filmen. Nichts Großes.« Mit der Hand klopft er vorsichtig auf die Kameratasche.

»B-Roll?«

»Die schönen Aufnahmen zwischen den relevanten Sequenzen. Bei Dokus beispielsweise, wenn Kühe eingeblendet werden, wenn von der Milchindustrie die Sprache ist.«

»Spannend. Und wo gehen wir lang?« Ich lasse meinen Blick die Straße auf und ab wandern. Keine Ahnung, wo wir gerade sind. Obwohl ich den Mission District liebe, verliere ich immer schnell die Orientierung, weil ich zu abgelenkt von den Kunstwerken bin.

Ganz selbstverständlich greift Dean nach meiner Hand und zieht mich in eine Querstraße, die von der Mission Street abgeht. Doch das Kribbeln, das sich bei unserer Berührung in meiner Hand ausbreitet, gerät schnell in Vergessenheit, als ich die wunderschöne Illustration einer Lotusblüte an der nächsten Hauswand sehe. Die Schatten sind so perfekt ausgefüllt, dass es wirkt, als würde sie tatsächlich aus dem grauen Mauerwerk wachsen. Nur hundertfach vergrößert.

Wir biegen in die nächste Straße ein, wo zwei Wohnblocks nebeneinander ein riesiges Dschungelbild ergeben.

»Wow«, entfährt es mir und ich schlage mir die freie Hand vor den Mund. »Das ist wunderschön.«

»Das ist es.« Deans Stimme ist viel leiser als meine, und als ich zu ihm hinübersehe, sieht er nicht zur Blume, sondern zu mir. Meine Wangen werden heiß und in meinem Bauch beginnen die Schmetterlinge zu kreisen. Er löst unsere Hände voneinander und greift mit den Fingern nach einer Haarsträhne, die mir ins Gesicht hängt. Sanft streicht er sie mir hinters Ohr. Die Stille zwischen uns ist elektrisierend. Wie zwei Magnete nähern sich unsere Lippen einander. Es fühlt sich unabwendbar an. Als wäre ich nicht mehr Herrin über meinen Körper.

Kurz bevor sich unsere Lippen treffen, zögert er. Fragend sieht er mich an. Wartet meine Reaktion ab. Ich antworte, indem ich meinen Mund auf seinen presse. Es fühlt sich an, als würden Feuerwerke um uns herum hochgehen. Es funkt, vibriert und brennt an meinem ganzen Körper. Seine Hand greift nach meiner Wange und zieht mich näher an sich. Ich presse jeden Zentimeter meines Körpers an ihn und spüre, wie viel tiefer dieser Kuss geht. Viel tiefer als alles, was ich je gespürt habe. Als würde mein Innerstes sich danach sehnen, in Deans Nähe zu sein. Es ist überwältigend und raubt mir die Luft.

Unsere Zungen spielen ein Spiel miteinander, das ich nicht verstehe und doch zu hundert Prozent beherrsche. Genau wie er. Unser Atem geht heftig, vermischt sich mit dem des anderen. Sein Herz pocht fast im Gleichtakt mit meinem gegen meine Brust und alles in mir ist sowohl angespannt als auch völlig ausgeruht. Es ist die freudige Erwartung, nach einem langen Urlaub zurück nach Hause zu kommen. Die Ruhe, die einen umfängt, gepaart mit der Freude, dort zu sein, wo man sich am wohlsten fühlt. Ich weiß nicht, wie lange wir einfach so dastehen, umringt von Straßenlärm und Fußgängern, die sich vermutlich einen Weg um uns herum suchen müssen, denn der Kuss nimmt mich vollständig ein. Die Außenwelt existiert auf einmal nicht mehr. Es gibt nur noch Dean und mich. Inmitten von San Francisco. Doch dann löst er sich ganz langsam von mir.

»Wow«, haucht er. Sein Atem geht heftig und sein Blick ruht einige Sekunden auf mir, bevor er sich noch einmal vorbeugt und mir einen unschuldigen Kuss auf die Lippen haucht. Sie fühlen sich geschwollen an.

Dean nimmt meine Hand. »Wollen wir weiter?«

In Gedanken hänge ich noch immer bei dem, was eben passiert ist, also nicke ich nur stumm.

Beim nächsten Straßenkunstwerk bleibt er stehen und packt seine Kamera aus. Er drückt mir die Tasche in die Hand und beginnt zu filmen. Dean ist völlig in seiner eigenen Welt, als hätte er einen Schalter umgelegt. Fasziniert beobachte ich ihn dabei, wie er an einem Rädchen dreht, die Linse vor sein Auge hält und langsam auf das Kunstwerk zugeht. Die Dinge, die er dabei murmelt, sind für mich völlig unverständlich.

»Perfekt«, bringt er schließlich hervor und greift nach der Kameratasche, die ich ihm hingehalten habe, sobald er seine Hand danach ausgestreckt hat. Unsere Finger berühren sich bei der Übergabe und mein Magen zieht sich zusammen. Verdammt, ich kann doch nicht für den Rest meines Lebens mit einem Ganzkörperkribbeln reagieren, sobald er mich anfasst. Das ist doch nicht mehr normal.

Meine Gedanken darüber, wie oft es wohl noch vorkommen wird, dass er mich berührt, werden von seinem klingelnden Smartphone unterbrochen. Als er es hervorzieht, entsteht eine tiefe Furche zwischen seinen Augenbrauen. Er drückt den Anruf weg und schüttelt schnell den Kopf.

»Alles okay?« Vorsichtig lege ich eine Hand an seinen Arm. Er zuckt zusammen. Dann schluckt er einmal tief und sieht mich mit einem gequälten Grinsen an.

»Schon okay, Familienkram. Nichts Wichtiges.«

»Bist du sicher? Mich stört es nicht, wenn du kurz telefonierst.«

Aber Dean schüttelt nur den Kopf. Er räuspert sich. »Kein Interesse.«

Damit ist das Gespräch beendet. Der plötzliche Stimmungsumschwung überrascht mich. Ich kann mich nicht erinnern, dass er je solche Probleme mit seiner Familie gehabt hat, dass es seine jetzige Laune erklären würde.

Seufzend folge ich ihm die Straße rauf, wo er weitere Kunstwerke mit seiner Linse einfängt.

»Tut mir leid, dass ich so reagiert habe. Ist ein wunder Punkt bei mir. Wie sieht es denn bei dir aus? Hast du Geschwister?« Er versucht sich an einem Lächeln, das seine Augen aber nicht erreicht.

»Ja, eine Schwester. Sie hat einen kleinen Sohn, der meine Eltern ordentlich auf Trab hält.« Wieder einmal zögere ich, weil ich mir unsicher bin, was ich erzählen kann, ohne dass er Verdacht schöpft.

»Oh, als bist du schon Tante? Herzlichen Glückwunsch.«

Nickend bedanke ich mich. Das Thema ist heikel. wenn ich nicht bald reinen Tisch mache, kriege ich noch ein ernsthaftes Problem. Jetzt ist der richtige Zeitpunkt gekommen, ihm die Wahrheit zu sagen, auch wenn mein Herz pocht, als wäre ich gerade einen Marathon gelaufen. Ich will nicht, dass er mich plötzlich mit anderen Augen sieht, aber mir bleibt nichts anderes übrig.

»Dean, ich –«

Doch ein lautes Hupen unterbricht mich. Er dreht den Kopf zur Quelle des Geräuschs. Ein Schwertransporter ist von der falschen Seite in die Einbahnstraße gefahren. Meine Aufmerksamkeit richtet sich wie von allein auf das Geschehen. Im Bruchteil einer Sekunde sehe ich, wie das kleine rote Auto, das eben noch an uns vorbeigefahren ist, frontal gegen den LKW kracht. Das knirschende Geräusch von sich verbiegendem Metall hallt durch die schmale Gasse. Glas splittert auf die Straße und das Klirren mischt sich unter das Kreischen der umstehenden Personen.

Wie festgefroren bleibe ich stehen und starre den Unfall an. Mein Mund ist trocken. Das Herz schlägt mir plötzlich bis zum Hals, doch nicht wie bei unserem Kuss. Es ist, als würde es mir die Luft zum Atmen nehmen. Als würde es die Luft daran hindern, zu meiner Lunge zu fließen. Immer wieder versuche ich zu schlucken, doch nichts passiert. Mein Oberkörper beugt sich wie von selbst nach vorne, ringt verzweifelt nach Sauerstoff, der einfach nicht kommen will.

Bilder schießen an meinem inneren Auge vorbei. Ich sehe nicht mehr die eng aneinanderstehenden Reihenhäuser, die so typisch für San Francisco sind. Stattdessen sehe ich die Kreuzung kurz vor Jackson. Die Ampeln, die über der Straße hängen und grünes Licht anzeigen. Höre meinen Dad, der mir etwas vom Spiel der Los Angeles Dodgers erzählt und dann das kreischende Krachen von sich verbiegendem Aluminium. Plötzlich wird alles schwarz.

Kapitel 17

»Meghan? Meghan?«

Von weit weg höre ich eine tiefe, angenehme Stimme. Sie klingt so bekannt und weich. Wen sie wohl ruft?

Langsam blinzle ich und sehe in ein tiefes, saftiges Blau. So schön, wie ich mir das klare Wasser am Strand der Malediven vorstelle. Beruhigend. Erholsam. Und trotzdem irgendwie aufregend. Ich spüre etwas Warmes, leicht Raues an meiner Wange. Meine Lider zucken. Dann trifft es mich wie ein Blitz. Dean. Plötzlich ist wieder alles da.

Ich reiße die Augen auf und setze mich hin.

»Mach langsam. Shit, hast du mich erschreckt. Geht es dir gut? Brauchst du einen Krankenwagen? Hast du irgendwas abbekommen?« Fast schon panisch tastet er meinen Körper ab. Erst meine Arme, dann meine Hüften und schließlich auch meine Beine, nur um wieder hinaufzuwandern.

»Mir geht es gut«, versichere ich ihm, ohne ihm zu verraten, dass seine Berührung meinen Puls viel zu schnell in die Höhe treibt. Die Sirene eines Einsatzwagens ist zu hören. Er kann nur noch ein paar Straßen weit entfernt sein. Noch immer umschließen Deans Hände meine Oberarme.

»Bist du dir sicher? Wir warten, bis die Einsatzleute da sind, und lassen dich untersuchen. Du bist einfach ohnmächtig geworden.«

»Es ist wirklich alles in Ordnung«, stelle ich erneut klar und sehe noch mal zur Unfallstelle. Der Fahrer des roten Autos versucht die Tür zu öffnen. Sie klemmt, aber er scheint zumindest bei Bewusstsein zu sein. Erleichterung breitet sich in mir aus. Eine Traube Menschen hat sich um die Unfallstelle zusammengefunden.

Dean, der neben mir hockt, ein Bein auf dem Boden abgelegt, schüttelt den Kopf. »Du bist ohnmächtig geworden«, wiederholt er.

Es überrascht mich selbst, dass mein Körper so reagiert. Ich war der Meinung, die Folgen des Unfalls überwunden zu haben, aber anscheinend nicht vollständig. Denn die Szene hat Erinnerungen in mir geweckt, die ich lange nicht mehr im Kopf hatte. Die Geräusche des aufeinanderprallenden Metalls, das klirrende Glas und die Schreie. Alles war so wie damals.

Ein Schauder überkommt mich, aber ich atme tief durch. Es ist nichts passiert. Mir geht es gut.

Dean sieht mich immer noch besorgt an.

»Ich hatte als Kind mal einen Autounfall. Das zu sehen, hat Erinnerungen in mir geweckt, die mich anscheinend umgehauen haben«, erkläre ich und versuche mich an einem Lachen.

Es funktioniert. Dean sieht etwas ruhiger aus und drückt sich hoch. Als er steht, reicht er mir die Hand. Ich nehme sie dankbar entgegen. Meine Finger zittern noch ein wenig, während Dean seinen Arm um mich legt und mich eng an seine Seite zieht, den Blick von der Unfallstelle abgewandt. Die Schreie sind zu einem Rauschen an Anweisungen und Fragen geworden.

»Komm, wir gehen zu mir nach Hause.« Beruhigend streicht Dean über meinen Oberarm. Ohne auf eine Antwort von mir zu warten, lenkt er mich den Weg zurück, den wir gekommen sind. In diesem Moment biegt ein Krankenwagen, gefolgt von einem Polizeiauto in die Straße ein. Die ohrenbetäubende Lautstärke der Sirenen lässt mich zusammenzucken.

Meinem Puls nach zu urteilen, habe ich gerade einen Hundert-Meter-Sprint hinter mich gebracht. Fast atemlos hänge ich an Dean, der mich zügig zu dem Wohnblock zieht, der direkt hinter der Haltestelle liegt, an der ich angekommen bin. Ohne mich loszulassen, kramt Dean in seiner Hosentasche, bis ich das leise Klirren von Schlüsseln wahrnehme. Er öffnet die Eingangstür und bei einem Blick in die Glasfläche der Tür verstehe ich, wieso er so besorgt ist. Ich bin kreidebleich.

Den Arm weiterhin um meine Schultern gelegt, drückt er auf den Knopf des Aufzugs, der zum Glück bereits unten ist und seine Türen direkt öffnet.

Wir fahren zusammen in die vierte Etage. Vor uns erstreckt sich ein langer Flur mit identisch aussehenden Türen. Er schiebt mich geradeaus und bleibt schließlich vor der Nummer 25 stehen.

Dieses Mal lässt er mich tatsächlich los, um mir die Tür zu öffnen. Ich schwanke kurz, habe mich aber schnell wieder gefangen und trete in den schmalen Flur. Obwohl Dean das Licht angeschaltet hat, ist es viel dunkler als draußen. Von dem kleinen Gang gehen zwei Türen ab, je eine links und eine rechts. Geradeaus mündet der Durchgang in einem etwas breiteren Wohnzimmer. Zumindest kann ich ein Sofa und einen Schreibtisch erkennen.

Dean nimmt meine Hand und führt mich zur Couch, wo er mich sanft auf die durchgesessenen Kissen drückt. Erst jetzt erkenne ich, dass auch die Küche in diesem Raum ist. Direkt neben dem Flur in eine kleine Nische eingebaut. Aus dem Kühlschrank holt Dean eine Flasche Wasser, die er mir hinhält.

Ich nehme sie und sehe mich um. Die Couch wirkt schon etwas älter und hat eine undefinierbar braune Farbe. Die Fenster werden von schweren Vorhängen verdeckt. Statt eines Fernsehers steht gegenüber ein Schreibtisch mit zwei überdimensionalen Bildschirmen.

Dean lässt sich mit einer Cola in der Hand neben mich fallen. Er wirkt fast verlegen, als er sich mit der Hand über den Nacken streicht.

»Ist nichts Besonderes, aber es war die erste bezahlbare Wohnung, die ich gefunden habe.«

Mein Blick schweift durch den Raum. Es riecht etwas nach altem Rauch und auch die Tapeten haben schon bessere Tage gesehen. Es überrascht mich, dass Payton und Cliff Bishop ihren Sohn so wohnen lassen. Geld war in seiner Familie nie ein Problem. Die College-Gebühren für Violets Medizinstudium übernehmen sie vollständig. Sie haben ihr nach dem ersten Studienjahr sogar eine kleine Wohnung in der Nähe der Uni gekauft. Und Dean lassen sie in diesem Kabuff leben? Irgendwas stimmt hier nicht.

»Rauchst du?« Der Geruch ist ziemlich präsent, auch wenn er schon ziemlich abgestanden wirkt.

Dean schüttelt den Kopf. »Nein, das hängt leider in den Wänden. Man gewöhnt sich dran.« Er zuckt mit den Schultern. Der Unterschied zwischen seiner Stimmung draußen und seiner jetzigen ist enorm.

Ich greife nach seiner Hand und streiche sanft mit dem Daumen über den Handrücken. »Was ist los?«

Er sieht zu mir, die Augenbrauen zusammengezogen. »Was meinst du?«

Statt zu antworten, erwidere ich seinen Blick lediglich.

Er seufzt. »Ich weiß nicht genau, warum ich in San Francisco bin.«

Ihn so was sagen zu hören, überrascht mich. Bis jetzt wirkte er immer so überzeugt und sicher. Nicht, als würde er an seiner Entscheidung zweifeln.

Mit seiner freien Hand streicht er mir eine Strähne aus dem Gesicht. »Willst du mir sagen, wieso dich der Unfall eben so mitgenommen hat?«

Nur ganz leicht schüttle ich den Kopf. Ich will es ihm nicht sagen, will nicht noch mal daran denken, wie es war, als der Pick-up-Truck unser Auto gerammt hat. Wie verzweifelt mein Dad geschrien hat, als er gemerkt hat, dass ich eingequetscht war. Will nicht daran denken, wie die Glassplitter herumgeflogen sind.

Meine Sicht verschwimmt. Das alles ist viel zu lange her, um mich noch immer so mitzunehmen. Ich schluchze auf. Deans warme Arme schlingen sich um meinen bebenden Körper und ich lasse das Gefühl des Schmerzes zu. An seine Brust gedrückt lasse ich den Tränen freien Lauf. Ich dachte, ich hätte das Geschehene verarbeitet. Ich dachte, mich würde der Unfall nicht mehr berühren. Anscheinend lag ich falsch. Obwohl ich selbst nicht Auto fahre, habe ich kein Problem damit, mitzufahren. Ich dachte, damit wäre meine größte Angst überwunden. Aber Zeugin eines Unfalls zu sein, dieselben Geräusche zu hören, einen ähnlichen Aufprall von außen zu betrachten. Das war zu viel für meine Nerven.

Dean streicht mir mit sanften Bewegungen über meine Wirbelsäule. Und dann tut er etwas, durch das sich mein Herz zusammenzieht. Er beginnt zu singen. Ganz nah an meinem Ohr spüre ich seinen warmen Atem, während seine Lippen Worte formen, die mich schon in meiner Kindheit berührt haben.

»Come stop your crying

It will be alright
Just take my hand
Hold it tight.«

Noch mit Tränen auf meinen Wangen löse ich mich etwas von Dean, um ihm in die Augen zu sehen.

»I will protect you
From all around you
I will be here
Don't you cry.«

Er ist mein Zuhause. Eingehüllt von dem warmen Gefühl, das sich nicht anders beschreiben lässt als mit dem Wort Heimat, sehe ich ihn an. Seine harten Gesichtszüge, die nicht zu den großen Augen passen wollen, die in diesem Moment nichts als Liebe ausdrücken. Die geschwungenen Lippen, die noch immer die Strophen eines meiner Lieblingslieder aus meiner Kindheit formen, wenn auch inzwischen fast tonlos. Seine Brust, die eng an meine gepresst ist und sich im selben Takt wie meine bewegt.

Mit jedem Atemzug nähern sich unsere Gesichter einen Tick mehr. Wie zwei Magnete, die man mit aller Kraft festhält und die sich doch aufeinander zubewegen. Als unsere Nasenspitzen sich fast berühren, halte ich inne. In der Ruhe um uns herum erscheint mir das Pochen meines Herzens, das durch die ganze Wohnung zu schallen scheint, besonders laut. Deans Atem geht schnell. Sein Blick fällt auf meine Lippen, dann wandert er hinauf zu meinen Augen. Sein Begehren so offen und ehrlich zu sehen, ist fast zu viel für mich.

Ich öffne meine Lippen in dem Moment, in dem Dean mir noch einen Millimeter entgegenkommt. Für eine Sekunde verharren wir noch, bis sich unsere Lippen endlich treffen. Ein fast schon erleichtertes Seufzen entkommt meiner Kehle und ich lege die Arme um seine breiten Schultern. Seine Zunge stößt leicht gegen meine und zieht damit eine brennende Spur durch meinen gesamten Köper. Noch nie habe ich für einen Mann so intensiv gefühlt. Als wäre plötzlich die Sättigung der Gefühle verdoppelt worden. Jede noch seine kleine Berührung führt zu einer fast schon unkontrollierbaren Reaktion in meinem Körper.

Was sich eben noch minutenlang hingezogen hat, wird plötzlich schneller. Dean legt seine Hände an meine Wangen und streicht mit den Fingern die Feuchtigkeit, die die Tränen hinterlassen haben, von meiner Haut. Sanft, aber bestimmt drückt er mich auf den Rücken in die weiche Sitzfläche der Couch. Mit seinen Ellenbogen stützt er sich ab, ohne dass wir unseren Kuss unterbrechen müssen. Aus meinem Augenwinkel entkommt noch eine Träne. Aber dieses Mal vor Glück. Denn dieser Moment, er ist perfekt. Noch nie habe ich mich so gut gefühlt wie mit Dean, auch wenn die Situation, in der wir uns wegen meiner Lüge befinden, völlig lächerlich ist.

Er verlagert das Gewicht auf einen Arm und streicht mit dem anderen an meiner Seite entlang, bis er den Saum meines T-Shirts erreicht. Eine Gänsehaut folgt seiner Berührung. Hauchzart liebkost er meine Haut, die unter dem nach oben gerutschten Stoff hervorlugt. Jetzt. Jetzt ist der Moment, in dem ich mit der Wahrheit rausrücken muss. Ansonsten endet all das in einer Katastrophe. Doch sein Kuss lenkt mich ab, lässt die Gedanken, die ich eben noch hatte, einfach weiterschwimmen. Als wäre mein Kopf ein Fluss von Ideen, die einfach vor sich hin treiben.

Dean entzieht sich langsam meinen Lippen. Sein Blick ruht auf meinem Gesicht. Er wandert von meiner Stirn weiter über meine Nase, zu meinem Mund. Dann drückt Dean einen Kuss auf mein Kinn. Und noch einen. Ganz langsam rutscht er tiefer. Von unten schiebt er mein T-Shirt nach oben. Weitere Küsse treffen auf meine Haut. Eine Gänsehaut folgt ihnen. Als er an meinem Hosenbund angekommen ist, sieht er zu mir hoch. Ich kann nicht anders, als ihm mein Becken entgegenzudrücken. Die Erregung sammelt sich in einem intensiven Pochen zwischen meinen Beinen. Vergessen ist mein guter Vorsatz, ihm meinen richtigen Namen zu nennen. Ich will ihn. Jetzt. Ohne Ablenkungen.

Quälend langsam greift er nach dem Knopf an meiner Hose und öffnet sie. Sein Blick fesselt meinen, während er mich Stück für Stück auszieht. Wenig später folgen sein Langarmshirt sowie die ausgewaschene Jeans.

Beim Anblick seines durchtrainierten Bauchs beiße ich mir auf die Unterlippe. Er hat wirklich nichts mehr mit dem schlaksigen Jungen gemein, den ich einmal kannte. Langsam beugt er sich wieder zu mir und haucht einen Kuss auf meinen Mund. Viel zu schnell löst er sich. Ich will gerade protestieren, als ich einen sanften Druck zwischen meinen Beinen spüre. Seine Finger wandern leicht wie ein Schmetterlingsflügel über meine empfindliche Stelle. Ein heiseres Stöhnen kommt mir über die Lippen.

Mit einem Stöhnen entfernt er sich von mir, greift nach seiner Hose und holt aus seinem Portemonnaie ein Kondom hervor. Ich beobachte jeden seiner Handgriffe, als er es aus der Plastikverpackung holt und schließlich überstreift. Kurz darauf ist er zurück bei mir und ich verliere mich erneut in einem Kuss.

Kapitel 18

Deans Arm liegt eng um mich geschlungen und ich habe mich mit dem Rücken an seine Brust geschmiegt. Seine Atmung ist so gleichmäßig, dass ich nicht sicher bin, ob er überhaupt noch wach ist. Unser erstes gemeinsames Mal war überwältigend. Noch nie habe ich alles so intensiv gespürt. Und doch legt sich gerade eine Schwere darüber, die mich nach unten drückt. Jetzt gibt es keinen Ausweg mehr. Ich muss ihm sagen, wer ich bin. Und es wird wehtun. Denn nach dem, was wir eben geteilt haben, wird er enttäuscht sein zu erfahren, dass ich ihn angelogen habe. Dabei würde ich diesen Moment am liebsten für immer festhalten. Aber ich muss ihn jetzt ruinieren. Am besten schnell, wie man ein Pflaster abreißt.

»Bist du wach?«, frage ich, weil ich noch immer nicht sicher bin.

Dean macht ein raues Geräusch, das sowohl Ja als auch Nein bedeuten könnte. Ohne mich von ihm wegzubewegen, drehe ich mich zu ihm herum, sodass ich sein Gesicht sehen kann. Seine Augenlider sind geschlossen und er hat ein wohliges Lächeln auf den Lippen. Ich kann nicht anders, als einen sanften Kuss darauf zu drücken. Dann streiche ich mit der Hand über seine Haare. Er seufzt.

»Weitermachen«, grummelt er leise, als ich eine Pause mache.

»Nur, wenn du die Augen aufmachst.«

Er folgt meiner Anweisung. Seine Augen wirken heller als sonst. Klarer.

»Ich muss dir etwas sagen«, beginne ich. Doch ich werde von dem Vibrieren seines Smartphones unterbrochen. Dankbar für diese Unterbrechung denke ich nicht lange darüber nach. Ich greife nach dem Smartphone und halte es ihm hin. Die Nummer hat auf jeden Fall dieselbe Vorwahl wie vorhin. An den Rest erinnere ich mich nicht mehr.

Er drückt den Anruf weg und richtet seine Aufmerksamkeit zurück auf mich.

»Willst du nicht rangehen?«, frage ich, als das Display erneut aufleuchtet.

Er nimmt das Gerät in die Hand und starrt darauf, als könnte er es allein durch Willenskraft dazu bringen, mit dem Vibrieren aufzuhören. Ich lasse ihn nicht aus den Augen. Seine Kiefer sind so angespannt, dass ich Angst um seine Zähne habe. An seinen Fingern, die um das Smartphone gekrallt sind, treten die Knöchel weiß hervor. Sein Ellenbogen zittert leicht, während er immer noch auf das vibrierende Smartphone starrt. Erst als der Anruf automatisch beendet wird, stößt er einen heftigen Atemzug aus.

Jeder seiner Muskeln scheint sich ein wenig zu entspannen. Vorsichtig, um ihn nicht zu erschrecken, lege ich meinen Arm um ihn.

»Wer ist das?« Mit dem Kopf deute ich auf das Display, das nun aufleuchtet und zwei verpasste Anrufe anzeigt.

»Niemand«, bringt er zwischen zusammengepressten Zähnen hervor. Es tut weh, dass er mir nicht erzählen will, wer es ist, denn seine Reaktion zeigt eindeutig, dass er es weiß.

»Es ist okay, wenn du nicht darüber reden möchtest.«

Immer wieder streiche ich mit meiner Hand über seinen Rücken. Er ist nicht allein.

Seine rechte Hand legt er auf meinen Oberschenkel. Auf meiner Wange kauend sehe ich ihn an. Er wirkt plötzlich älter, erschöpfter. Kurz schließt er die Augen und nimmt einen tiefen Atemzug. Dann sieht er mich an.

»Die Nummer ist von meiner Schwester.«

Verwirrt schüttle ich leicht den Kopf. Das ist seine Reaktion, wenn Violet versucht, ihn anzurufen? Was? Bevor er aus meinem Leben verschwunden ist, hätte er vielleicht genervt die Augen verdreht, wäre dann aber rangegangen. Zu hundert Prozent. Die beiden waren wie Tom und Jerry. Egal, wie sehr sie sich gestritten haben, wenn es darauf ankam, waren sie füreinander da. Irgendwas muss im letzten halben Jahr vorgefallen sein, wovon ich nichts mitbekommen habe.

Dean reibt sich über die Stirn und sieht mich an. »Ich habe seit sechs Jahren keinen Kontakt mehr zu ihr.«

Meine Augen weiten sich. In meinem Kopf herrscht ein einziges Chaos. Das geht gar nicht. Das kann nicht sein. Habe ich mich vielleicht getäuscht? Ist das gar nicht Dean? Leidet er unter irgendeiner Form von Amnesie? Violet hat vor einem halben Jahr noch gesagt, dass sie jede Woche telefonieren. Was meint er mit »keinen Kontakt«?

»Es tut mir leid, Meghan.« Er schluckt und sieht mich an. »Ich bringe dich zum Bus, okay? Ich bin gerade keine gute Gesellschaft.«

Bevor ich widersprechen kann, steht er auf und reicht mir die Hand.

»Es ist kein Problem, ich –«

»Bitte, Meghan«, unterbricht er mich und das Flehen in seinen Augen versetzt mir einen Stich.

Ich stehe auf. »Ich finde selbst raus.« Verdammt. Meine Stimme klingt patziger als beabsichtigt und ich sehe, wie es ihn verletzt. Sofort bereue ich meine Worte, nehme sie aber nicht zurück. Stattdessen drehe ich mich zur Tür, streife mir meine Klamotten über und mache mich auf den Weg nach draußen. Plötzlich habe ich das Gefühl, nicht mehr richtig atmen zu können.

Der Aufzug scheint eine Ewigkeit zu brauchen, um endlich unten anzukommen. Als das leise *Pling* ertönt und die Türen sich öffnen, laufe ich raus und trete durch die Eingangstür. Gierig schnappe ich nach frischer Luft. Ich spüre, dass mein Smartphone in meiner Tasche vibriert, aber ich ignoriere es. Statt auf den Bus zu warten, laufe ich los. Setze einen Fuß vor den anderen. Obwohl ich in einem der schönsten Stadtviertel unterwegs bin, halte ich meinen Blick stur auf den asphaltierten Gehweg gerichtet.

Immer wieder muss ich Leuten ausweichen, die ich zu spät sehe. Einige rufen mir Beleidigungen hinterher, aber es ist mir egal. Mit dem Daumen tippe ich gegen jeden meiner anderen Finger. Etwas, das ich ewig nicht getan habe, das mich aber früher immer beruhigt hat, als ich noch Angst hatte, in ein Auto zu steigen. Einfach nur spüren, dass ich physisch da bin. Darauf konzentrieren, jeden Finger einmal zu berühren, und alles andere ausblenden. Aber dieses Mal hilft es nicht, mich von meinen Gedanken abzulenken.

Dean hat seit sechs Jahren keinen Kontakt mehr zu seiner Familie? Ich habe ihn zwar nicht mehr gesehen, nachdem er aufs College gegangen ist, aber Violet hat gesagt, dass sie regelmäßig telefoniert haben. Außerdem hatte er doch geplant, zu unserer Graduation-Feier zu kommen, und ist dann nur wegen eines Magen-Darm-Infekts nicht erschienen. Oder? Warum sollte Violet mich angelogen haben? Es ergibt keinen Sinn. Überhaupt keinen. Aber andererseits, woher soll ich das wissen? Immerhin hätte ich auch niemals damit gerechnet, dass sie mit meinem Freund schläft.

Mit jedem Schritt kommen neue Gedanken dazu, die mich nur noch mehr verwirren. Und es gibt genau zwei Personen, die Licht ins Dunkle bringen können.

Dean und Violet.

Da Dean klargemacht hat, dass er im Moment nicht mit mir reden will, bleibt eigentlich nur noch meine ehemalige beste Freundin.

Mit zitternden Fingern greife ich nach meinem Smartphone. Zum ersten Mal, seit ich aufgebrochen bin, sehe ich mich um. Überraschenderweise bin ich schon fast am Campus. Ich muss knapp eine Stunde gelaufen sein. Kurz bleibe ich stehen und starre auf das Display, das mir die Zeit anzeigt. Beim Blick darauf muss ich schnauben. Ein lächerliches Zeichen. 05:16. Violets Geburtstag ist im Mai. Am sechzehnten. Als würde mich das Universum verhöhnen wollen.

Ohne weiter darüber nachzudenken, entsperre ich das Gerät und tippe auf den Messenger, mit dem Violet mich angeschrieben hat. Ein kleiner grüner Kreis ist neben ihrem Namen zu sehen. Sie ist also online. Mit zusammengekniffenen Augen klicke ich auf den Hörer oben rechts. Gerade will ich den Anruf beenden, als ich ein leises »Hallo?« höre.

Ich starre auf das Mobiltelefon in meiner Hand und beiße mir auf die Zunge.

»Hallo? Jenna?«, meldet sich Violets Stimme noch mal aus dem Hörer und ich halte ihn endlich an mein Ohr.

»Hi.« Mehr bekomme ich nicht heraus, ohne dass meine Kehle sich zuschnürt und ich mich am liebsten übergeben möchte. Verdammt, ist das hart.

Violet atmet laut aus und es raschelt kurz in der Leitung. »Ich habe dir einen Brief geschrieben. Darf ich ihn dir vorlesen?«

Ihre Stimme klingt noch immer genauso vertraut wie vor einem halben Jahr. Als wäre keine Zeit vergangen und als würden wir uns über unseren Alltag austauschen. Es fühlt sich so vertraut an, dass ich für einen Moment wünschte, es wäre so. Als wäre der Sommer nie passiert. Doch er ist passiert und wir stehen inzwischen beide an einem anderen Punkt.

»Stimmt es, dass du Dean seit sechs Jahren nicht mehr gesehen hast?« Die Unterbrechung ist schroff. Es tut mir leid und gleichzeitig möchte ich sie anschreien. Ihr sagen, wie mies ich die ganze Situation fand. Wie schlecht es mir deshalb ging und wie sehr ich darunter gelitten habe. Aber zuerst muss ich herausfinden, was mit Dean los ist.

Violet schluckt hörbar. »Was ... Was meinst du?«

»Wann hast du das letzte Mal mit Dean gesprochen?«

»Äh ... keine Ahnung. Ist etwas passiert? Was ist los?«

Meine Kiefer mahlen, während ich die Straße hinauf zum Campus gehe. Heute ist ein milder Wintertag und viele der Studierenden sind in den hügeligen Straßen der Stadt unterwegs. Aber dafür habe ich jetzt kein Auge. Ohne mich umzusehen, steuere ich auf den Wohnblock zu.

»Verdammt, Violet. Hast du mich belogen? Hattet ihr überhaupt noch Kontakt, seit er ausgezogen ist?«

Stille. Absolute Stille, die mir alles verrät, was ich wissen muss. Ohne auf eine Antwort zu warten, beende ich das Gespräch und laufe nach Hause. Tränen brennen in meinen Augen, aber es ist mir egal.

Als ich die Tür zu meinem Zimmer öffne, sehe ich, dass Emily kerzengerade in ihrem Bett sitzt und auf meine Seite starrt. Überrascht bleibe ich stehen. Ich muss mich förmlich dazu zwingen, einen Blick auf mein Bett zu werfen. Keine zwei Meter von mir entfernt sitzt Violet. Ich starre sie an und fühle mich wie im falschen Film. Als hätte jemand eine Sequenz aus meinem alten Leben in mein neues geschnitten.

Ich muss heftig schlucken. Langsam dringt die Information, dass sie tatsächlich da ist, in mein Gehirn vor.

»Was machst du hier?«

Violet zuckt beim Klang meiner Stimme zusammen. Aber statt darüber Genugtuung zu verspüren, fühle ich mich einfach nur erschöpft. Mein Smartphone vibriert, aber ich ignoriere es. Violet schluckt sichtbar, dann legt sie die Hände in den Schoß, ohne den Blick abzuwenden.

»Ich wollte mit dir reden. Ich habe dich gesucht und bin dann hier gelandet. Schon bevor du angerufen hast. Es tut mir leid.« Ihre Worte sind kaum mehr als ein Flüstern. Die Tränen sind in ihrer Stimme hörbar. Auch in meiner Kehle bildet sich ein Kloß. Der Drang umzudrehen, einfach aus dem Zimmer zu rennen, ohne zurückzuschauen, wird riesig, aber trotzdem bleiben meine Füße stehen. Verwurzelt mit dem Boden unter mir. Ich bin unfähig, etwas zu tun oder zu sagen.

Emily räuspert sich leise. »Ich muss los.«

Ohne darauf zu reagieren, starre ich weiter Violet an, während Emily sich an mir vorbei durch die Tür drängt.

»Jenna, bitte …« Die Stimme meiner ehemaligen besten Freundin bricht. Noch immer nicht in der Lage mich zu bewegen, schließe ich kurz die Augen. Meine Brust brennt. Der ganze Schmerz, den ich seit dem Sommer mit mir rumtrage, der mich gelähmt und zurückgehalten hat, bricht mit einer Wucht wieder über mich herein.

»Du hast mit ihm geschlafen, während ich im selben Haus war.«

Keine Ahnung, wieso genau das die Worte sind, die meine Lippen als Erstes verlassen. »Du hast mit ihm geschlafen. Verdammt.« Überfordert von den Emotionen, die in meinem Inneren miteinander kämpfen, presse ich mir die Handinnenflächen an die Schläfen. Meine Augen sind noch immer geschlossen.

Ich höre, wie Violet aufsteht, und reiße die Lider auf. Sie bleibt stehen. Unsicher hebt sie die Hände.

»Du hast recht. Ich hab verdammte Scheiße gebaut. Ich habe dich angelogen. Und es gibt nichts, was das rechtfertigen könnte.«

»Warum bist du dann hier? Was willst du? Und warum jetzt?«

»Ich vermisse dich.« Der Satz ist so leise, dass ich ihn kaum verstehe, und gleichzeitig fühlt es sich an, als hätte sie ihn mir mit einem Messer in den Magen gerammt.

»Ach wirklich?«

Sie weicht meinem Blick aus und ich sehe, wie eine Träne über ihre Wange rollt.

Ich beiße meine Zähne so fest aufeinander, dass es wehtut. Der körperliche Schmerz ist eine willkommene Ablenkung von dem, was gerade in meinem Kopf vorgeht.

»Ich weiß ehrlich gesagt nicht, was ich mir erhofft habe. Aber …« Ihre Stimme bricht und der Kloß in meiner Kehle wird immer größer. »Ich habe einen Fehler gemacht.«

Ein Laut, der irgendwo zwischen einem hysterischen Lachen und einem Schluchzen liegt, kommt über meine Lippen.

»Einen Fehler?«, meine Stimme schrillt laut in dem kleinen Zimmer. »Es ist ein Fehler, bei Rot über die Ampel zu fahren oder jemanden zu beleidigen. Aber du hast, scheiße, du hast mit meinem Freund geschlafen. Im selben Haus, in dem ich auch anwesend war. Kannst du dir vorstellen, wie beschissen das war?« So viele Gedanken schießen durch meinen Kopf, und trotzdem stocke ich. Spiele immer wieder die Erinnerungen in meinem Kopf ab, wie ich sie und Lucas zusammen gesehen habe.

Violet bleibt ruhig. Ich hebe den Blick und sehe, wie sie nickt. Das Einzige, was sie tut, ist, ihren Kopf immer wieder auf und ab zu bewegen. Sie zieht ihre Unterlippe zwischen die Zähne, so, wie sie es auch früher immer getan hat, wenn sie etwas angestellt hat. Nur handelt es sich hierbei nicht um ein kaputtes Fenster, durch das ein Ball geflogen ist, oder eine Schramme am Auto, weil sie mit dem Fahrrad dagegen gefahren ist.

»Vielleicht war es auch ein Fehler zu hoffen, dass du mir je verzeihen könntest«, murmelt sie und schiebt sich an mir vorbei aus dem Zimmer.

Wo eben noch Wut durch meine Adern geflossen ist, existiert nun nur noch Erschöpfung. Wie ein Roboter, dem der Strom abgestellt wurde, sinke ich in mich zusammen. Der Schmerz in ihren Augen hat real gewirkt. So real, als würde er den in meiner Brust widerspiegeln. Aber sie war diejenige, die die Entscheidung getroffen hat. Sie und Lucas.

Kapitel 19

Es fühlt sich an, als wären Stunden vergangen, in denen ich einfach nur auf dem Boden gelegen und die Szene im Strandhaus immer und immer wieder durchgegangen bin. Als ich schließlich mein Smartphone aus der Tasche krame, ist es jedoch erst kurz vor acht. Keine Ahnung, wo Emily derzeit ist, aber es ist mir egal. Meine Aufmerksamkeit wird von der Nachricht gefesselt, die auf meinem Display zu sehen ist.

Ruf mich bitte zurück. Ich mache mir Sorgen.

Sie ist von Dean. Seufzend drücke ich auf seine Nummer und presse mir das Gerät ans Ohr. Es tutet zweimal, dann meldet er sich.

»Hey.« Seine Stimme ist kratzig, als hätte er stundenlang in einer rauchigen Bar gesessen.

»Hey«, flüstere ich zurück und merke, dass ich ebenso klinge. Ob er auch geweint hat?

»Ist etwas passiert?« Sein alarmierter Tonfall lässt meine Mundwinkel zucken. Auch wenn es nicht ganz für ein echtes Lächeln reicht, muntert es mich doch ein wenig auf.

»Nein, äh, mir geht es schon besser«, flunkere ich, obwohl mein Kopf noch dröhnt.

»Ich war ein echtes Arschloch. Es tut mir leid.«

Unser Streit ist seit der Konfrontation mit Violet in den Hintergrund gerückt.

»Ich habe anscheinend eine Grenze überschritten, das tut mir auch leid.«

Und es stimmt. Obwohl ich seine Reaktion nicht ganz nachvollziehen kann, hätte ich einfach auf seine Bitte hören können.

»Bitte, Meghan, tu das nicht. Ich habe Mist gebaut und dir geht es schlecht. Das wollte ich nicht.«

»Ja.« Das Wort bricht mit einem heftigen Schluchzer aus mir heraus. Dieser verdammte Abend. Am liebsten würde ich ihn komplett aus meinem Leben streichen. Meine Brust zieht sich zusammen und alles, was ich will, ist schreien.

»Scheiße.« Dean klingt gestresst und es tut mir leid, schließlich ist er nicht der Grund dafür. Zumindest nicht der einzige.

Es dauert einen Moment, bis ich meine Stimme wiedergefunden habe. Nach einem tiefen Atemzug schaffe ich es endlich weiterzusprechen.

»Dean, unser Streit tut mir echt leid. Ich bin nicht deswegen so emotional. Es ist gerade einfach nur etwas viel. Du hast gesagt, dass du Samstag nicht kannst, aber können wir uns vielleicht am Sonntag treffen? Ich würde gerne persönlich etwas mit dir besprechen.«

»Fuck, Meghan, jetzt machst du mir Angst. Ist alles in Ordnung? Ist irgendetwas passiert? Hat es was mit dem Autounfall zu tun, den wir gesehen haben? Beiden Fahrern geht es so weit gut, das war schon an der Unfallstelle klar. Oder …« Er zögert und seine Stimme wird leise. »Habe ich etwas getan, das du nicht wolltest?«

Im ersten Moment verstehe ich gar nicht, worauf er hinauswill. Dann macht es plötzlich Klick.

»Um Gottes willen, nein, Dean, verdammt. Ich wollte es mindestens genauso sehr wie du. Nein, es hat wirklich nichts mit dir zu tun. Ich … Wir … Also, lass uns bitte Sonntag in Ruhe reden. Und danach vielleicht noch was essen oder ins Kino? Wenn du dann noch Zeit mit mir verbringen möchtest«, bricht es aus mir heraus und ich kneife die Augen zusammen. Ich hasse diese vagen Andeutungen.

»Wenn du willst, kann ich auch jetzt vorbeikommen. Gib mir eine halbe Stunde und ich bin da. Es klingt wirklich dringend.«

Sein Angebot erwärmt mein Herz. Es ist so selbstlos. Aber nach dem, was heute alles passiert ist, brauche ich erst einmal eine Pause.

»Das ist lieb, aber heute nicht mehr, okay? Ich bin echt müde. Sonntag ist gut. Und vielleicht passt es ja nächste Woche noch mal, damit wir Alcatraz nachholen können?«

Er zögert kurz. »Ich hätte total Lust, wir müssten es aber noch um eine Woche verschieben. Ich gehe in der Woche auf einen Skitrip nach Mammoth Mountain, der am Montag beginnt.«

»Oh, cool, das klingt nach Spaß. Dann lass uns einfach Sonntag Zeit miteinander verbringen und wir sehen, wie es danach passt.«

»So machen wir es. Bist du sicher, dass für heute alles in Ordnung ist?« Seine Fürsorge lässt mein Herz weich werden.

Leise seufze ich. »Ja, bin ich. Danke dir. Gute Nacht, Dean.«

»Gute Nacht, Meghan.«

Wir legen auf und schon ist es wieder ruhig in meinem Zimmer. Nur meine Gedanken sind lauter als vorher. Dean Bishop sorgt sich um mich. Nur weiß er nicht, wer ich bin. Und wenn ich ehrlich bin, weiß ich das langsam auch nicht mehr. Seit dem Sommer habe ich so viel Zeit verschwendet, so viele Chancen verstreichen lassen, nur um jetzt schon wieder vor der Entscheidung zu stehen, in meiner Komfortzone zu bleiben oder sie zu überschreiten.

Violets Worte hallen zusätzlich in mir nach. Warum war sie hier? Erwartet sie wirklich, dass ich ihr vergebe? Dafür, dass sie alles einfach weggeschmissen hat für ein bisschen Sex?

Mit der Hand stütze ich meinen Kopf, während ich ins Leere starre. Kann ich über ihren Betrug hinwegsehen? Nein, definitiv nicht. Aber zu sehen, wie beschissen es ihr geht, hat etwas in mir wachgerüttelt. Wir waren fünfzehn Jahre lang unzertrennlich und dann zerstört sie unsere Freundschaft. Aber ist es richtig, dass ich ihr für alles die Schuld gebe? Ich meine, sie hat zwar eindeutig mit Lucas geschlafen, aber hätte sie das wirklich nur getan, um mich zu verletzen? Sollte ich mir vielleicht ihre Seite der Geschichte anhören?

Vor lauter Fragen fängt mein Kopf an zu schmerzen. Mein Blick wandert über meinen Schreibtisch und fällt auf den kleinen Wecker, der darauf steht.

Kurz nach neun. Einen Augenblick zögere ich noch und starre auf das leuchtend gelbe Ziffernblatt, dann nehme ich mein Smartphone und tippe langsam eine Nachricht.

> Können wir uns in einer halben Stunde am Bay Bridge Viewpoint treffen?

Bevor ich es mir anders überlegen kann, schicke ich die Nachricht an Violet ab. Ohne zu zögern, schnappe ich mir meine Tasche, wische mir das zerlaufene Make-up vom Gesicht und mache mich auf den Weg zur Straßenbahn. Selbst wenn sie dem Treffen nicht zustimmt oder keine Zeit hat, brauche ich dringend eine Möglichkeit, um meine Gedanken zu sortieren. Und der Ausblick auf den Ozean ist ein verdammt guter Helfer dabei. Doch so weit kommt es nicht. Kaum habe ich das Wohnheimgebäude verlassen, vibriert mein Smartphone in der Tasche.

> Violet: Bin auf dem Weg.

***

Die Fahrt fliegt förmlich an mir vorbei. Als sich die Türen der Straßenbahn öffnen, schlägt mir die frische Seeluft entgegen. Der Geruch ist nicht so intensiv wie direkt am Strand, aber er ist da, und sofort fühlt sich mein Herz etwas leichter an.

Da es mitten in der Woche ist und nicht sonderlich warm, ist der Bay Bridge Viewpoint bei Weitem nicht so überlaufen wie in den Sommermonaten. Trotzdem dauert es einen Moment, bis ich Violet erkenne. Sie steht an dem Geländer, das zur Bucht hinausgeht, das Gesicht zur Brücke gewandt. Vorsichtig trete ich an sie heran.

»Hi«, murmle ich, und obwohl ich leise gesprochen habe, zuckt sie zusammen.

»Hi«, gibt sie zurück.

Es ist komisch. Wir haben seit über einem halben Jahr keinerlei Kontakt mehr miteinander gehabt und heute begrüßen wir uns zum dritten Mal. Immer noch brennen Tränen hinter meinen Augenlidern, aber dafür habe ich jetzt keine Kraft mehr.

»Es tut mir leid, dass ich dich rausgeschmissen habe«, beginne ich, ohne einen richtigen Plan, wie ich dieses Gespräch tatsächlich anfangen soll.

Sie sieht zu mir auf und die Traurigkeit in ihrem Blick versetzt mir einen Stich. Ihre sonst so strahlenden bernsteinfarbenen Augen sind matt und trostlos.

Ein freudloses Lachen kommt über ihre Lippen. »Du hast jedes Recht der Welt, mich rauszuschmeißen.« Ihr trockener Tonfall erinnert mich an damals, als Mark Benson sie auf den Schulball eingeladen und sie ihm abgesagt hat, weil sie mit mir hingehen wollte. Verständnisvoll, aber bestimmt.

Eine Weile starren wir beide auf das unruhige Wasser vor uns.

»Ich …« Meine Stimme ist kratzig. Ich räuspere mich. »Ich will deine Seite der Geschichte hören.« Ohne sie anzusehen, spreche ich weiter. »Weil ich es einfach nicht verstehen kann.«

Ich höre, wie sie tief ein- und ausatmet.

»Ich wünschte, es gäbe eine gute Erklärung. Aber die gibt es nicht. Alles, was ich dir erzählen kann, ist letztlich nur eine billige Ausrede dafür, dass ich einen riesigen Fehler gemacht habe. Ich würde alles dafür geben, es rückgängig zu machen …«

»Erzähl mir einfach, warum du es getan hast«, unterbreche ich sie.

Sie strafft die Schultern und sieht mich an. Das sanfte Licht, das von den Laternen am Pier zu uns scheint, erhellt ihr Gesicht und betont die tiefen Schatten, die unter ihren Augen liegen.

»Keine Ahnung, wieso es mir vorher nicht aufgefallen ist, aber ich kannte Lucas vom Medizin-Vorbereitungskurs, den ich an der Uni in San Francisco gemacht habe. Weißt du noch? Den Sommer vor unserem Senior Year?«

Es dauert einen Moment, aber dann fällt es mir ein. Sie war tatsächlich fast den ganzen Sommer bei dem Kurs. Wir haben damals so gut wie jeden Abend telefoniert und …

Die Erkenntnis trifft mich wie ein Schlag.

»Du meinst, Lucas war Luke vom Sommercamp?«

Kaum merklich nickt sie und mir fällt fast die Kinnlade herunter. In meinem Kopf gehe ich sämtliche Situationen durch, in denen sie ihn mit mir hätte sehen müssen.

»Warum hast du mir das nicht früher gesagt?!« Meine Stimme ist viel zu laut.

Violet zuckt mit den Schultern. »Ich wusste es nicht. Überleg mal. Ich habe Lucas das erste Mal persönlich wiedergetroffen, als wir im Ferienhaus waren.«

Mit zusammengezogenen Augenbrauen lege ich den Kopf schief und versuche, mich an ein vorheriges Zusammentreffen zu erinnern.

»Wenn wir telefoniert haben, war er nur im Hintergrund, selbst wenn wir die Kameras anhatten, war er kaum zu sehen. Und als wir uns an Weihnachten in Jackson kennenlernen sollten, war ich krank. Du und ich haben uns entweder in Seattle oder in Jackson getroffen. Allein.«

»Und die Fotos?« Zugegebenermaßen mache ich selten Fotos. Sehr selten. Und sie dann auf irgendwelchen Social-Media-Accounts hochzuladen, war mir immer zu stressig. Aber ich bin sicher, dass ich Violet ab und zu welche geschickt habe. Wir haben am Anfang, als ich mit ihm zusammengekommen bin, sogar seinen Instagram-Account gestalkt.

Sie sieht mich wieder an und seufzt. »Ich weiß es nicht. Vielleicht war es der Bart oder so. Ich meine, zwischen unserem letzten Treffen und eurer Beziehung sind anderthalb Jahre vergangen. Vielleicht wollte ich ihn auch einfach nicht erkennen. Ich weiß es nicht. Aber ich habe gesehen, wie glücklich du warst, und das war das Einzige, was mich interessiert hat.«

Bei ihren Worten würde ich ihr am liebsten vor die Füße kotzen.

»Ja, das habe ich gemerkt, wie wichtig dir das war.«

Violet nickt. »Wie gesagt, ich habe keine gute Erklärung. Aber ich schwöre, dass ich keine Ahnung hatte, dass er es ist, bis wir uns persönlich getroffen haben. Als ich es realisiert habe, war ich völlig fertig. Wir hatten damals nichts geklärt.«

Die Erinnerung an ihre Erzählungen kommen langsam wieder. Sie hat jemanden – Luke – kennengelernt und die beiden haben sich von Anfang an super verstanden. Sie hat mir fast jeden Abend von ihm erzählt. Aber da sie sich jeden Tag gesehen haben, haben sie keine Nummern ausgetauscht. Irgendwann ist er einfach nicht mehr aufgetaucht. Sein Zimmernachbar meinte, es hätte einen Familiennotfall gegeben. Er hat Violet dann Lukes Nummer gegeben, aber er hat sich nie zurückgemeldet.

Immer mehr Gedanken stürmen meinen Kopf. Die Parallelen sind erschreckend. Lucas hat erzählt, dass er Anwalt werden will, weil seine Mutter in einen Unfall verwickelt war. Die Anwälte haben sie im Stich gelassen, wodurch sie auf einem Haufen Kosten sitzengeblieben ist. Er hat seine Mutter schuften sehen und beschlossen, Jura zu studieren, um zum einen niemals einen Mandanten so schlecht zu beraten, und zum anderen, um genug Geld zu verdienen, um seiner Mom ein besseres Leben zu ermöglichen. Vorher wollte er Arzt werden.

Ich vergrabe meine Hand in meinem Haar, als sich die Puzzlestücke langsam zusammensetzen.

»Als ich ihn gesehen habe ...«, fährt sie fort und irgendwo in mir legt sich ein Schalter um. Plötzlich verstehe ich, was passiert sein muss. Es tut noch immer weh, daran zu denken, und ich fühle mich noch immer unglaublich verraten, aber auf einmal fühlt es sich nicht mehr so unsinnig an. »Ich weiß nicht, ich habe nicht nachgedacht. Es war so dumm. Scheiße.«

»Erzähl mir, wie es passiert ist«, flehe ich sie an. Ich weiß nicht, ob es die masochistische Ader in mir ist, die die Details hören will, oder ob ich es tatsächlich brauche, um zu verstehen.

»Bist du sicher, ich ...«

»Bitte, Violet«, unterbreche ich sie.

»Wir haben uns kurz unterhalten, als du weg warst, und keine Ahnung, es hat sich so vertraut angefühlt. Ich weiß nicht. Ich war einfach komplett verwirrt. Irgendwann in der Nacht habe ich gehört, wie eure Zimmertür aufgegangen ist, und ich wusste nicht, ob du es sein würdest oder er. Aber ich lag die ganze Zeit wach und habe versucht zu verstehen, was abgeht. Na ja, und dann bin ich aufgestanden und habe nachgesehen. Er ist runtergegangen, um sich was zu trinken zu holen, und ich bin ihm in die Küche gefolgt. Wir haben uns unterhalten. Es war wie damals. Er hat mir erzählt, was passiert ist und warum er sich nicht mehr gemeldet hat. Es hat so viel Sinn ergeben. Und dann, keine Ahnung, waren wir uns plötzlich so nah, und ich weiß nicht mal mehr, wer den ersten Schritt gemacht hat, aber wir haben uns geküsst.« Sie schluckt und ich habe das Gefühl, als hätte jemand ein Pflaster von einer vereiterten Wunde gerissen. Trotzdem ist da plötzlich keine Wut mehr.

Die Szenen laufen in meinem Kopf ab wie ein Film auf Dauerschleife.

»Was wäre passiert, wenn ich euch nicht erwischt hätte?« Hätten die beiden so getan, als wäre nichts passiert?

Violet schluchzt und erst jetzt bemerke ich, dass es sie anscheinend ebenfalls aufwühlt.

»Ich weiß es nicht«, schnieft sie. »Wirklich nicht. Alles an diesem Abend war einfach nur falsch. Ich hätte nie ... Ich wollte dich niemals verletzen.«

»Ich weiß«, gebe ich zurück, unfähig, etwas anderes dazu zu sagen. Sechs Monate habe ich damit verbracht, mich in Selbstmitleid zu suhlen. Und vom einen auf den anderen Moment verstehe ich plötzlich, warum es passiert ist.

»Können wir ... uns ... wiedersehen?« Violet schluckt heftig. Es scheint ihr schwer zu fallen, die Worte auszusprechen.

Mein erster Instinkt ist es, Nein zu schreien. Aber dann sehe ich Kaden vor mir, der sie ebenfalls verloren hat.

»Samstag findet eine Ausstellung von Kadens Kunst statt. Du solltest auch kommen. Ich schicke dir die Details gleich. Aber ich muss jetzt los.«

Ohne mich zu verabschieden, drehe ich mich um und gehe zurück zur Haltestelle. Ich muss mich einfach bewegen. So vieles ergibt nun Sinn und gleichzeitig bringt es alles, an was ich die letzten Monate geglaubt habe, ins Wanken.

Die Fahrt zurück zum Wohnheim über starre ich aus dem Fenster. Die riesigen Gebäude, die sich durch die Innenstadt ziehen, fliegen an mir vorbei. Meine beste Freundin hat mich betrogen. Mit einem Mann, für den sie schon vor Jahren Gefühle hatte. Dass sie ihn nicht erkannt hat, verstehe ich gerade so noch. Aber warum hat er nie etwas gesagt? Ich hatte in meinem ganzen Zimmer Fotos von Violet und mir. Hauptsächlich von früher, also aus einer Zeit, wo er sie auch kennengelernt hat. Aber er hat sich nie wirklich für meine beste Freundin interessiert. Immer wenn ich ihm vorgeschlagen habe, mich zu begleiten, hatte er etwas anderes vor. Ob er es schon von vornherein gewusst hat? Was hat ihn daran gehindert, mich darauf anzusprechen?

Ich drehe mich im Kreis. Kaum ist eine Sache klar, werden plötzlich andere Fragen aufgeworfen. Da fällt mir plötzlich ein, dass ich Violet gar nicht wegen Dean gefragt habe. Noch eine Sache, die mit jedem Gedanken verwirrender wird. Bevor ich weiter auf einem Karussell fahre, in das ich nicht freiwillig eingestiegen bin, schreibe ich Kaden.

Violet kommt Samstag zu deiner Ausstellung.

Ich kann nicht einschätzen, ob er sich freuen oder ebenso verwirrt sein wird wie ich. Aber ich muss nicht lange warten, um das herauszufinden. Schon einen Moment später vibriert mein Smartphone in meiner Hand. Es ist mein bester Freund.

»Jenna!« Er quietscht meinen Namen förmlich. Anscheinend freut er sich also.

»Ja«, antworte ich schwach. Der Abend steckt mir jetzt schon tief in den Knochen.

»Ist das dein Ernst?« Seine Freude ist unüberhörbar.

Ich nicke und es dauert einen Moment, bis ich realisiere, dass er mich nicht sehen kann. »Ja, es stimmt«, gebe ich zurück.

Kaden gibt ein entzücktes Schnauben von sich und meine Mundwinkel heben sich wie von selbst.

»Was bedeutet das jetzt?«, fragt er nach einem Moment der Stille.

Seufzend zucke ich mit den Schultern. »Ich habe keine Ahnung«, gebe ich zu.

»Okay, wir werden sehen. Aber Jenna?«

»Ja?«

»Ich bin stolz auf dich.«

Die Worte meines besten Freundes rühren mich.

Nachdem er mir noch ein paar Fragen gestellt hat, auf die ich selbst keine Antwort habe, verabschieden wir uns schließlich, gerade als ich aussteigen muss.

Kapitel 20

Kaum bin ich wieder in meinem Zimmer, krabble ich unter meine Decke. Auf einmal ergeben Dinge Sinn, die ich für unerklärlich gehalten habe. Gleichzeitig bin ich verwirrter denn je. Und ich habe mit Dean geschlafen. Keine Ahnung, in welche Kategorie ich das einordnen soll. Mein Kopf dröhnt. Dann höre ich den Schlüssel im Schloss. Es ist halb elf, als Emily ins Zimmer kommt. Sie schwankt leicht, krallt sich an meinem Schreibtisch fest, wobei sie beinahe meinen Stiftehalter runterschmeißt. Dann sieht sie auf.

»Oh, du bist noch wach?« Ihre Stimme ist viel zu laut. Mit einem Seufzen lässt sie sich auf ihr Bett fallen. Inklusive hoher Schuhe. Mit gerümpfter Nase sehe ich auf die Absätze, die sich in ihre zusammengeknüllte Decke bohren.

Mit einem Arm über dem Gesicht dreht sie sich zu mir. »Du siehst beschissen aus«, lallt sie.

»Danke. Du auch«, gebe ich zurück.

Sie lacht. »Nichts, was eine Dusche und zehn Stunden Schlaf nicht wieder richten können. Hilft das bei dir auch?«

»Keine Ahnung«, gebe ich zu. »Wo warst du heute?«

Ihr Blick wandert an die Decke. »Im *Birds and Beers*. Colt hat mir einen Drink ausgegeben und aus einem sind zwei geworden, aus zwei drei, und jetzt bin ich hier.«

Ich erinnere mich an die ungewöhnliche Begegnung mit Colt in der Bibliothek.

»Apropos Colt. Ist irgendwas zwischen euch passiert?«

Die Röte, die ihr ins Gesicht schießt, verrät sie. Mir klappt der Mund auf. Es ist ein offenes Geheimnis, dass er auf sie steht. Ich weiß nicht, wann es begonnen hat, dafür kenne ich sie zu kurz, aber jedes Mal, wenn wir in der Studierendenkneipe sind, flirtet er ziemlich offensiv mit ihr.

»Nichts Nennenswertes«, winkt sie ab und verschränkt die Arme vor der Brust.

Meine Augenbrauen wandern nach oben. »Definiere nennenswert.«

Sie seufzt theatralisch. »Gut, okay, wir haben uns geküsst – einmal. Es war ein Versehen.«

O mein Gott.

»Was ist mit Nalu?«, hake ich nach.

»Es hat nichts bedeutet, es war ein Versehen. Habe ich doch schon gesagt.«

»Ein Versehen? Bist du zufällig mit deinem Mund gegen seinen gestolpert oder wie darf ich mir das vorstellen?«

So richtig habe ich bis jetzt sowieso nicht verstanden, was zwischen ihr und ihrem hawaiianischen Surflehrer läuft. Sie streitet ab, dass sie offiziell zusammen sind, weil sie sich gegenseitig keinen Druck machen wollen, solange er noch nicht in San Francisco ist.

»Ja, genau so ist es passiert«, erwidert sie patzig. Vor meinem inneren Auge baut sich ein Bild dessen auf, wie sie stolpert und von Colt mit dem Mund aufgefangen wird, was mich zum Lachen bringt.

Empört sieht Emily mich an. »Das ist nicht witzig, okay? Er war in der Vorratskammer, um Bier zu holen, und ich wollte auf die Toilette gehen.«

Gedanklich gehe ich den Weg ab. Die WCs befinden sich im hinteren Teil des Ladens in einer kleinen Nische, von der drei Türen abgehen. Eine Damentoilette, eine für die Herren und der Vorratsschrank. Der Bereich davor ist ziemlich schmal, sodass kaum zwei Personen gleichzeitig hindurchpassen.

»Wir kamen gleichzeitig wieder raus und sind zusammengestoßen. Er hat mich aufgefangen.«

»Mit seinen Lippen?«

Emily wirft mit einem ihrer Kissen nach mir. Es trifft mich auf die Nase, aber ich muss schon wieder lachen.

»Keine Ahnung, ich war betrunken und er hat so süß gelächelt, und dann, dann ist es einfach passiert. Aber es hat rein gar nichts zu bedeuten, okay? Nichts.«

»Wenn du meinst«, gebe ich zurück, kann ein vielsagendes Grinsen aber nicht unterdrücken. Dafür bekomme ich ein weiteres Kissen ab. Dank ihres Zustands jedoch nicht so treffsicher wie das erste. Es streift mich lediglich am Arm.

Mühsam rappelt sie sich hoch, verdreht die Augen und schüttelt den Kopf. »Es bedeutet nichts. Und jetzt muss ich mich bettfertig machen, ansonsten verpasse ich morgen meine erste Vorlesung.«

So graziös, wie es ihr möglich ist, stolziert sie aus dem Zimmer. Ihre Geschichte hat mich großartig von den verwirrenden Gedanken in meinem Kopf abgelenkt.

***

Den nächsten Morgen verbringe ich damit, erst mein Zimmer aufzuräumen und Emilys Chaos, so gut es geht, zu beseitigen. Von gestern liegen noch ihre Klamotten und der Inhalt ihrer Clutch auf dem Boden verteilt. Beinahe wäre ich nach dem Aufstehen auf ihrem Lipgloss ausgerutscht, sodass ich nun versuche, alles nach einem System zu ordnen, das selbst sie nachvollziehen kann. Nach zwei Stunden befindet sich unser ganzes Zimmer in einem Zustand, der seit unserem Einzug nicht mehr geherrscht hat. Zufrieden mit meiner Arbeit, schnappe ich mir meinen Laptop und setze mich aufs Bett. Wieder öffne ich das Schreibprogramm und tippe drauflos.

Dieses Mal handelt der Text vom Verzeihen, und ich bin überrascht, wie viel geordneter meine Gedanken sind, nachdem ich sie aufgeschrieben habe. Dean schickt mir währenddessen immer wieder Bilder von sich und den Gemälden, die er im Mission District filmt. Stimmt, für sein Projekt haben wir gestern vermutlich nicht genug Material aufgenommen. Es ist schön, dass er dabei an mich denkt.

Nachdem ich noch etwas gegessen habe, ist es endlich Zeit für meinen Termin mit Natalie von *ON Campus*. Erst als ich vor der Tür des Raums, in dem er stattfinden soll, stehe, merke ich, wie nervös ich bin. Bevor ich klopfe, nehme ich einige tiefe Atemzüge und wische mir die schwitzigen Hände an meiner Hose ab. Dann hebe ich die Faust und lasse sie dreimal schnell auf das Holz treffen.

Von drinnen ertönt ein freundlich klingendes »Herein« und ich folge der Bitte.

Obwohl wir uns im Altgebäude befinden und die Decken holzvertäfelt sind, strahlt der Raum eine Moderne aus, die ich nicht erwartet hätte. Es gibt sechs große Schreibtische, die paarweise aufgestellt sind. Darauf stehen immer zwei überdimensional wirkende iMacs. Am rechten Ende des Raums steht eine junge Frau vor einem Pult, dessen Ausführung auch in den Vorlesungsräumen zu finden ist. Ihr marineblauer Hosenanzug sitzt perfekt an jeder einzelnen Stelle ihres Körpers und sie kommt mit einem warmen Lächeln auf den Lippen auf mich zu.

»Hi, Jenna, ich bin Natalie«, begrüßt sie mich und bittet mich mit einer Geste, gegenüber vom Pult Platz zu nehmen.

Ohne viel Vorgeplänkel holt sie einen Ausdruck des Dokuments hervor, das ich ihr geschickt habe, und reicht mir eine Kopie. Eine weitere lässt sie vor sich liegen.

In der nächsten Stunde unterhalten wir uns über den Inhalt, meine Inspiration, und dröseln einzelne Sätze bis in die tiefste Ebene auf. Ich merke gar nicht, wie die Zeit vergeht. Immer wieder stellt sie mir Fragen zu Dingen, die ich als Fakt darstelle, die mich zweifeln lassen. Ziemlich genau sechzig Minuten nach Beginn unseres Treffens sind wir durch und sie steht mit einem Händeklatschen auf.

»Jenna, das hat Spaß gemacht, und ich finde, du hast Potenzial. Hättest du Interesse, unserem Club beizutreten?«

Erst als sie mich das fragt, wird mir bewusst, wie sehr ich mir das gewünscht habe.

»Unglaublich gerne«, erwidere ich, während ich in meinem Kopf quietschend auf und ab hüpfe.

Sie nickt. »Perfekt. Wir treffen uns immer dienstags und freitags von 16 bis 18 Uhr. Manchmal auch länger. Deine Schreibzeit kannst du dir frei einteilen. Auch welches Pensum du erfüllen willst.«

Dann verabschieden wir uns und ich gehe mit einem guten Gefühl nach Hause. Das war ein lang ersehntes Erfolgserlebnis.

Kapitel 21

»Wow«, entfährt es mir, als Kaden seine Hände von meinen Augen nimmt und mir die Bilder seines Projekts präsentiert.

In einer Stunde beginnt die Vernissage und schon jetzt tummeln sich die Leute vor der Tür. Außer uns ist noch Kadens Professor anwesend, der die Bilder gerne vor der Ausstellungseröffnung benoten will. Er steht ein paar Meter von uns entfernt und betrachtet die Konstellation, ohne eine Miene zu verziehen. Anders als ich.

Voller Bewunderung für das Talent meines besten Freundes betrachte ich die Kunstwerke. Alle sind nach dem Druck auf große Leinwände anschließend noch mit Glitzerspray, Pailletten und ähnlichen Materialien bearbeitet worden, sodass ein 3D-Effekt entsteht. Es sieht absolut überwältigend aus. Neben jedem Bild hängt ein kleiner Ausdruck des Originals. Außer den drei Werken, die er für das Projekt angefertigt hat, hängen noch circa zehn andere Gemälde im Raum verteilt. Auf einigen davon ist auch Avery zu sehen. Jedes ist ganz individuell und doch ist es offensichtlich, dass sie zusammengehören. Kadens Handschrift ziert jedes einzelne davon. In diesem Moment könnte ich platzen vor Stolz.

Ich schlinge die Arme um meinen besten Freund. »Das ist einfach genial. Du bist ein großartiger Künstler!«

Kaden klopft mir sanft auf die Schulter.

»Hey, ihr«, begrüßt uns Avery und ich trete einen Schritt zurück, damit sie ihren Freund ebenfalls umarmen kann. Nachdem sie sich geküsst haben, legt er ihr einen Arm um die Taille und zieht sie eng an sich. Schnell hole ich mein Smartphone hervor und mache ein Foto von dem Traumpaar. Ihr Lächeln reicht von einem Ohr zum anderen.

»Und jetzt noch eins vor den Kunstwerken.« Sanft schiebe ich die beiden in die richtige Richtung.

»Wenn ihr wollt, kann ich ein Bild von euch dreien machen«, ertönt plötzlich eine bekannte Stimme in meinem Rücken. Ich erstarre. Nein. Nein. Nein. Das darf doch nicht wahr sein ... Er hat doch gesagt, dass er heute keine Zeit hat, weil er ... Ach du Scheiße. Weil er einem Kumpel bei einem Event helfen muss. Die Realisation trifft mich wie ein Schlag. Mit einem erzwungenen Lächeln auf den Lippen drehe ich mich um.

»Dean«, begrüße ich ihn steif. Ich schaffe es nicht, auch nur einen klaren Gedanken zu fassen.

»Meghan?«, fragt er zögerlich.

Mein Mund wird trocken. »Äh, hi«, gebe ich zurück.

»Bist du das auf den Bildern? Du hast mir gar nicht erzählt, dass du das machst.« Seine Stimme klingt so normal. Er sieht sich die Werke genauer an. »Sieht echt cool aus.« Dann richtet er seine Aufmerksamkeit auf Kaden. »Hey, ich bin Dean. Du kommst mir irgendwie bekannt vor.« Der letzte Satz ist mein Todesstoß. Dean reicht meinem besten Freund die Hand.

»Hi, ich bin Kaden.«

Obwohl er nichts weiter sagt, flackert etwas in Deans Gesicht auf, das wie Erkenntnis wirkt. Verdammt. Seine Augen werden schmal und er legt den Kopf schief. Dann sieht er von Kaden zu mir und zurück.

»Kaden Smith aus Jackson?«, fragt er und mein bester Freund nickt. Dean wendet sich wieder zu mir. Aus dem Augenwinkel sehe ich, wie Avery ihren Freund zur Seite zieht. Nun stehe ich allein vor Dean. Wie das Reh im Scheinwerferlicht, kurz bevor es überfahren wird. Ich fühle mich ähnlich bewegungsunfähig.

Mein Herzschlag pulsiert in meinen Ohren. Er geht viel zu schnell, während alles andere gefühlt in Zeitlupe geschieht. Meine Finger suchen krampfhaft nach Halt, aber mein Cocktailkleid bietet keine Möglichkeit dafür. Stattdessen streiche ich immer wieder über den weichen Stoff, in der Hoffnung, mich dadurch zu beruhigen. Doch es bringt nichts. Es ist, als wäre ich eine Klippe hinuntergesprungen, nur um jetzt zu erkennen, dass unten kein Netz gespannt ist, das mich auffängt. Immer wieder öffne ich den Mund, um etwas zu sagen, doch mir fehlen die Worte. Mein Gehirn lässt mich im Stich. Statt irgendwas hervorzubringen, das die Situation deeskalieren könnte, bleibe ich einfach stumm.

Deans Blick ruht weiterhin fragend auf mir. Schließlich halte ich es nicht mehr aus.

»Ich bin Jenna. Jenna Meghan Fitzgerald«, blubbert es aus mir heraus. Statt ihn sanft an die Wahrheit heranzuführen, habe ich ihm die Tatsache, dass er mich schon sein halbes Leben lang kennt, einfach vor die Füße geworden. Meine Mutter hat früher immer gesagt, man solle Pflaster einfach schnell abreißen, damit der Schmerz nicht so groß ist, bis ich es einmal bei einer Wunde getan habe, die größer war als die sterile Fläche des Pflasters. Beim Abreißen ist sie nicht nur aufgegangen, weil der Schorf am Kleber hängen geblieben ist, sondern durch den Ruck hat sie sich noch vergrößert. Genauso fühle ich mich auch jetzt wieder. Es war ein Fehler, das Pflaster einfach so abzureißen. Das sehe ich auch in Deans Gesicht.

Sein Mund öffnet sich, ohne dass er etwas sagt. Er schließt ihn wieder. Mit der Hand reibt er sich über das Gesicht.

»Jenna? Wie meinst du das?« Meinen Namen, also meinen echten, aus seinem Mund zu hören, wirkt so vertraut und gleichzeitig unglaublich fremd.

»Ich bin auch aus Jackson«, erkläre ich, obwohl er die Puzzleteile längst zusammengesetzt hat.

»Violets beste Freundin?«, hakt er nach und streut Salz in die Wunde. Ich bin nur zu einem Nicken imstande. Kurz sieht er mich ausdruckslos an. Und dann erkenne ich es. Erkenne, wie seine Mimik sich verändert, und mein Herz bricht in tausend Einzelteile. Die sonst so warmen Augen werden kalt, jeder Muskel in seinem Körper ist angespannt. Er schüttelt den Kopf. Mit einem freudlosen Lachen wendet er sich ab.

»Warte, Dean, bitte lass es mich erklären«, bettle ich und greife mit der Hand nach seinem Arm. Er zieht ihn weg, dreht sich aber zu mir zurück. Der Hass in seinen Augen fühlt sich an wie eine Ohrfeige. Unfähig, noch etwas zu sagen, starre ich ihn einfach an.

»Was für eine verfickte Farce.«

»Bitte«, flehe ich noch einmal.

»Lass mich einfach in Ruhe.« Die eisige Kälte in seiner Stimme lässt mich erstarren. Tränen brennen in meinen Augen, als ich beobachte, wie er zu einem Jungen mit einer großen Kamera in der Hand geht, ohne mich auch nur eines Blickes zu würdigen. Eine einzelne Träne läuft über meine Wange.

»In fünf Minuten öffnen sich die Türen«, ruft Harry in den Raum, bevor er sich vor den Eingang stellt und sein Jackett glattstreicht. Es ist, als würde vor mir ein Film ablaufen. Alle bereiten sich auf den Einlass vor. Kaden versucht, mit mir zu sprechen, aber ich höre nichts, außer das Rauschen in meinen Ohren. Statt auf ihn einzugehen, schiebe ich ihn zur Tür. Heute ist sein Tag. Sein ganz besonderer Tag.

Mit dem Rücken gegen die Wand gepresst, sehe ich dabei zu, wie der Raum sich langsam füllt. Der Geräuschpegel steigt, während die Leute über Nichtigkeiten tratschen. Ich konzentriere mich auf die kalte Wand in meinem Rücken und warte. Keine Ahnung worauf. Dass der Schmerz nachlässt vielleicht? Dass mir jemand zeigt, wo ich hingehöre? Denn gerade fühlt es sich an, als würde ich ohne Sicherheitsnetz einen steilen Abhang hinunterfallen.

Ich habe es vermasselt. Habe das Schönste in meinem Leben seit langem mit einer bescheuerten Lüge zunichtegemacht. Und dafür habe ich nicht einmal eine gute Begründung.

»Jenna?« Eine sanfte Stimme reißt mich aus den Gedanken. Ich blicke auf. Erst als ich sehe, dass alles verschwommen ist, bemerke ich, dass die Tränen inzwischen ungebremst aus meinen Augen kullern. Vor mir steht Violet. Sie legt eine Hand auf meinen Arm und zieht mich sanft in Richtung der Garderobe. Entweder interessiert mein Zustand die Gäste nicht oder sie sind respektvoll genug, um mich nicht völlig entgeistert anzustarren. Als wir an einer ruhigen Ecke ankommen, lässt Violet mich schließlich los und streicht mir über den Arm.

»Darf ich fragen, was passiert ist?«

In diesem Moment ist mir egal, dass ich sie eigentlich hasse und aus meinem Leben verbannt habe. Schluchzend lasse ich mich nach vorne fallen und schließe die Arme um sie. Sie versteift sich kurz, bevor sie mich eng an sich drückt.

»Komm, wir müssen hier erst mal raus.«

So unauffällig wie möglich gehen wir durch die Massen an Gästen. Von weitem sehe ich, wie Kaden mit ein paar Personen spricht und auf eins meiner Porträts deutet. Avery, die neben ihm steht, strahlt wie ein Honigkuchenpferd. Ich hoffe, dass die beiden meinen Abgang nicht bemerken. Dean kann ich nirgendwo sehen, wofür ich dankbar bin.

Violet führt mich an den wartenden Gästen vorbei zum Ausgang. Vor dem Gebäude stehen noch immer einige Personen, die auf Einlass warten. Ein eisiger Sprühregen hat eingesetzt und trifft auf mein Gesicht. Die kalten Tropfen vermischen sich mit meinen Tränen. Violet nimmt mich an der Hand und zieht mich durch die dunklen Gassen, bis wir am Ghirardelli Square ankommen. In einer der überdachten Passagen setzen wir uns auf eine Bank.

Eine Weile sitzen wir einfach nur nebeneinander, ohne ein Wort zu sagen. Es erstaunt mich, wie wohl ich mich neben meiner ehemaligen besten Freundin fühle. So viel liegt zwischen uns, und trotzdem ist sie in diesem Moment die einzige Person, mit der ich darüber reden will.

»Ich bin in deinen Bruder verliebt.« Die Worte kommen so leise über meine Lippen, dass ich nicht sicher bin, ob Violet sie überhaupt hört.

»Das warst du früher schon, oder?« Sie spricht so sanft, als würde sie mit einem verletzten Tier reden. Vermutlich liegen wir auch gar nicht so weit davon entfernt. Zumindest fühle ich mich so.

Meine Antwort wird von einem heftigen Schluchzen unterbrochen, sodass ich nur mit dem Kopf nicke.

Sie macht ein zustimmendes Geräusch und streicht mit der Hand an meiner Wirbelsäule auf und ab. »Und was ist heute passiert?«

Die Frage aller Fragen. Was ist heute passiert? Heute ist das Worst-Case-Szenario eingetreten und ich habe es mit offenen Augen kommen sehen.

Ich schaffe es erst nach einigen tiefen Atemzügen, die Geschichte anzufangen. Ohne Pause zu machen, erzähle ich ihr von den letzten Wochen, und sie hört einfach nur zu. Es ist erstaunlich, wie viel dieser kurze Abend bis jetzt an meinen Gefühlen für sie geändert hat. Ich verspüre keinen Hass mehr, keine Enttäuschung. Gerade bin ich einfach nur froh, dass sie hier ist. Bei mir. Und dass wir miteinander sprechen. Obwohl ich dabei gerade den größten Part übernehme.

Als ich schließlich fertig bin, sieht sie mich mit geweiteten Augen an. Jetzt, wo ich es so detailliert erzähle, ergibt es noch weniger Sinn.

»Dabei hätte er sich vermutlich nichts weiter gedacht, wenn ich mich einfach richtig vorgestellt hätte. Ach, Violet, ich fühle mich so dumm«, schluchze ich und vergrabe mein Gesicht an ihrer Schulter.

Beruhigend streicht sie mir über den Rücken. »Ich glaube nicht.« Nun ist es ihre Stimme, die zittert.

Überrascht sehe ich auf. »Was meinst du?«

Nach einem tiefen Seufzer setzt sie sich auf und greift nach meinen Händen. »Du hattest recht, ich habe dich belogen. Schon lange vor der Geschichte mit Lucas. Dean ist ...« Sie zögert und sieht nach oben, als stünden dort die Buchstaben, die sie als Nächstes braucht. »Er ist abgehauen.«

»Wie meinst du das?«

Ihre Finger verspannen sich und sie weicht meinem Blick aus.

»Dean hat herausgefunden, dass er adoptiert wurde. Kurz nach Weihnachten. Und dann ist er einfach abgehauen.« Nun schluchzt sie auf. »Er wollte keinerlei Kontakt mehr zu uns. Wir haben in den letzten sechs Jahren nur dreimal telefoniert.« Die Informationen prasseln auf mich ein, aber es dauert eine Weile, bis ich sie verarbeiten kann. Überrascht rücke ich ein Stück von ihr ab, um meine ehemalige beste Freundin besser ansehen zu können.

»Was?« So viele Fragen bilden sich in meinem Kopf, aber das ist die einzige, die ich hervorbringe. Und doch fasst sie alle so gut zusammen.

Violets Schultern beginnen zu beben. Ein Blick in ihr Gesicht verrät mir, dass sie ebenfalls angefangen hat zu weinen.

Kapitel 22

Es ist 10 Uhr morgens, als mein Smartphone vibriert. Kurz pausiere ich die Doku *Der Tinder-Schwindler* und greife nach dem Telefon.

Kaden: Wie geht es dir?

Ein trostloses Lachen kommt über meine trockenen Lippen.

Ich: Beschissen

Ich drücke auf Senden, ohne es weiter zu erläutern. Ich glaube nicht, dass er mehr braucht.

Ich: Wie war die Ausstellung?

Die Frage schicke ich noch schnell hinterher. Immerhin war gestern sein großer Tag. Ich bin einfach nur erbärmlich. Einen Moment starre ich auf das erhellte Display, bevor ich mein Smartphone zur Seite lege und auf Play drücke. Wenigstens habe ich nur vorgegeben, einen anderen Namen zu haben, und nicht so getan, als wären Feinde hinter mir her, um mir Geld zu erschleichen. Dieser Gedanke lässt mich über mich selbst die Augen rollen. Humor fühlt sich gerade nicht passend an.

Noch bevor ich meine Aufmerksamkeit auf den Film vor mir richten kann, klopft es an der Tür. Großartig. Nun rolle ich tatsächlich mit den Augen.

»Emily ist nicht da«, brülle ich, weil ich vermute, dass eine ihrer Freundinnen sie zum Brunch abholen will. Statt einer Antwort höre ich, wie das

Schloss klickt. Die Tür öffnet sich. Kaden und Avery kommen in mein Zimmer.

Ich schnappe mir ein Kissen und lege es mir über das Gesicht. Das darf doch nicht wahr sein. Ich will mich einfach nur im Selbstmitleid suhlen.

»Frühstückslieferung«, singt Avery und reißt meine Schutzschicht von meinem Kopf.

Die Matratze neben mir senkt sich und ein schwerer Arm legt sich um meine Taille. Ich öffne die Augen und sehe Kaden, der mich besorgt ansieht. Er liegt über mich gestützt, den Ellenbogen auf meiner linken Seite, den Rest seines Körpers auf meiner Rechten, und sieht mich an.

Avery sitzt an meinem Kopfende und reicht mir einen Teller Pancakes.

»Wir gehen heute klettern«, verkündet Kaden und richtet sich langsam auf. »Und du kommst mit.«

Von meinem Türrahmen ertönt ein leises Räuspern.

Kaden wendet sich von mir ab. »Jetzt komm schon rein, Violet.«

In meinem Kopf dreht sich alles.

Violet setzt sich ans Fußende und sieht auf ihre im Schoß gefalteten Hände. Ich richte mich auf und lege den Laptop zur Seite.

»Warum machen wir jetzt aus meinem Bett einen Treffpunkt?«

»Weil wir heute klettern gehen. Habe ich doch gesagt«, erklärt Kaden und verschränkt die Arme vor der Brust. Avery lehnt sich an ihn.

»Du meinst das echt ernst?«, hake ich nach.

Mein bester Freund nickt. »Es steht doch sogar in deinem Notizbuch.« Er deutet auf das kleine Buch, das in den letzten Wochen schon fast in Vergessenheit geraten ist. Er öffnet die richtige Seite und deutet auf den Eintrag.

Es fühlt sich wie eine andere Zeit an, dabei ist es erst einige Wochen her. Gedankenverloren starre ich auf die ordentliche Schrift. Ich wollte aus meiner Komfortzone ausbrechen, wollte etwas Neues machen, und trotzdem sitze ich hier. Erneut mit gebrochenem Herzen. Der Gedanke an Deans eiskalten Gesichtsausdruck treibt mir schon wieder die Tränen in die Augen. Ich habe es vermasselt. Komplett und unwiderruflich. Alles in mir schreit danach, die drei rauszuschmeißen, mir die Decke über den Kopf zu werfen und weiter Netflix zu schauen, bis ich aufstehen muss. Doch dann fällt mein Blick zurück auf das Notizbuch. Das ewige Rumsitzen und Seriengucken hat mir bis jetzt nie geholfen. Also schlage ich meine Decke zurück.

»Dann mal alle raus, damit ich mich anziehen kann.« Allein die überraschten Gesichter meiner Freunde sind mir die Entscheidung wert.

»Warte mal, so schnell?« Kadens skeptisch nach oben gezogene Augenbraue spricht Bände darüber, wie wenig er diese Reaktion von mir erwartet hat. »Ich habe noch mindestens zwei Vorträge vorbereitet.« Fast schon enttäuscht schüttelt er den Kopf.

»Hat er wirklich«, bestätigt Avery seine Aussage und schmunzelt. Dann streicht sie ihm zärtlich über das dunkle Haar.

Bei dem Anblick schnürt sich meine Kehle zusammen, sodass ich kein Wort herausbringe. Stattdessen mache ich eine wegscheuchende Handbewegung und die drei ziehen sich zurück. Als sich die Tür mit einem dumpfen Klang schließt, muss ich einmal heftig durchatmen, um die Tränen zu unterdrücken. Dann ziehe ich mich in Windeseile an. Keine Ahnung, was man zum Klettern eigentlich trägt, aber mit Yogahosen und einem lockeren T-Shirt macht man vermutlich nichts falsch.

Als ich die Tür öffne, umarmen sich Violet und Kaden gerade. Kurz stocke ich, doch dann lasse ich die Tür hinter mir zuknallen, woraufhin beide zu mir sehen.

»Wir können.« Mein Tonfall sollte sich langsam wirklich besser an meine Stimmung anpassen. Schon wieder klinge ich genervt, obwohl ich das Gefühl habe, dass der Vorschlag genau das Richtige für mich ist.

Schweigend gehen wir zu Kadens Auto, das auf dem Parkplatz vor dem Wohngebäude geparkt ist. Avery schlüpft auf die Beifahrerseite, sodass Violet und ich wohl hinten nebeneinandersitzen müssen. Gestern Nacht haben wir uns gegenseitig gehalten, bis wir uns ein Taxi gerufen haben, das mich nach Hause und sie zurück in ihre Ferienwohnung gebracht hat. Die Stimmung ist, gelinde gesagt, komisch.

Avery und Kaden plappern vorne über die anscheinend sehr erfolgreiche Ausstellung. Das wundert mich kein Stück. Mein bester Freund ist einer der talentiertesten Künstler, die ich kenne. Mit Abstand. Und Avery ist dazu die perfekte Cheerleaderin. Obwohl er sie mindestens genauso in ihren Träumen unterstützt wie andersherum.

Na ja, und auf der Rückbank sind Violet und ich. Wir beide sitzen kerzengerade und still da.

Avery dreht sich zu uns um, ein breites Strahlen auf ihrem Gesicht. »Jenna, stell dir mal vor. Ein Sammler hat dreihundert Dollar auf ein Bild von dir geboten. Dreihundert!« Sie klatscht in die Hände und dreht sich zurück.

»Ehrlich?« Mit weit aufgerissenen Augen starre ich ihr Profil an.

Sie nickt eifrig und legt eine Hand auf Kadens Arm. Im Rückspiegel sehe ich, dass er leicht errötet. Von hinten greife ich ihm an die Schultern.

»Ich bin so verdammt stolz auf dich! Das ist einfach großartig.«

»Danke«, murmelt er und konzentriert sich weiter auf die Straße.

Den Rest der Fahrt schweigen wir. Die Tatsache, dass ich gestern den wichtigsten Tag im Leben meines besten Freundes fast ruiniert und dann verpasst habe, brennt unter meiner Haut wie eine Horde Ameisen. Viel zu oft in letzter Zeit hat mein Egoismus dazu geführt, dass ich die Menschen um mich herum verletze.

Mein Blick huscht zu Violet, die sich an die Autotür gelehnt hat und auf ihrem Daumennagel kaut. Schon früher hat sie das immer gemacht, wenn sie nervös war. So sehr ich sie hassen will, so sehr tut es mir auch leid, dass sie in meiner Gegenwart so unsicher ist. Verdammt.

Ich kann nicht glauben, was sie mir gestern über Dean erzählt hat. Er ist adoptiert? Und abgehauen? Es ergibt keinen Sinn und gleichzeitig erklärt es alles, was in den letzten Wochen nicht stimmig schien. Er hat seine Familie kaum erwähnt, hat nichts gesagt, als ich behauptet habe, ich komme aus Seattle.

Langsam lasse ich meinen Kopf in meine linke Hand sinken und stütze den Ellenbogen auf die Halteleiste. Wie viele Lügen ich ihm aufgetischt habe. Und er hat mir vertraut. War immer da, wenn ich ihn gebraucht habe. Und ich habe ihn einfach nur belogen. Immer und immer wieder. In diesem Moment kann nicht einmal ich selbst mich noch leiden. Ob Dean mir je verzeihen kann? Die Vorstellung, dass er es nicht kann ... Daran will ich nicht einmal denken.

Ich bemerke erst, dass wir angehalten haben, als Kaden seine Tür öffnet.

»Dann lasst uns mal Spaß haben«, ruft Avery und dreht sich zu uns um. Ihr Grinsen verrutscht leicht, als sie uns sieht, und ich muss schmunzeln. Wir geben ein trauriges Bild ab.

Kurz lasse ich den Kopf in den Nacken sinken, um die trüben Gedanken zu vertreiben, dann steige ich mit einem Lächeln auf dem Gesicht aus. Heute werde ich Spaß haben.

Auch Violet steigt aus und läuft neben Kaden, während Avery sich zu mir gesellt.

»Es tut mir leid, Av, dass ich gestern nicht da war.«

Sie zuckt mit den Schultern. »Ich bin nicht diejenige, bei der du dich entschuldigen musst, und das weißt du.«

Der sanfte Ton ihrer Stimme nimmt den Worten die Schärfe. Trotzdem breitet sich ein noch schlechteres Gewissen in mir aus. Ich seufze. Sie hat recht.

Wir erreichen die Kletterhalle. Der Duft nach Gummi und Schweiß kommt uns entgegen, während wir uns in die Schlange stellen. Es ist einiges los. Ich sehe die bunten Griffe an den verschieden hohen Wänden, an denen einige Personen flink wie Äffchen hochklettern. Besorgt sehe ich zu Kaden, der ziemlich blass um die Nase wirkt und den Blick stur aus dem Fenster neben uns gerichtet hat. Violet sieht fasziniert den Kletternden zu.

Avery, die immer noch neben mir steht, stupst mich leicht an. »Hast du noch mal mit Dean gesprochen?«, fragt sie schließlich und Kaden wirft ihr über die Schulter einen bösen Blick zu.

Ich schüttle nur den Kopf und bin froh, dass wir in diesem Moment dran sind mit Kartenkaufen.

Nachdem wir bezahlt und unsere Wertsachen weggeschlossen haben, gehen wir zu einem breit lächelnden Instrukteur. Ich vermute, dass er ungefähr in unserem Alter ist, vielleicht ein bis zwei Jahre älter.

»Hi, ich bin Jaden und freue mich, dass ihr hier seid.« Einen nach dem anderen sieht er an. »Wart ihr schon mal klettern?«

Synchron schütteln wir unsere Köpfe, was vermutlich ziemlich lächerlich aussieht. Er legt jedem von uns einen Gurt vor die Füße und erklärt uns anhand von seinem, wie wir ihn richtig anziehen. Überraschenderweise macht die kleine Einführung tatsächlich Spaß. Als es darum geht aufzuteilen, wer wen sichert, entscheidet Jaden für uns, sodass ich mit Violet zusammenarbeiten muss. Ich bin mir sicher, dass Kaden etwas dazu gesagt hätte, wenn wir nicht gerade kurz davor stünden, eine hohe Wand hinaufzuklettern. Aber gerade starrt er einfach nur auf die bunten Griffe, die vor uns bis hinauf zur Decke führen. Auch Violet protestiert nicht. Na gut.

»Ich gehe zuerst«, sagt sie und stellt sich mit dem Gesicht zur Kletterwand.

Jaden kommt zu uns und befestigt uns aneinander. »Ihr braucht keine Angst zu haben. Ich bin die gesamte Zeit hier in der Nähe. Jenna, wenn du irgendwann das Gefühl hast, sie nicht mehr halten zu können, oder irgendwas ist, bin ich hier. Also, Violet, hast du das gehört? Selbst wenn Jenna Probleme bekommt, bin ich hier, um zu helfen, okay?«

Violet nickt und greift nach dem ersten Griff. Obwohl mein Teil der einfache ist, weil ich nur unten stehen muss, zittern meine Hände. Es fühlt sich komisch an, so viel Verantwortung zu tragen. Ich greife das Seil nach, damit Violet genug Raum hat, sich zu bewegen.

Aus dem Augenwinkel sehe ich, dass Kaden gerade Avery sichert, die erstaunlich flink die Wand hochklettert. In jeder anderen Situation würde mein bester Freund seiner Freundin in so einem Fall vermutlich bewundernd auf den Hintern glotzen, aber die Nervosität ist ihm deutlich ins Gesicht geschrieben. Mit voller Konzentration versucht er, Avery im Blick zu behalten, ohne die Wand zu sehr wahrzunehmen.

Am liebsten würde ich ihm beruhigend den Arm tätscheln, aber meine Hände sind gerade damit beschäftigt, Violet zu sichern. Sie ist inzwischen fast bei der Hälfte angekommen und drückt sich eng an die Wand. Beim nächsten Griff nach oben rutscht ihr Fuß weg und durch meinen gesamten Körper geht ein Ruck. Meine Füße heben kaum wahrnehmbar vom Boden ab und ich kralle meine Finger in das Seil. Von oben höre ich einen überraschten Aufschrei, als auch schon Jadens Hände die Führung übernehmen.

»Das erste Mal kommt immer überraschend. Aber ihr habt das super gemacht. Ein tolles Team.« Grinsend reckt er den Daumen nach oben, sodass nur noch eine Hand das Seil hält. Sofort greife ich fester zu, aus Angst, dass Violet abrutschen könnte, doch sie streckt ebenfalls den Daumen nach oben und lässt sich vor der Wand baumeln.

Ein tolles Team. Jadens Worte klingen in meinen Ohren nach. Vielleicht waren wir das mal. Ziemlich sicher sogar. Aber jetzt? Seit einem halben Jahr haben wir kaum ein Wort mehr miteinander gewechselt. Unsere gesamte Kommunikation hat sich auf die letzten paar Wochen beschränkt.

Avery erreicht als Erste die kleine Glocke, die ganz oben hängt. Locker lässt sie sich nach hinten fallen und Kaden bringt sie sicher nach unten. Kurze Zeit später hat auch Violet ihr Ziel erreicht und kommt ebenfalls runter.

»Das war der Hammer!« Mit strahlenden Augen steht sie vor mir und zum ersten Mal seit Ewigkeiten sehe ich sie wirklich glücklich. Sie gibt mir ein High Five, das ich automatisch erwidere. Dann wandert mein Blick zu Kaden. Er steht schon bereit, um loszulegen, wartet aber noch immer und sieht zu uns herüber. Ein flüchtiges Lächeln breitet sich auf seinen Lippen aus, bevor er seine Aufmerksamkeit zurück auf die Wand vor sich richtet. Sein Adamsapfel hüpft, als er schluckt.

»Komm, Kaden, wir packen das!« Ich klopfe ihm einmal auf die Schulter. Dann hilft Jaden Violet dabei, mich richtig zu sichern, und ich greife nach dem ersten Griff. Die Oberfläche ist rau unter meiner Haut. Ich sehe zu Kaden, der noch immer nach oben starrt.

»Hey, guck mich an«, rufe ich ihm zu und beginne zu klettern. Von einer anderen Person gesichert zu werden, fühlt sich komisch an, aber Violet und ich haben schnell einen Rhythmus gefunden, mit dem ich gut vorankomme. Kaden hingegen zittert mit jedem Meter, den er sich vom Boden entfernt, heftiger. Von meiner Position aus kann ich wenig tun, um ihm zu helfen.

Ich lasse meinen Blick nach unten wandern und habe plötzlich eine Idee. Violets Aufmerksamkeit liegt auf mir und jeder meiner Bewegungen, also deute ich auf Kaden und lasse mich nach hinten in den Gurt fallen. Sie hat mich verstanden und lässt mich ein Stück weiter nach unten. Als ich ungefähr auf seiner Höhe bin, schwinge ich mich leicht zu ihm und greife nach seiner Hand. Er hebt den Blick, aus dem mir blanke Panik entgegenschreit.

»Atme tief ein«, befehle ich ihm und mache es vor. Er folgt meinem Beispiel zunächst viel zu schnell. »Langsam!«, ordere ich an, aber er reagiert kaum. »Sieh. Mich. An!« Jedes Wort betone ich extra und es hat den gewünschten Effekt. Statt wild in der Gegend herumzugucken, lenkt er seinen Blick auf mich.

»Avery und Jaden sichern dich da unten. Du kannst jederzeit zurück. Okay? Aber das musst du nicht. Du schaffst es auch nach oben. Ein Griff nach dem anderen. Ich bin hier. Immer.«

Kadens Atmung geht weiterhin stoßweise, aber inzwischen wesentlich langsamer als eben noch. So habe ich zumindest keine Angst mehr, dass er mir hyperventiliert und von der Wand fällt.

»Du hast recht, ich kann das.« Er klingt zwar nicht, als wäre er überzeugt, aber greift nach einem Griff weiter oben und zieht sich langsam höher.

»Super!« Vorsichtig lasse ich mich an die Wand schwingen und klettere, mit etwas Abstand zu Kaden, ebenfalls weiter. Circa auf halber Strecke ruft er, dass er gerne runter möchte, und ich bin so verdammt stolz auf meinen besten Freund. Trotz seiner immensen Höhenangst ist er über die Hälfte der Wand nach oben geklettert. Kurze Zeit später habe auch ich wieder festen Boden unter den Füßen und schließe Kaden in eine innige Umarmung.

»Du hast das verdammt noch mal gerockt«, rufe ich ihm ins Ohr. Obwohl er schon eine Weile vor mir unten war, pocht sein Herz noch immer ziemlich schnell gegen meine Brust. Dann verspannt er plötzlich merklich. Irgendetwas muss hinter mir sein, denn er hält mich so fest, dass ich mich nicht umdrehen kann.

Kapitel 23

»Er ist hier«, flüstert Kaden und zieht mich ein Stück zurück.

Er? Verständnislos sehe ich meinen besten Freund an.

»Dean«, erklärt er.

Für nur einen kurzen Moment habe ich tatsächlich nicht mehr daran gedacht, dass ich ausgerechnet den Mann verletzt habe, der es am wenigsten verdient hat. Ich bin dankbar für Kadens Warnung, denn in diesem Moment höre ich auch Deans Stimme und sein Lachen, als er eine Person begrüßt. Es ist jetzt schon wie ein Stich ins Herz. Ohne Vorwarnung hätte es mir vermutlich komplett den Boden unter den Füßen weggezogen.

Sachte löse ich mich von Kaden und merke, dass Violet sich neben mich stellt. Es ist verrückt, dass ich in diesem riesigen Gebäude mit meterhohen Decken ausgerechnet Deans Stimme heraushören kann. Aber so ist es vermutlich mit schmerzhaften Erinnerungen. Sie finden immer wieder einen Weg, einen zu quälen. Mein Gehirn scheint förmlich darauf aus zu sein, zu leiden. Am liebsten würde ich ohne ein Wort aus der Kletterhalle stürmen. Aber der Gurt, der mich immer noch mit Violet verbindet, verhindert das.

Und dann höre ich es. Höre den Moment, in dem Dean auch mich erkennt. Sein Lachen erstirbt abrupt. Zögerlich drehe ich mich um. Ich habe recht. Er starrt mich an. Wütend, enttäuscht, hasserfüllt. Es ist nicht klar erkennbar, aber es tut weh. Es tut so verdammt weh, dass ich an meinem Sicherungsgurt reiße, ihn mir von den Hüften streife. Beim Raussteigen stolpere ich fast darüber. Jaden macht Anstalten, mich aufzufangen, aber es ist mir egal.

Ohne ein weiteres Wort stürme ich an meinen Freunden und Dean vorbei nach draußen. Erst als ich an der frischen Luft bin, bleibe ich stehen. Ich stütze die Hände auf die Knie und spüre, wie ein Schluchzer meinen gesamten Körper durchschüttelt. Erschrocken schlage ich mir die Hand vor den Mund. Aber es ist unmöglich, die Tränen weiter zurückzuhalten. Ohne meine Erlaubnis strömen sie plötzlich über meine Wangen. Es ist, als hätte ich den Morgen in einer sicheren Blase verbracht, in der ich den Schmerz vergessen konnte. Aber er ist da. Wie soll er es auch nicht sein? Es ist noch keine vierundzwanzig Stunden her, dass mir die Konsequenzen meiner blöden Lüge wie Silvesterraketen um die Ohren geflogen sind.

Irgendwie schleppe ich mich zum Auto und lasse mich an der Beifahrerseite zu Boden sinken. Mein Gesicht verstecke ich in meinen Händen. Irgendwann fühlt es sich vom vielen Weinen so heiß an, dass ich meine Wange gegen das kühle Fahrzeug drücke. Eine Wohltat, auch wenn die Tränen nicht aufhören wollen über meine Wangen zu strömen.

»Hier ist sie«, ruft Kaden und steht wie aus dem Nichts vor mir. Keine Minute später sind auch Avery und Violet bei mir. Alle drei lassen sich neben mich auf den Asphalt sinken und nehmen mich in den Arm. Es entsteht ein Knäuel aus Armen und Beinen, das mich von der Außenwelt abtrennt. Ein schönes Gefühl. Hier zwischen meinen Freunden fühlt sich das alles gar nicht mehr ganz so schlimm an.

Meinen Freunden? Mein Blick fällt auf Violet, die auf meiner linken Seite sitzt und mich fest umarmt. Sind wir das? Sind wir nach all der Zeit einfach so wieder Freunde geworden?

Nein, das vermutlich nicht. Und trotzdem ist es das zweite Mal innerhalb von vierundzwanzig Stunden, dass wir so eng beieinander sind. Uns berühren, wie wir es früher getan haben, ohne darüber nachzudenken.

Schniefend richte ich mich etwas auf.

»Danke«, hauche ich, meine Stimme rau vom vielen Weinen. Zusammen mit meinen Freunden schaffe ich es aufzustehen und wir setzen uns in Kadens Wagen. Wir verlassen das Viertel, in dem die Kletterhalle steht, doch zu meiner Überraschung bewegen wir uns in die entgegengesetzte Richtung des Campus.

»Wohin fahren wir?«

»Wir holen das, was du jetzt dringend brauchst«, antwortet Avery vom Beifahrersitz aus und schenkt mir ein breites Lächeln.

Seufzend lasse ich mich in meinen Sitz zurückfallen. Ich weiß nicht, was sie meint. Ein neues Herz werde ich mir kaum irgendwo besorgen können.

Mit dem Kopf an das Fenster gelehnt, starre ich auf die bunten Fassaden der kleinen, eng aneinandergereihten Häuser. Jedes Haus ist so individuell wie die Besitzer. Es ist süß, auch wenn ich mir nicht vorstellen kann, später mal in einer solchen Reihe zu wohnen. Kaden biegt nach rechts ab und wir fahren unter dem Highway durch eine Unterführung, nur um dann in einem Industriegebiet rauszukommen. Hier war ich definitiv noch nie. Mein gesamter Bewegungsradius beginnt am Univiertel und endet an der Bucht. Na gut, der Mission District gehört auch noch dazu. Aber ansonsten kenne ich mich in San Francisco kein Stück aus.

Wir passieren ein Autohaus, einige Werkstätten und Tankstellen. Auf der rechten Seite sind kleine Läden, deren Fassade langsam abblättert. Schließlich biegt Kaden auf einen kleinen Parkplatz hinter einem der etwas veraltet wirkenden Gebäude ab.

»Die besten Tacos in ganz San Francisco«, erklärt Avery feierlich, als hätten wir uns für ein streng geheimes Ritual getroffen.

»Auch vegetarisch?«, hake ich nach, da das meistens das Problem mit den »besten Fast-Food-Orten« ist. Die Veggie-Optionen bestehen aus einem Beilagensalat und Pommes.

Avery dreht sich um und legt den Kopf schief. Sie sieht mich streng an. »Natürlich, was denkst du denn?« Fast schon vorwurfsvoll zieht sie die Augenbrauen zusammen. Dann greift sie nach dem Türgriff und steigt aus dem Auto. Violet, Kaden und ich folgen ihr.

»Kennst du diesen Ort?«, frage ich meinen besten Freund.

Er zuckt mit den Schultern. »Wir waren schon ein paarmal hier. Und sie hat recht, die Tacos sind ein Traum.«

Wir gehen hinter Avery in den kleinen Imbiss. Kaum haben wir die Tür passiert, schlägt mir der köstliche Duft von mexikanischem Essen entgegen. Wow. Allein der Geruch lässt mir das Wasser im Mund zusammenlaufen.

Auch das Design des Innenraums überrascht mich. Die Wände sind in einem hellen Türkis gestrichen, was den Raum freundlich wirken lässt. Auf dem Boden ist sandfarbenes Laminat verlegt, das an den Stellen unter den Tischen nachgedunkelt ist. Gegenüber der Tür befindet sich eine Bar. Diverse Alkoholflaschen in den verschiedensten Farben reihen sich an der Wand dahinter auf. Die Tische sind alle gelb gestrichen und die Tischbeine sind mit aufwendigen Mustern dekoriert. Die Stühle sind rot und ebenfalls bemalt. Überall stehen Kakteen in verschiedenen Größen und an den Wänden hängen bunte Wandteppiche.

»Hola!«, begrüßt uns ein junger Mann, der gerade aus der Tür neben der Bar getreten ist.

Avery begrüßt ihn ebenfalls auf Spanisch und spricht dann so schnell weiter, dass ich sie nicht verstehe. Der Kellner hingegen schon, denn er zeigt auf einen Tisch und holt einen Stapel Karten hinter dem Tresen hervor. Wir setzen uns in derselben Konstellation hin wie auch im Auto. Avery neben Kaden und ich neben Violet.

»Darf es schon was zu trinken sein?«, fragt der Kellner, auf dessen Namensschild Oskar steht. Sein breites Grinsen ist ansteckend.

Nachdem wir alle unsere Getränkebestellung aufgegeben haben, blättern wir schweigend durch die Karte. Avery hatte recht. Für fast jedes Gericht gibt es auch eine vegetarische Option. Und alle klingen unglaublich lecker. Das hier wird also schon mal nicht mein letzter Besuch.

Violet schließt die Karte. Ihr Blick brennt sich förmlich in mein Profil. Einen Moment starre ich noch auf die Seite mit den Nachtischen, obwohl ich längst entschieden habe, was ich bestellen möchte. Dann wende ich mich ihr zu.

»Ich verstehe, dass wir nicht dort weitermachen können, wo wir aufgehört haben. Aber ich möchte wirklich einen Weg finden, dass wir das hier«, mit der Hand deutet sie auf unseren Tisch und dann auf jeden einzelnen von uns, »öfter machen können. Und Kaden ...« Nun richtet sie den Blick auf ihn. Er beobachtet sie aufmerksam. »Es tut mir so unendlich leid, dass ich auch dich verletzt habe, indem ich Jenna so hintergangen habe. Unsere Freundschaft war mir immer wichtig. Das letzte halbe Jahr war eine einzige Katastrophe, und ich wünsche mir so sehr, dass wir uns endlich wieder vertragen. Ich weiß, dass ich unglaublich viel von euch erwarte, aber ich vermisse euch einfach so schrecklich.«

Bei den letzten Worten bricht Violets Stimme und ihre Augen schimmern feucht. Ohne weiter darüber nachzudenken, lege ich die Arme um sie. Mein Herz tut gerade einfach zu sehr weh, als dass ich sie noch einmal verlieren könnte. Denn einmal verheilte Narben hinterlassen böse Spuren, wenn man sie erneut aufreißt.

Violets Schultern beben, als ich sie enger an mich drücke. Kaden streckt seine Hand über den Tisch und streicht ihr über den Unterarm.

»Ich verzeihe dir«, sagt er schließlich und Violet löst sich von mir. Aus verweinten Augen sieht sie mich an, und es fühlt sich an, als würde die Welt auf einmal an den richtigen Ort gerückt werden. Als würde plötzlich alles wieder Sinn ergeben.

Langsam nicke ich und lege meine Finger unter ihre Augen, um die verschmierte Schminke vorsichtig wegzuwischen.

Sie lacht leise. »Danke«, schnieft sie und strahlt. Als hätte er darauf gewartet, dass wieder Ruhe am Tisch herrscht, taucht Oskar auf. Vermutlich hat er tatsächlich gewartet, da wir im Moment noch die einzigen Gäste sind. Er stellt unsere Getränke ab und zusätzlich noch eine Packung Taschentücher. Also hat er definitiv gewartet. Dann nimmt er unsere Essensbestellung auf.

Avery greift über den Tisch nach Violets Hand. »Ich freue mich auch darüber, dich endlich besser kennenzulernen.«

Violet schnaubt. »O Mann, nach allem, was du mitbekommen hast, will ich gar nicht genau wissen, was du von mir denkst.«

Ich weiß nicht genau, ob es die sich auflösende Anspannung ist oder die Komik der Situation, jedenfalls fangen wir bei Violets Worten alle gemeinsam an zu lachen. Und zwar so richtig. Nach Luft japsend halte ich mir den Bauch und merke, wie glücklich mich dieser Moment macht. Selbst Avery, die zwar auf der Bühne große Gefühle zeigen kann, privat aber sehr ruhig ist, lacht schallend, die Hände auf die Tischkante gestützt. Kadens tiefes Glucksen geht in den hohen Tönen von uns fast unter. Oskar muss uns für verrückt halten, wie wir hier sitzen, einen Seelenstriptease veranstalten und uns anschließend halb totlachen, aber ich spüre, wie Teile meines Herzens langsam heilen.

Doch dann wandern meine Gedanken zu Dean und wie sehr ich ihn verletzt habe. Schon ist mir nicht mehr nach Lachen zumute. Auch die anderen beruhigen sich. Avery prustet noch einmal, dann richtet sie ihre Aufmerksamkeit wieder auf Violet.

»Auch wenn das gerade ziemlich lustig war: Nein, so denke ich wirklich nicht von dir. Es ist immer schwierig, nur eine Seite einer Geschichte zu kennen. Und Kaden hat nie ein schlechtes Wort über dich verloren.«

Violet sieht erst Kaden an und dann ganz flüchtig auch mich. Ich senke den Kopf. Über mich kann man das wohl nicht sagen. Aber sie geht nicht weiter darauf ein.

Zum Glück bringt Oskar in diesem Moment unser Essen. Um nicht weiter über die Vergangenheit zu reden, probiere ich sofort die mit Süßkartoffel, Linsen und Bohnen gefüllten Tacos. Avery hatte recht. Ich kann das genüssliche Stöhnen nicht unterdrücken.

»Verdammt, sind die lecker.« Die anderen haben ebenfalls angefangen zu essen und alle machen zustimmende Geräusche. Für den gesamten Tisch haben wir noch eine Portion selbst gemachte Nachos mit Guacamole, Salsa und Sour Cream bestellt. Auch die sind absolut köstlich.

»Warum waren wir noch nie hier?« Vorwurfsvoll sehe ich Kaden an. Er kennt meine Liebe zu mexikanischem Essen.

Avery schnalzt mit der Zunge. »Das ist nicht dein Ernst, oder? Wir haben dich mindestens dreimal gefragt, ob du mitkommen willst, aber du hast dich im letzten halben Jahr höchstens mal ins *Birds and Beers* getraut.«

Ihr fast schon mütterlicher Tonfall wäre vermutlich zum Lachen, wenn er sich nicht gegen mich richten würde. Meine Wangen werden heiß.

»Oh«, ist alles, was ich hervorbringe, und Avery nickt bekräftigend.

»Ja, genau, oh. Und ich weiß, dass du jetzt eine schwere Zeit durchmachst, aber noch mal lassen wir dich nicht in so ein tiefes Loch fallen, okay?«

Kaden und Violet nicken bekräftigend und ich starre das Essen auf meinem Teller an.

»Okay«, stimme ich leise zu. Dann sehe ich zu meinem besten Freund auf, der mich beobachtet. »Es war nicht leicht, mit mir befreundet zu sein, oder?«

Als sein Blick zur Seite huscht, ist mir klar, dass er mir zustimmt.

»Ich würde es immer wieder tun.« Die Liebe, die in seiner Stimme mitschwingt, erwärmt mir das Herz.

Violet rutscht unruhig auf ihrem Stuhl hin und her.

»Es tut mir leid«, bringe ich schließlich hervor. Denn das tut es wirklich. Ich habe in meiner Trauer so viele Menschen um mich herum verletzt. Und das völlig unverdient. Aber mein Verhalten ist nicht zu rechtfertigen. Ich habe mich in Selbstmitleid gesuhlt, mich von meinen Problemen abgelenkt und jeden in meiner Nähe auf Abstand gehalten. Und das, weil eine Person einen Fehler gemacht hat. Ein kleiner Fehler und schon lasse ich mich komplett gehen. Mir dessen bewusst zu werden, schmerzt. Und zwar so richtig.

Ich sehe zu Violet. Sie hat einen Fehler gemacht. In fast fünfzehn Jahren Freundschaft war das der einzig große Fehler, der ihr je passiert ist, und ich habe mich komplett von allem abgeschottet. Dann sehe ich zu Kaden. Er hat mich durch diese Zeit getragen, als ich selbst kaum laufen konnte, metaphorisch gesprochen. Bei den vielen Fehlern, die ich in den letzten Monaten gemacht habe, hätte er sich längst von mir abwenden können. Aber er hat es nicht getan. Kann man Fehler gegeneinander aufwiegen? Ist meine komplette Abschottung letztlich genauso schlimm wie Violets Betrug? Oder vielleicht sogar schlimmer?

Kapitel 24

»Du solltest dringend mit Dean sprechen. In der Kletterhalle wirkte er wie ausgewechselt, nachdem er uns gesehen hat.« Violet sitzt neben mir auf dem Bett. Gemeinsam starren wir an die raue Decke des Wohnheimzimmers.

Ich richte mich auf die Ellenbogen auf.

»Ich glaube nicht, dass er irgendetwas von mir hören will. Außerdem fährt er morgen früh zu diesem Skitrip.«

Hier mit meiner ehemals besten, nun irgendwie wieder Freundin zu sitzen und zu quatschen, fühlt sich verdammt gut an. Es ist, als hätte ein fairer Tausch stattgefunden. Deans Anwesenheit in meinem Leben gegen Violets. Aber glücklich bin ich trotzdem nicht. Die Lage ist aussichtslos. Dean wird vermutlich nie wieder mit mir sprechen, und die letzten Wochen, die wir miteinander verbracht haben, werden nichts anderes sein als eine bittersüße Erinnerung an meine große Jugendliebe.

Nun richtet auch Violet sich auf und wird fahrig. »Du kannst doch Ski fahren, oder?«

Ich nicke. Mein Vater ist begeisterter Skifahrer und hat mich schon von klein auf mit auf die Piste genommen. Nach dem Unfall ging es einige Jahre nicht mehr, aber in der Highschool war ich wieder ziemlich regelmäßig mit dabei.

»Dann fahr doch mit.« Ohne mich anzusehen, tippt sie auf ihrem Smartphone herum.

Mit zusammengezogenen Augenbrauen blicke ich zu ihr. »Das ist verrückt.« Weiter denke ich überhaupt nicht über diesen Vorschlag nach. Erstens sind solche Fahrten schon Monate im Voraus ausgebucht. Zweitens will ich mich nicht aufdrängen. Ich verstehe ja, warum Dean sauer auf mich ist, und weiß nicht, wie wir das jemals aus der Welt schaffen sollen.

»Ich sehe, dass du dir in Gedanken schon Argumente zurechtlegst, wieso das nicht klappen soll. Aber das stimmt nicht. Es kann funktionieren, wenn du das willst. Oder bedeutet dir mein Bruder doch nicht so viel?«

Die letzte Frage fühlt sich an wie ein Stich in mein Herz. Ich rutsche zur Wand und verschränke die Arme vor der Brust.

»Du hast doch keine Ahnung, was ich für ihn empfinde«, gebe ich pampig zurück. Sofort bereue ich meinen Tonfall. Ich will das zarte Pflänzchen unserer aufblühenden Freundschaft nicht gleich zertreten.

Aber Violet zuckt nur mit den Schultern. »Ich weiß nicht, was die letzten Wochen ablief, aber dass du seit der ersten Klasse in ihn verknallt bist, ist ja nun kein Geheimnis.«

Mein Mund öffnet sich. »Du wusstest davon?«

Violets Mundwinkel verziehen sich nach oben. »Natürlich wusste ich es. Unsere Eltern vermutlich auch. Der Einzige, der keinen Plan hatte, war Dean selbst. Und vielleicht Kaden, aber der hat so was ja eh nie mitbekommen.« Grinsend stupst sie mich.

Hitze schießt mir in die Wangen und ich vergrabe mein Gesicht in den Händen. Wie peinlich. Ich war der festen Überzeugung, meine Schwärmerei für ihn absolut geheim gehalten zu haben. Und Kaden hat es mir ja nach Silvester sogar bestätigt. Aber gut, Violet hat recht. Kaden ist grundsätzlich der Letze, der etwas von romantischen Gefühlen mitbekommt, selbst wenn es um seine eigenen geht. Es hat sogar drei Monate gedauert, bis er verstanden hat, dass er etwas für Avery empfindet. Zum Glück hat sie es früher durchblickt.

»Sag mir jetzt bitte nicht, dass das eine Überraschung für dich ist.« In Violets Stimme höre ich ihre Belustigung. Es ist mir unglaublich peinlich, aber ich schaffe es nicht, mein Glucksen zu unterdrücken. Kurze Zeit später kugeln wir uns fast vor Lachen auf meinem Bett. Dieser Augenblick erinnert mich so sehr an unsere Freundschaft von früher, dass ich heulen könnte. Violet kriegt sich als Erste wieder ein und richtet sich auf.

»Na ja, aber darum geht es ja jetzt eigentlich gar nicht. Wir müssen einen Weg finden, wie du mit auf diesen Ausflug kommst.«

Mit dem Kinn auf die Hand gestützt, sieht sie zur Decke. Ich tue es ihr gleich. Vielleicht hilft diese Pose ja tatsächlich dabei, eine Lösung zu finden. Auch wenn ich die Idee völlig hirnrissig finde.

»Weißt du, wohin er fährt?«

»Mammoth Mountain.«

Violet schnappt sich meinen Laptop und tippt kurz darauf rum, dann dreht sie mir den Bildschirm zu. »Hier ist eine Reise dorthin, auf der noch ein Platz frei ist. Und sie startet morgen!«

Stirnrunzelnd sehe ich mir die Details an. Der Preis bringt meine Hände zum Schwitzen. Das wäre all mein Erspartes.

»Woher weißt du, dass Dean ausgerechnet auf der Hütte ist?«

»Weiß ich nicht. Aber dann seid ihr zumindest im selben Ort und könnt miteinander sprechen.«

Beim Gedanken, mal wieder auf Skiern zu stehen, kribbeln meine Beine in freudiger Erwartung. Es ist schon eine Weile her, dass ich das freie Gefühl auf der Piste genießen konnte. Die Vorstellung, mit Dean konfrontiert zu werden, dreht mir jedoch fast den Magen um. Er wird wohl kaum erfreut sein, mich zu sehen.

»Das ist verrückt«, werfe ich ein.

Violet schüttelt den Kopf. »Warum? So wie ich das sehe, führen in dieser Woche drei Skifahrten in dasselbe Gebiet. Dean könnte bei jeder von ihnen mit dabei sein.« Mit dem Finger deutet sie auf die Seite des Skigebiets, auf dem alle Skihütten in der Gegend mit Belegungsplänen aufgeführt sind. Sie hat recht, die meisten sind als *privat ausgebucht* markiert. Aber drei der Hütten werden mit verschiedenen Reiseorganisationen angezeigt. »Das entspricht einer Wahrscheinlichkeit von eins zu drei, dass ihr auf derselben Fahrt seid. In meinen Augen ist das nicht verrückt, sondern verdammt schlau.« Violet stupst mich an. »Buch schon. Der Platz wird nicht ewig frei sein.«

Eine Sekunde hadere ich noch mit mir. Ich habe mit dem Gedanken gespielt, mir dieses Semester noch einen neuen Laptop zu kaufen. Wenn ich diese Reise antrete, dann wäre mein Erspartes nahezu aufgebraucht und ich müsste mit dem Sparen von vorne anfangen. Ist es das wert?

Mein Blick fällt auf mein Notizbuch. Im Studium würde ich nichts verpassen und bei dem Gedanken, endlich mal wieder auf Skiern zu stehen, muss ich automatisch lächeln. Es fühlt sich nach der richtigen Entscheidung an. Ganz unabhängig von dem Ziel, Dean endlich eine Erklärung abzuliefern.

Bevor ich weiter darüber nachdenken kann, klicke ich mit schnell pochendem Herzen auf das Jetzt-buchen-Feld. Ein Quietschen kommt mir über die Lippen, als ich auf die nächste Seite weitergeleitet werde, auf der ich meine persönlichen Daten eingeben soll. O mein Gott. Ich kann es nicht glauben. Ich werde tatsächlich Ski fahren. Und vielleicht mit Dean reden. Ob er mir überhaupt zuhören wird?

Die Wahrscheinlichkeit, dass wir uns zufällig über den Weg laufen, ist bei der Größe des Skiortes eher gering, aber ich muss einen Weg finden, ihn zu erreichen, auch wenn ich keine Ahnung habe, was genau ich ihm sagen soll. Denn mir ist schmerzhaft bewusst, dass ich einen riesigen Fehler gemacht habe. Vor allem jetzt, wo ich weiß, wieso er seiner Familie den Rücken gekehrt hat. Dadurch fühlt sich mein Verrat noch viel schlimmer an.

Dann sehe ich Violet. Auch wenn ich es ungern zugeben will, ich habe ihr bereits vergeben. Innerhalb weniger Tagen hat sie wiedergutgemacht, was ich für unverzeihlich gehalten habe. Das gibt mir Hoffnung. Vielleicht schafft Dean es auch irgendwann, darüber hinwegzukommen. Erst mal muss ich einen Schritt nach dem anderen machen.

Als alle Daten eingegeben sind und die Buchung bestätigt ist, schließe ich meinen Laptop.

»Ich bin froh, dass du hier bist«, spreche ich endlich das aus, was mir durch den Kopf geht. »Du hast mich verletzt und ich wollte dich nie wiedersehen. Aber ich habe dich auch vermisst. Violet, ich habe dich so sehr vermisst.« Ein Schluchzen kommt über meine Lippen und ohne viel darüber nachzudenken, beuge ich mich nach vorne und ziehe sie in eine feste Umarmung. Sie presst ihr Gesicht an meinen Hals und ich spüre, dass auch sie weint. Meine Haare werden von ihren Tränen feucht und kleben an meinem Hals.

»Ich hab dich auch so sehr vermisst«, flüstert sie in meine Halsbeuge und ein fester Knoten löst sich in meiner Brust. Etwas, das mich die letzten Monate immer zurückgehalten hat. Es ist wie ein Befreiungsschlag. Violet hat mich verletzt, aber ich habe ihr vergeben.

Kapitel 25

Es ist noch dunkel, als Kaden mich samt meinem Gepäck am Treffpunkt der Reisegruppe absetzt. Skier muss ich mir vor Ort ausleihen, weil ich niemandem die zweistündige Fahrt nach Jackson zumuten wollte, wo meine Ausrüstung lagert, geschweige denn die Rückfahrt nach San Francisco. Zum Glück ist das kein Problem, auch wenn ich meine schon eingefahrenen Blizzard Ski vermissen werde.

Die dunkle Reisetasche in der einen Hand und den Ausdruck meiner Reisebestätigung in der anderen, stelle ich mich neben eine kleine Gruppe von Leuten in meinem Alter.

»Entschuldigung? Gehört ihr zur Reisegruppe von SkySki?«

Ein Mädchen mit pink gefärbten Haaren dreht sich breit lächelnd um. »Ja, das sind wir. Hi, ich bin Ophelia, aber nenn mich ruhig Lia.« Sie streckt mir die Hand entgegen, schüttelt dann aber direkt den Kopf, als sie sieht, wie bepackt ich bin. »Sorry, du kannst dein Gepäck hier abstellen.« Mit der rechten Hand deutet sie auf einen beträchtlichen Haufen von Taschen, der neben der Haltestelle steht.

Nachdem ich alles abgelegt habe, wende ich mich den anderen zu. »Hi, ich bin übrigens Jenna.«

Lia nickt aufgeregt. Sie erinnert mich ein bisschen an einen dieser Wackeldackel, die Kaden früher als Kind immer so cool fand.

»Du bist unser Spontanzugang, richtig? Wir haben schon vor drei Wochen ein kleines Kennenlerntreffen abgehalten. Leider musste eine unserer Teilnehmerinnen aus Seattle absagen, weil ihr Hund gestorben ist. Sehr traurig. Nun ja, aber wir freuen uns sehr, dass du jetzt dabei bist. Wie lange fährst du schon Ski?«

Während des Sprechens scheint sie keine Luft zu holen. Eine Sekunde warte ich noch, um sicher zu sein, dass sie fertig ist, dann setze ich zu einer Antwort an: »Genau, ich habe erst gestern gebucht und …« Der Rest meiner Antwort geht unter, weil in diesem Moment unser Bus vorfährt. Das monströse Ding macht so einen Lärm, dass mich sowieso keiner verstanden hätte.

Lia grinst mir aufmunternd zu. »Im Bus stellen wir uns alle noch mal vor«, ruft sie über den Krach hinweg. Ich sehe jeden Mitreisenden einmal kurz an und muss enttäuscht feststellen, dass Dean nicht dazugehört. So viel zu einer Wahrscheinlichkeit von eins zu drei.

Kaum steht unser Gefährt, öffnen sich die seitlichen Kofferraumtüren und die Busfahrerin steigt aus. Sie hilft uns, alles unterzubringen.

Es dauert eine Weile, bis alle an ihren Platz gefunden haben und Ms Cruz, die Fahrerin, uns die Regeln erklärt hat. Dann steht Lia noch mal auf und stellt alle schnell vor. Die Gruppe ist klein genug, dass jeder eine Sitzreihe für sich hat, wofür ich dankbar bin. Ich bin hundemüde und sehne mich danach, noch ein paar Stunden die Augen zu schließen, bis wir ankommen. Kurze Zeit später sind wir tatsächlich unterwegs.

Lia hatte angekündigt, dass wir uns die Hütte mit einer anderen Skigruppe teilen. Ich kann absolut nichts gegen die Hoffnung machen, die in mir aufsteigt. Vielleicht handelt es sich ja um Deans Reisegruppe. Es ist dumm. Um diese Zeit sind viele Gruppen unterwegs und allein auf dem Berg, auf dem wir untergebracht sind, gibt es noch fünf andere Skihütten. Ganz zu schweigen von den Unterkünften im Tal. Es juckt mir in den Fingern, mein Smartphone hervorzuholen und Dean eine Nachricht zu schreiben. Wir müssen miteinander reden. Schließlich schaffe ich es nicht mehr, den Drang zu unterdrücken, und öffne den Chat. Die unbeantworteten Nachrichten blinken mir entgegen wie die Schriftzeichen am Strip in Las Vegas. Seit Samstagabend habe ich immer wieder versucht, ihn zu erreichen. Ohne Erfolg. Noch einmal tippen meine Finger dieselben Worte, die ihn schon so oft erreicht haben, auf die aber keine Antwort kam.

Wir müssen reden.

Ich kann dir das erklären.
Violet hat mir erzählt, was passiert ist.

Und schließlich meine letzte Nachricht:

Es tut mir leid.

Irgendwann scheinen mir trotz den aufwühlenden Gedanken die Augen zugefallen zu sein, denn als ich sie wieder öffne, ist es bereits hell und wir fahren an schneebedeckten Bergen vorbei. Wow.

Das aufgeregte Kribbeln beginnt in meinem Bauch und breitet sich langsam weiter aus, bis es mir fast unmöglich ist, still zu sitzen. Es ist viel zu lang her, dass ich diese Art von Freiheit gespürt habe.

Kurze Zeit später hält der Bus endlich an. Wir stehen vor einer großen, luxuriös aussehenden Holzhütte. Überall liegt tiefer Schnee. Das perfekte Prospektbild. Lia geht mit kraftvollen Schritten voran in das Haus. Wir folgen ihr und ich sehe an den Gesichtern der anderen, dass sie ebenfalls beeindruckt von der Szenerie sind. Das helle und modern ausgestattete Foyer wird durch dunkle Bücherregale an den Seiten gesäumt, die dem Ganzen einen gemütlichen Touch verleihen. Die Sitzgruppen davor sind, kurz nach dem unsere Reisegruppe den Raum betreten hat, bereits voll. Etwas abseits stelle ich mich an eines der Regale und betrachte die abgenutzten Buchrücken. Es dauert einen Moment, bis wir einchecken können.

Ich nehme eins hervor, auf dem eine junge Frau mit einem riesigen Rucksack auf einem Wanderweg läuft. *Wild.* Ich bin vertieft in den Klappentext, als die Eingangstür aufgeht und eine andere Skigruppe hereinkommt. Ich erinnere mich, dass auf dem Belegungsplan für diese Reise zwei verschiedene Organisationen eingetragen waren. Bevor ich mich weiter damit beschäftigen kann, hält Lia die Schlüssel hoch.

»Wir treffen uns in einer halben Stunde hier und gehen gemeinsam zur Piste. Eure Liftpässe habe ich.« Sie hebt ein Bündel Bänder mit Plastikkarten hoch, das sie in der anderen Hand trägt, und beginnt damit, die Schlüssel zu verteilen. Ich lande bei zwei Mädchen, die gerade ihren Highschoolabschluss gemacht habe. Bella und Sophia. Die beiden quatschen den ganzen Weg, bis wir unser Zimmer gefunden haben. Dem, was ich verstehe, zufolge, kennen sie sich schon seit einiger Zeit.

Unsere Tür knarzt laut beim Öffnen. Sophia und Bella stürmen auf das große Doppelbett zu, das in der Mitte des Raumes steht. Na toll, das bedeutet, das feldbettartige Ding, das dem gegenübersteht, ist dann wohl meins. Ohne darüber zu sprechen, legt jeder seine Sachen auf eine der Decken ab, um so den eigenen Platz zu markieren. Zugegebenermaßen hätte ich auch keine Lust, mit jemand Fremdem das Bett zu teilen, also bleibt das die einzige Option.

Ich gehe ins Bad, um mich umzuziehen, während meine beiden Mitbewohnerinnen auf Zeit sich im Zimmer umziehen. Meine türkise Skijacke riecht noch etwas muffig, nachdem ich sie gestern erst aus der verstaubten Kiste unter meinem Bett geholt habe. Ich weiß nicht mehr, warum ich sie mitgenommen habe, aber nach der Buchung war ich heilfroh, dass ich sie gefunden habe. Und dass sie noch passt. Dazu die dicke Schneehose in derselben Optik und mein Outfit ist perfekt. Schnell flechte ich mir die Haare und setze meine Mütze auf. Aus dem Spiegel sieht mir eine Jenna mit funkelnden Augen entgegen.

Als alle ihre Skipässe haben und Lia noch einmal an den Zeitplan der Hütte erinnert hat – mit der Drohung, dass es kein Essen für diejenigen gibt, die nach sieben Uhr zurückkommen –, können wir endlich los. In der Gondel sitze ich zusammen mit meinen Zimmernachbarinnen und einer Studentin, die aus Seattle kommt, so wie die, deren Platz ich eingenommen habe. Anscheinend kennen sie sich aber nicht, denn als ich ihr das mitteile, zuckt sie nur mit den Schultern. Es ist ja auch eine große Stadt. Dabei muss ich an Violet denken. Ich bin erstaunt, wie viel wir letztes Wochenende miteinander durchgemacht haben. Sie wieder in meinem Leben zu haben, fühlt sich noch immer surreal an.

Nachdem wir aus dem Lift ausgestiegen sind, trennen sich unsere Wege, und ich bin froh, dass Bella und Sophia keine Anstalten machen, mich mitnehmen zu wollen. Sie sind nett, keine Frage, aber Skifahren ist für mich etwas, das man allein macht.

Nachdem ich Helm und Skibrille aufgesetzt habe, die ich mir beide geliehen habe, fahre ich los. Der kalte Wind pustet mir gegen die Nase und den kleinen Bereich meiner Wangen, der nicht bedeckt ist. Es ist die absolute Freiheit. Schon nach wenigen Kurven fühle ich mich wieder so sicher wie vor einigen Jahren. Das Rauschen des Windes und das leise Knirschen des Schnees unter meinen Skiern ist wie eine Melodie. Eine wunderschöne, natürliche Melodie. Die anderen Skifahrer blende ich aus. Sobald mir jemand zu nahe kommt, weiche ich aus. Ansonsten bekomme ich nicht viel von ihnen mit.

Schneller, als mir lieb ist, bricht der Abend herein und es wird Zeit, zur Hütte zu gehen. Zurück auf meinem Zimmer sehe ich, dass es leer ist. Erleichtert atme ich durch und nutze die Ruhe für eine ausgiebige Dusche. Anschließend mache ich mich mit laut aufgedrehter Musik fertig. Um kurz vor sieben öffnet sich die Zimmertür und Bella und Sophia kommen mit roten Wangen herein.

»Hi, Jenna«, rufen sie synchron und lachen sich anschließend darüber kaputt. Oder vielleicht auch über etwas anderes, ich weiß es nicht.

Ich erwidere ihre Begrüßung mit einem knappen Winken, bevor ich meine Musik ausschalte. An ihrer Stimme hört man, dass die beide definitiv etwas getrunken haben. Außerdem sprechen sie viel zu laut und fangen ständig an, hysterisch zu lachen. Statt mir das weiter anzutun, beschließe ich, in der Unterkunft auf Erkundungstour zu gehen.

Unser Zimmer liegt mittig im linken Flügel. Auf der linken Seite gehen drei weitere Zimmertüren vom Gang ab. Am Ende befindet sich ein bodentiefes Fenster mit Blick auf die Skipiste. Die hellen Scheinwerfer beleuchten sie noch. Wenn ich das Programm richtig im Kopf habe, wird es am Mittwoch zum Abschluss eine Lichterfahrt geben. Laut dem Flyer wird es Knicklichter geben, die man an seiner Ausrüstung befestigen kann. Ansonsten führt noch eine Tür zum hinteren Treppenhaus, welches runter zum Skilager führt.

Da ich vorhin von dort hochgekommen bin, beschließe ich, die andere Seite zu erkunden. Nach zwei weiteren Zimmern kommt man zu der breiten Treppe, die in die Lobby führt. Der Aufgang ist offen und ich sehe von der Balustrade aus den fast leeren Eingangsbereich. Vom Speisesaal, der unter mir liegt, dringt lautes Gemurmel hoch. Gegenüber der Treppe, die zu diesem Flügel führt, ist noch eine, die zum rechten Teil der Hütte führt. Obwohl das vermutlich nicht das richtige Wort für diesen Ort ist. *Chalet* trifft es wohl besser.

An der Wand neben der Treppe hängt das Bild von einer Bulldogge im Pop-Art-Stil, was so gar nicht zum pompösen Aufbau des Gebäudes passt. Ich stelle mich, so gut es geht, auf die Stufe davor und lehne mich über das Geländer nach hinten, um mit meinem Smartphone ein Foto für Kaden zu schießen. Er wird das Motiv lieben, denn es erinnert mich an eines der Bilder in seiner Ausstellung. Diese gemischten Stile sind wirklich spannend.

»Jenna?«

Eine tiefe Stimme reißt mich aus meinen Gedanken. Ich lasse das Smartphone sinken und sehe zum Treppenabsatz. Dort steht Dean.

Kapitel 26

Überrascht mache ich einen Schritt zurück. Mein Fuß rutscht ab und ich verfehle die nächste Stufe. Ein stechender Schmerz fährt mir durch das Fußgelenk. Mit den Armen rudernd versuche ich mich aufzufangen, aber es ist zu spät. Mein Hintern landet auf der Holztreppe und ich falle einige Stufen hinunter. Der Schmerz in meinem Steißbein lenkt von dem ab, der meinen Fußknöchel quält.

»Scheiße, Jenna«, brüllt Dean und rennt zu mir.

Ächzend stütze ich mich auf, sodass ich meinen Fuß ausstrecken kann. Das Gefühl erinnert mich an die Verletzung vor einigen Wochen, nur wesentlich intensiver.

»Verdammt«, bringe ich zwischen zusammengebissenen Zähnen hervor. Dean hockt sich zu mir. Als unsere Blicke sich treffen, wünschte ich, ich könnte die Zeit zurückdrehen und die Ausdruckslosigkeit, mit der er mich in diesem Moment ansieht, für immer wegwischen.

»Alles in Ordnung?«, ruft eine Stimme von unten und ich sehe, wie einige Gäste den Speisesaal verlassen und zu mir blicken. Hinter mir höre ich außerdem noch zwei weibliche Stimmen nach Luft schnappen. Vermutlich Bella und Sophia. Mit einem Blick nach hinten bestätigt sich mein Verdacht. Großartig. Einfach nur großartig. Was für ein beschissener Abgang.

Mechanisch tastet Dean meinen Fuß ab, ohne mich noch einmal anzusehen.

»Können wir reden?«, frage ich und klammere mich an die Tatsache, dass ich ihm nicht egal sein kann, wenn er sich gerade um mich kümmert.

»Du solltest ihn kühlen.« Ohne auf meine Frage einzugehen, lässt er mich los. Er richtet sich auf und lässt mich auf den Stufen zurück.

Die Blicke der anderen ignorierend rapple ich mich hoch, kralle mich ins Geländer und humple so schnell es geht nach oben. Ich werde mich auf keinen Fall in den Speisesaal setzen. Immerhin hat mich der Vorfall kurz davon abgelenkt, dass Dean tatsächlich am selben Ort untergebracht ist wie ich.

Tränen, die mir seit dem Sturz in den Augen brennen, kämpfen sich langsam ihren Weg nach draußen, als ich meine Mitbewohnerinnen hinter mir lasse und auf mein Zimmer zugehe. Ich lege mich vollständig bekleidet ins Bett. Es ist genauso unbequem, wie es aussieht. Super.

Ein Schluchzer kommt über meine Lippen, gefolgt von einem erstickten Geräusch bei dem Versuch, ihn zu unterdrücken. Alles tut weh. Wie unglaublich erniedrigend. Mein Plan, mich mit Dean zu versöhnen, erscheint mir einfach nur lächerlich. Wie konnte ich glauben, dass er mir zuhören würde? Er hat sechs Jahre lang keinen Kontakt zu seiner Familie gehabt, weil sie ihm verschwiegen haben, dass er adoptiert wurde. Meine Gedanken kreisen und verirren sich.

Irgendwann lässt mich ein leises Klopfen aus dem Dämmerschlaf hochschrecken, in den ich anscheinend gefallen bin.

»Ja?«, rufe ich und setze mich langsam auf. Zu meiner Überraschung höre ich den Schlüssel im Schloss. Das Licht, das aus dem Flur kommt, blendet mich im ersten Moment. Ich blinzle, bis ich Lia erkenne, die einen vollgepackten Teller vor sich trägt.

»Hey, Jenna, ich habe gehört, dass du die Treppe runtergefallen bist. Wie geht es dir? Sollen wir einen Transport ins Krankenhaus bestellen?«

Sie kommt in mein Zimmer und stellt den Teller auf mein Nachtkästchen.

»Nein, es geht schon«, krächze ich. »Danke für das Essen.« Einen Moment bleibt Lia vor mir stehen. Sie sieht besorgt zu mir, bevor sie schließlich nickt.

»Wenn was ist, sag gerne Bescheid.« Dann verschwindet sie und schließt die Tür, sodass ich wieder im Dunkeln liege. Die Enttäuschung überkommt mich wie eine Welle. Eine riesige Welle, die mich erfasst und mit sich zieht. Ich vermisse Dean. Die letzten Wochen waren wie ein Weckruf für mich. Ich war zurück unter die Lebenden gekommen. Aber jetzt bin ich doch wieder allein.

Dann fällt mir ein, dass ich das nicht sein muss. Ich könnte Kaden oder Violet anrufen und morgen nach Hause fahren. Mein Smartphone ist noch in meiner hinteren Hosentasche, wo ich es auf dem Weg zum Essen hingesteckt habe. Im Dunkeln greife ich danach. Als ich es entsperren will, leuchtet mir allerdings ein breites Spinnennetzmuster entgegen.

Auch das noch. Mit zusammengekniffenen Lippen starre ich auf das wirre Muster von Rissen, das mein Display durchzieht. Ein Trost ist wenigstens, dass es noch funktioniert. Nur leider findet es auf dem Zimmer keinen Empfang. Das kann doch nicht wahr sein. Jetzt bin ich wirklich allein. Ich lasse den Kopf zurück auf mein Kissen sinken und kuschle mich eng in meine Decke.

Als Bella und Sophia kichernd zurück ins Zimmer kommen, stelle ich mich schlafend. Sie versuchen nicht einmal leise zu sein, aber auch das ist mir egal. An Schlaf ist sowieso nicht zu denken. Mein Rücken schmerzt, sobald ich mich auch nur ansatzweise bewege, und durch meinen Knöchel jagt ein spitzer Schmerz, wenn ich versuche, ihn zu drehen. Deswegen bleibe ich regungslos liegen, das Gesicht in Richtung der Wand gepresst, und weine lautlos vor mich hin. Ich kann nicht mehr. Die Tränen laufen über meine Wangen, ohne dass ich sie aufhalten kann.

Als meine Zimmergenossinnen endlich zur Ruhe kommen und das Licht ausmachen, atme ich leise auf. Ich warte noch kurz, bis ihre regelmäßigen Atemzüge mich überzeugen, dass sie eingeschlafen sind. Dann schlage ich die Decke zurück. Ich muss ein schmerzerfülltes Stöhnen unterdrücken, als ich mich aufrichte. Shit. Kaum belaste ich meinen Fuß, habe ich das Gefühl, das Gleichgewicht zu verlieren. Es dauert eine Weile, bis ich mich an der Wand abgestützt zur Tür geschleppt habe. Ich weiß nicht, wo ich hinwill, aber ich muss dringend hier raus. Mir ist das Zimmer zu eng. Alles fühlt sich zu eng an. Viel zu eng.

Der Bewegungsmelder im Flur schaltet das Licht an, sobald ich durch die Tür trete. Mit dem Schlüssel in der Hand ziehe ich die Klinke zurück ins Schloss. Mein Blick fällt nach links zu dem bodentiefen Fenster. Die Piste ist inzwischen dunkel und leer. Es hat angefangen zu schneien und die weißen

Flocken tanzen vor der Scheibe umher. Sie sehen so leicht aus. Frei. Sie fallen in ihrem Tempo auf den Boden. Einfach so. Eine Weile sehe ich ihnen dabei zu, bis ich von hinten Schritte im Gang höre. Überrascht drehe ich mich um.

Es ist Dean. Ich erkenne ihn, bevor er den Kopf hebt. Es ist sein Körperbau, die Art, wie er geht, und nicht zuletzt seine Präsenz. Er blickt auf und hält in der Bewegung inne. Die Muskeln um seinen Mund spannen sich an. Es fühlt sich an, als würde die Zeit für einen Moment pausieren.

»Was machst du hier?« Eine tiefe Falte bildet sich auf seiner Stirn, während er reglos stehen bleibt. Nah genug, um jede Bewegung in seinem Gesicht zu erkennen, aber zu weit, um seine Wärme zu spüren.

»Ich brauch frische Luft«, versuche ich zu erklären und deute auf das geschlossene Fenster am Ende des Flurs. Der Schneefall hat sich verdichtet, sodass man kaum noch die einzelnen Flocken voneinander unterscheiden kann.

»Das meine ich nicht«, bringt er zwischen zusammengepressten Zähnen hervor.

Ich zögere. »Ich wollte mit dir reden«, gebe ich zu. Meine Stimme zittert.

»Ich aber nicht mit dir.« Er fährt sich mit der Hand durch die schwarzen Haare, die ihm in die Stirn fallen. Erst jetzt bemerke ich, wie müde er aussieht.

»Dean, bitte.«

Statt auf mein Flehen einzugehen, schüttelt er lediglich den Kopf und verschwindet in der Tür neben ihm. Kaum bin ich wieder alleine im Flur, rollt eine dicke Träne über meine Wange.

Kapitel 27

Als ich aufwache, fühle ich mich, als hätte mich ein Laster überfahren. Obwohl ich so tief geschlafen habe wie sonst nie, steckt mir die Erschöpfung in den Knochen. Mein Rücken tut weh und meine Beine ebenso. Die Erinnerungen an den Krankenhausaufenthalt vor so vielen Jahren sind plötzlich wieder präsent. Mein Kopf war bandagiert, als ich nach dem dreitägigen Koma aufgewacht bin. Mein Arm war eingegipst und auch meine Beine waren stabilisiert. Es war der Beginn einer dreijährigen Tortur, die zum Glück ein gutes Ende nahm.

Es dauert einen Moment, bis ich realisiere, wo ich bin. Die Vorhänge in dem Zimmer sind noch immer zugezogen, aber ein hauchzarter Lichtstrahl fällt an der Stelle, an der sie aufeinandertreffen, auf den Holzboden. Ich richte mich etwas auf, um zu dem Doppelbett zu sehen. Bella und Sophia sind nicht mehr da. Auch vom Flur draußen höre ich nichts.

Mühsam stütze ich mich auf. Der Teller, den Lia mir nach dem Abendessen gebracht hat, ist nicht mehr da. Auch sonst ist es so ruhig im Haus, dass ich vermute, dass die anderen bereits auf der Piste sind.

Ich greife nach meinem Smartphone. Überrascht ziehe ich die Augenbrauen nach oben. Kurz nach zehn. Frühstück war von sieben bis acht Uhr geplant. Mist. Mein Magen knurrt zeitgleich mit dieser Erkenntnis. Ich habe seit dem Mittagessen gestern nichts mehr gegessen. Großartig.

Ich bin froh, dass ich in meinem Rucksack noch einen Müsliriegel von der Fahrt finde. Nachdem ich ihn aufgegessen habe und frisch geduscht bin, humple ich aus meinem Zimmer. Die Schmerzen haben eindeutig nachgelassen, aber es tut noch immer weh. Das Ferienhaus ist wie ausgestorben. Nur an der Lobby steht ein Mitarbeiter, der gerade an seinem Smartphone zockt. Ich höre die Melodie von Candy Crush bis auf den oberen Treppenabsatz.

»An deiner Stelle würde ich mich dieses Mal festhalten.«

Die Stimme, die unerwarteterweise hinter mir ertönt, lässt mich zusammenzucken. Meine Finger krallen sich wie automatisch gesteuert in das Geländer neben mir. Es ist nicht nur die Tatsache, dass entgegen meiner Erwartung jemand anwesend ist, es ist auch die Stimme selbst, die mich überrascht. Dean.

Vorsichtig, um nicht wieder umzuknicken, drehe ich mich um. Er trägt weite Jogginghosen und ein eng anliegendes weißes Shirt. Seine Haare glänzen noch feucht. Ob er gerade geduscht hat?

»Danke für den Tipp«, bringe ich schließlich hervor, nachdem ich ihn viel zu lange gemustert habe. »Was machst du hier?«

Obwohl ich dieselben Worte verwende wie er gestern Abend, ist mein Ton ein ganz anderer. Zurückhaltend, fast schon ängstlich.

»Lia hat mich gebeten hierzubleiben, damit du nicht allein bist. Anscheinend glaubt sie, dass du mit meiner Schwester befreundet bist?«

»Violet?« Mit zusammengezogenen Augenbrauen sehe ich ihn an. Woher soll Lia Violet kennen? Und was hat das mit mir zu tun?

»Ja, genau diese Schwester.« Er verschränkt die Arme vor der Brust.

»Okay, und wieso denkt sie das?«, hake ich nach, weil mir das doch nach einem viel zu großen Zufall klingt.

Dean legt seinen Kopf schief und sieht mich vorwurfsvoll an. »Das müsstest du doch besser wissen als ich, oder?«

Langsam verstehe ich gar nichts mehr, also schüttle ich nur den Kopf.

»Anscheinend war vor dir Violet für diese Fahrt angemeldet. Das hast du einfach mal vergessen, oder? Sie hat dann –«

»Warte, was?«, unterbreche ich ihn und halte meine Hand nach oben, um ihn zu stoppen. Violet wollte hierher mitfahren?

Ein freundloses Lachen kommt über Deans Lippen. »Verdammt, Jenna, jetzt tu nicht so. Es ist offensichtlich, dass du und Violet schon die ganze Zeit unter einer Decke steckt. Wie konnte ich nur so dumm sein?« Mit der Faust schlägt er sich leicht gegen die Stirn. »›Meghan‹.« Den Namen setzt er mit Fingern in Anführungszeichen. »Dass ich nicht lache. Du wolltest nur Violet helfen, mich zu finden. Und ich Idiot«, nun deutet er mit dem Zeigefinger auf sich selbst, »dachte wirklich, dass du Gefühle für mich hast.«

»Was?« Ungläubig starre ich ihn an. Das kann doch nicht sein Ernst sein. Wo zum Teufel nimmt er diese Story auf einmal her? »Du willst mich verarschen, oder?«

Deans Blick wird eisig. »Ich will *dich* verarschen? Was stimmt nicht mit dir? Lebst du wirklich auf so einem hohen Ross, dass du nicht checkst, was abgeht? Du hast mich benutzt. Was hat sie dir dafür gegeben? Oder stehst du immer noch so unter ihren Fittichen, dass sie von dir einfach verlangen kann, was sie will?«

»Stopp.« Langsam mache ich einen Schritt auf ihn zu. »Du musst jetzt mal zuhören, ob du willst oder nicht. Keine Ahnung, was für eine Geschichte sich gerade in deinem Kopf zusammensetzt oder was auch immer du glaubst zu denken. Es ist absoluter Bullshit.« Er lacht schon wieder, aber ich gehe nicht darauf ein. »Du glaubst, dass du einfach so sechs Jahre verschwinden kannst und trotzdem noch alles durschaust? Violet und ich hatten bis vor kurzem keinerlei Kontakt mehr. Wir haben sechs Monate nicht miteinander gesprochen. Weißt du, wann ich sie das erste Mal seit dem Sommer gesehen habe? An dem Tag, an dem sie versucht hat, dich zu erreichen. Ich wusste rein gar nichts. Scheiße, ich wusste nicht einmal, dass du adoptiert bist.«

»Sie hatte kein Recht, dir das zu erzählen, verdammte Scheiße. Sie hat überhaupt kein Recht mehr, über mich zu sprechen. Wusstest du, dass sie es wusste? Ach, was frage ich dich eigentlich, du wusstest es doch vermutlich auch schon die ganze Zeit.«

»Dean, es reicht. Wenn du nicht zuhören willst, schön, dann weißt du was, lass es einfach. Lebe weiter in dieser Welt, in der alle gegen dich sind. In der du am besten weißt, was jemand anderes tut. Ehrlich, dann lass mich einfach in Ruhe.« Mein Atem geht so schnell, als hätte ich gerade einen Sprint zurückgelegt. Genauso fertig fühle ich mich auch. Dieser ganze Streit ist so anstrengend. Am liebsten würde ich ihn schütteln, damit er endlich versteht, was los ist. Und was soll ich mit der Information anfangen, dass Violet angeblich die Person ist, für die ich eingesprungen bin? Hatte sie das schon länger geplant? Nichts ergibt gerade Sinn.

»Ich habe ja versucht, dich in Ruhe zu lassen«, gibt er spöttisch zurück und macht einen Schritt nach vorne. Plötzlich ist er mir so nahe, dass ich sein Duschgel riechen kann. Es ist herb und männlich und katapultiert mich sofort wieder zurück zu dem Moment in seiner Wohnung, als wir das letzte Mal richtig miteinander gesprochen haben.

»Ich will dich nicht verlieren«, hauche ich. Die Worte kommen ohne Erlaubnis über meine Lippen. Verdammt.

Tränen brennen in meinen Augen. Die Stille zwischen uns ist ohrenbetäubend. Dean weicht meinem Blick aus. Ich weiß nicht, ob er mir überhaupt zuhört, aber ich beginne einfach zu sprechen, nur damit diese Stille nicht weiter zwischen uns hallt.

»Als ich dich an Silvester gesehen habe, konnte ich es nicht glauben. Dean Bishop. Ich weiß nicht, warum ich dir meinen Zweitnamen genannt habe. Ich dachte, wenn du wüsstest, wer ich bin, würdest du dich nicht weiter mit mir unterhalten. Und ich ... ich habe mich schon vor so vielen Jahren in dich verliebt. Die Gefühle waren immer echt. Ich verstehe nicht, wie du daran zweifeln kannst.«

»Du verstehst nicht, wie ich daran zweifeln kann, ob du die Wahrheit sagst, nachdem du mich wochenlang angelogen hast? Bei jedem Gespräch, jedem Treffen, jeder Form von Kommunikation?«

Obwohl sein ganzer Körper noch immer angespannt ist, ist sein Ton ein wenig sanfter. Und das gibt mir Hoffnung.

»Ich hab dir verschwiegen, dass wir uns schon kennen. Alles andere war zu hundert Prozent echt.«

Dean kneift seine Augen fest zusammen und streicht über seine in Falten gelegte Stirn. »Wann hättest du die Wahrheit gesagt? Wann wäre der Punkt gekommen, an dem du mit dieser Farce aufhören wolltest? Ich verstehe nicht, wie ich dir glauben soll, dass irgendetwas echt war.«

Ohne weiter darüber nachzudenken, lege ich meine Hand auf seine Brust.

Er zuckt zurück, macht aber keine Anstalten, sie abzuschütteln. Sein Herz pocht gegen meine schwitzige Hand.

»Ich wollte es dir Sonntag beichten. Weißt du noch, wie ich angekündigt habe, dir etwas sagen zu wollen, als wir uns verabredet haben? Das war es. Mir war klar, dass ich es dir sagen muss. Aber ich habe es so genossen, endlich mal frei zu sein. Die letzten Monate waren für mich nicht leicht, weil …« Bevor ich weitersprechen kann, muss ich einen tiefen Atemzug machen. Auch wenn ich Violet vergeben habe, ist die Erinnerung noch immer unglaublich schmerzhaft.

»Ich habe Violet im Sommer dabei erwischt, wie sie mit meinem Freund geschlafen hat. Erinnerst du dich an die Geschichte, die ich dir beim Mexikaner erzählt habe?«

Seine Augen weiten sich und ich bilde mir ein, dass sein Blick sanfter wird. Ohne darauf einzugehen, spreche ich weiter: »Vom einen auf den anderen Tag habe ich meinen Freund und meine beste Freundin verloren, dabei waren sie direkt vor mir. Sie sind nicht verschwunden oder gestorben, nein, sie haben mich so sehr verletzt, dass ich sie von mir gestoßen habe. Sechs Monate hatte ich keinerlei Kontakt zu ihr. Und als ich vor dir Meghan war, da konnte ich das erste Mal wieder richtig durchatmen. Konnte in den Spiegel sehen und mich wieder erkennen. Ich war verloren und du hast mir geholfen, meinen Weg wiederzufinden. Es tut mir leid, dass ich dich belogen habe, aber bitte zweifle nicht daran, dass es echt war.«

Es ist unmöglich, die Tränen zurückzuhalten, die in diesem Moment in mir hochsteigen. Mein Herz brennt bei dem Gedanken, dass ich ihn wirklich verloren habe. Doch Dean überrascht mich. Er nimmt meine zitternde Hand, die noch immer auf seiner Brust liegt, fest in seine. Erst denke ich, dass er sie wegdrücken will, doch dann hält er sie einfach nur fest. Seine Kiefer mahlen, während er mich mustert.

»Aber ich habe gesehen, dass Violet und du die Ausstellung zusammen verlassen habt. Ihr saht aus wie immer.«

Jegliche Aggression ist aus seiner Stimme gewichen und ich spüre, dass auch mich langsam die Kraft für diesen Streit verlässt.

»Sie war trotz allem für mich da, als ich es gebraucht habe.«

Er nickt und sieht über meinen Kopf hinweg. Seine Hände liegen noch immer auf meinen und mein Herzschlag beruhigt sich von ganz allein.

»Aber ich verstehe immer noch nicht, wieso du dich als jemand anderes ausgegeben hast.«

Ich zucke mit den Schultern, denn inzwischen verstehe ich es selbst nicht mehr. »Kaden hatte vorgeschlagen, mich als jemand anderes auszugeben, wenn ich mich damit wohler fühle. Ich dachte, es wäre kompletter Quatsch, aber auf der Party, als du mich nicht erkannt hast, hat es sich plötzlich einfach gut angefühlt, nicht mehr im Schatten von Violet zu stehen. Und dann habe ich den Moment verpasst, in dem ich dir die Wahrheit hätte erzählen können. Ich dachte, es würde sich irgendwann ergeben oder du würdest mich erkennen, aber ...«

Nun legt er den Kopf in den Nacken. »Ich glaube, unterbewusst wusste ich, dass ich dich kenne. Deswegen habe ich mich bei dir gleich so wohlgefühlt.«

Seine Worte lassen mich innerlich schmelzen. Ich war also nicht die Einzige, die diese Bindung gespürt hat. Langsam senkt er wieder seinen Blick. Es gibt noch so viel, was ich ihm sagen möchte, aber ich weiß nicht, wie. Aber mir ist bewusst, dass alles, was ungesagt bleibt, uns nur noch weiter voneinander entfernt.

»Dean, ich habe mich in dich verliebt. Ich war schon damals in dich verliebt. Die letzten Wochen waren wie ein bittersüßer Traum für mich. Einerseits war es so unglaublich, endlich von dir gesehen zu werden, andererseits war da der stetig nagende Gedanke, dass du deine Meinung über uns änderst, sobald du erfährst, wer ich bin.«

»Warum?« Ein Wort, aber es wirkt wie eine Tür, die sich langsam öffnet. »Warum hast du geglaubt, dass ich Jenna nicht genauso interessant finden würde wie Meghan?«

»Hättest du es denn?«

Eine tiefe Furche bildet sich auf seiner Stirn. Sein Zögern beweist mir meine Vermutung: hätte er nicht. Mit hängenden Schultern mache ich einen Schritt zurück und entziehe mich seinem Griff. Er scheint völlig vergessen zu haben, dass er mich noch festhält, denn ich spüre keinen Widerstand. Stattdessen sieht er mich eindringlich an. In seinen Augen findet ein Kampf statt, sie wandern unbeständig hin und her.

»Vermutlich nicht«, gibt er schließlich zu und jegliche Anspannung verlässt seinen Körper.

Ich nicke. Natürlich nicht.

»Aber nicht aus den Gründen, an die du vielleicht denkst«, fügt er hinzu und legt eine Hand an meine Wange. Damit zwingt er mich aufzusehen. Das Blau seiner Augen ist warm und weich. Ganz anders, als es noch vor kurzem erschien. »Du erinnerst mich an meine Familie.«

»Warum ist das so schlimm?« Der Kloß in meinem Hals wird dicker. Meine Stimme ist kaum mehr als ein heißeres Raunen. Dean kneift die Augen zusammen.

»Sie haben mich mein ganzes Leben lang belogen.«

»Aber sie haben dich auch dein ganzes Leben lang geliebt.«

Kapitel 28

Dean schluckt und sieht mich regungslos an.

»Du verstehst das nicht«, ist alles, was er sagt, bevor er einen Schritt an mir vorbei macht und die Treppe hinuntergeht. Und ich bleibe stehen, sehe ihm nach, wie er neben dem Treppenaufgang nach rechts in den Speisesaal verschwindet.

Mit dem Rücken am Geländer lasse ich mich langsam auf den Boden sinken. Jetzt fühle ich mich noch verwirrter als vor dem Gespräch. Nur weiß ich nicht, wie ich damit umgehen soll. Da mir alles wehtut und außer der Person an der Rezeption, die immer noch Candy Crush spielt, niemand in Hörweite ist, bleibe ich einfach dort sitzen und schnappe mir mein Smartphone. Meine Finger schweben kurz über Violets Namen, aber nachdem Dean erwähnt hat, dass sie angeblich vorher mitfahren sollte, muss ich meine Gedanken erst einmal sortieren. Also wähle ich Kadens Nummer.

Er geht nach dem zweiten Freizeichen ran.

Noch während seiner Begrüßung breche ich in Tränen aus und ein heftiger Schluchzer unterbricht ihn.

»O nein, das klingt nicht gut. Was ist los?«

Ich bringe kein Wort hervor. Sobald ich ansetze zu sprechen, überkommt mich eine neue Welle der Schluchzer. Ich presse mir die Hand vor den Mund, in der Hoffnung, dass es mich beruhigt, aber stattdessen kommen halb erstickte Laute über meine Lippen.

»Alles in Ordnung?«, ruft jemand vom Absatz der Treppe. Ich sehe auf. Der Rezeptionist hält sein Smartphone in der Hand und sieht zu mir, während Kadens Fragen in meinem Ohr immer panischer werden.

Alles dreht sich. Ich merke, dass ich viel zu schnell atme, kann es aber nicht mehr kontrollieren. Schluckauf mischt sich unter die unterdrückten Schluchzer, und plötzlich habe ich das Gefühl, keine Luft mehr zu bekommen. Meine Sicht verschwimmt, alles bekommt einen milchig weißen Schein. Ich stecke schon mittendrin, als mir klar wird, dass ich eine Panikattacke habe. Schon wieder …

»Jenna!« Deans Stimme ertönt, aber ich weiß nicht woher. Plötzlich umgibt mich sein bekannter Geruch und seine Hände legen sich sanft um meine Arme. Er redet, aber die Worte vermischen sich in meinen Ohren zu einem undeutbaren Rauschen. Krampfhaft versuche ich, mich an etwas zu erinnern, was Dr. Clark mir damals darüber gesagt hat, wie ich mit Panikattacken umgehen soll, aber jeder Gedanke ist vor Angst verzerrt.

»Jenna? Atme!« Deans Stimme dringt wieder an mein Ohr. Atmen, richtig. Ein und aus. Immer wieder. Sauerstoff. Ich brauche Sauerstoff. Langsam beruhigt sich mein Puls.

Ganz langsam verlässt mich die Panik und ich öffne die Augen. Dean hockt vor mir, mein Smartphone an sein Ohr gepresst.

»Sie ist wieder da«, sagt er zu Kaden und legt es weg. Der Rezeptionist steht neben ihm und sieht uns besorgt an.

»Danke, Mann, ich wusste nicht, was ich tun soll.« Das Zittern in seiner Stimme ist unüberhörbar. Dean nickt lediglich und beugt sich zu mir.

»Komm her.« Ganz sanft schließt er mich in seine Arme. Dann spüre ich, wie er einen unter meine Beine schiebt und mich hochhebt. Ich japse auf, aber Dean presst mich sofort eng an seine Brust. »Schh, ich hab dich.«

Eine Welle der Dankbarkeit überkommt mich. Die Panikattacke hat mich so erschöpft, dass ich einfach nur noch ins Bett will. Ich bin heilfroh, als Dean die Richtung meines Zimmers anpeilt. Kurz vorher biegt er jedoch nach links ab.

»Hey«, will ich protestieren, aber über meine Lippen kommt kaum mehr als ein tonloses Krächzen. Es dauert einen Moment, bis er mit mir auf den Armen die Tür geöffnet hat, und dann treten wir ein. Mir ist sofort klar, dass es sein Zimmer sein muss. Er legt mich sanft auf dem Bett ab, wo sein Duft mich völlig umgibt. Vorsichtig streicht er mir eine Strähne aus dem Gesicht.

»Geht es wieder?«

Mein Nicken ist zaghaft, aber ich habe das Gefühl, dass es überstanden ist. Dean steht auf und sofort fehlt mir seine Wärme an meiner Seite. Ich muss jedoch nicht lange warten, denn er kommt schnell zurück. Dieses Mal mit einem Glas Wasser.

»Hier, trink erst mal was.«

Mein Rachen ist dankbar, als ich den ersten Schluck nehme. Einige Atemzüge später wage ich mich an ein zaghaftes Lächeln. »Danke.«

Dean sieht mich an, die Augenbrauen zusammengezogen. »Du solltest Kaden danken. Er hat mir am Telefon von der Dreifach-A-Methode erzählt. Ich hatte keine Ahnung, wie ich dich wieder aus diesem Zustand hätte rausbekommen sollen.«

Mit der Hand schlage ich mir gegen die Stirn. Dreifach-A-Methode. Das war es, was Dr. Clark mir damals erklärt hat.

Achtung.

Atmen.

Ablenken.

Ich seufze. Dass Kaden das noch wusste, überrascht mich nicht. Er ist einfach der beste Freund, den man haben kann.

Dean legt seine Hand an meine Wange. »Du hast mir echt Angst eingejagt. Geht es dir wirklich besser?«

Dieses Mal heben sich meine Mundwinkel zu einem echten Lächeln.

»Ja, die Panikattacke ist vorbei. Ich hatte jahrelang keine, bis auf die eine bei dir.«

»Hattest du früher welche? Nach deinem Unfall?«

Ich gebe ein zustimmendes Geräusch von mir. Langsam steigt wieder Nervosität in mir auf. Was, wenn sie jetzt wieder regelmäßig kommen?

»Mir würde es helfen, nicht weiter darüber zu sprechen. Zumindest nicht im Moment«, gebe ich zu.

Sofort nickt Dean und sieht sich im Raum um. Ich konzentriere mich darauf, meine Atmung ruhig zu halten.

»Äh, ja, also, äh, hattest du gestern Spaß auf der Piste?«, fragt er schließlich. Sein sehr süßer, aber doch etwas unbeholfener Versuch, das Thema zu wechseln, bringt mich zum Lachen.

»Ja, das hatte ich«, bringe ich kichernd hervor.

Ein schiefes Grinsen schleicht sich auf sein Gesicht. »Nicht so smooth, hm?«

Lachend schüttle ich den Kopf.

»Okay.« Sein Grinsen erreicht seine strahlend blauen Augen und ich bin froh, dass ich diesen Anblick genießen kann. »Etwas verwirrt mich aber immer noch.«

Abwartend sehe ich ihn an.

»Was hat Violet mit der Fahrt zu tun? Wieso hast du ihren Platz bekommen?«

In Gedanken gehe ich das Gespräch mit Violet noch einmal durch. Sie schien sehr davon überzeugt, dass ich unbedingt mitfahre. Irgendwie ergibt es Sinn.

»Lass uns sie fragen.«

Es tutet nur zweimal, bis Violet den Anruf annimmt.

»Jenna, ist alles okay? Du solltest dich doch melden!«

»Violet, hey, es ist alles in Ordnung.«

Dean und ich tauschen einen kurzen Seitenblick miteinander. Wirklich gelogen ist es nicht. Jetzt ist ja wirklich alles wieder gut. »Nur, dass du Bescheid weißt, Dean ist auch da.«

Mit weit aufgerissenen Augen sieht er mich an.

»Oh, hi.« Violets Stimme geht eine Oktave nach oben.

Dean räuspert sich, bevor er ein kühles »Hi« hervorbringt.

Ich schlucke. Das kann ja interessant werden.

»Jedenfalls«, versuche ich, von dem unangenehmen Thema wegzukommen, »Violet, wir haben eine Frage.«

Das Schweigen in der Leitung deute ich als Aufforderung weiterzusprechen.

»Lia, die Reiseleiterin, hat erzählt, dass du vorher diesen Platz gebucht hattest. Stimmt das?«

Keine Antwort. Über Deans Bett hängt eine Uhr, welche mir erst jetzt in der Stille auffällt. Das laute Ticktack ihres Sekundenzeigers ist das einzige Geräusch in dem Raum.

Dean sieht mit zusammengezogenen Augenbrauen aus dem Fenster.

»Ja, das stimmt«, kommt es schließlich von Violet.

Obwohl Dean es mir bereits erzählt hat, fühlt es sich komisch an, die Wahrheit zu hören.

»Aber ich verstehe nicht …« Schon als ich den Satz anfange, habe ich keine Ahnung, wie ich ihn beenden soll.

Violet seufzt. »Ich pausiere mein Studium gerade. Nach dem Sommer habe ich erst einmal weitergemacht, als wäre nichts gewesen, aber es hat mich innerlich zerrissen. Deswegen habe ich beschlossen, die Baustellen in meinem Leben anzugehen. Und dabei habe ich herausgefunden, dass Dean in San Francisco lebt. Die Skireise habe ich gebucht, weil ich endlich mal wieder meinen Kopf frei bekommen wollte, und da ich ja sowieso nach Kalifornien wollte, um mit euch zu reden, habe ich das Angebot einfach genommen, ohne zu wissen, dass Dean auch da sein würde.«

Ihr Bruder schnaubt, doch Violet lässt sich davon nicht beirren. »Ich wollte endlich wieder das Gefühl haben, vollständig zu sein, und dafür haben zwei wichtige Menschen gefehlt. Ihr beide.«

Ihre Worte rühren mich und ich kann sehen, dass sie auch an Dean nicht spurlos vorbeigehen.

Er presst seine Lider zusammen und wendet sich ab.

»Und das mit Dean war wirklich Zufall?«

Violet gibt ein zustimmendes Geräusch von sich. »Aber als du mir davon erzählt hast, dass er nach Mammoth Mountain reist, war mir klar, dass es für dich viel wichtiger ist hinzureisen.«

Deswegen war sie so an ihr Smartphone gefesselt, als wir darüber gesprochen haben. Sie hat ihre eigene Buchung storniert. Für mich. Und Dean.

»Danke, Violet.«

»Ich hab euch lieb.« Ihre Stimme zittert bei den Worten.

Dann ist der Anruf beendet.

Dean lehnt sich auf seinem Bett zurück und atmet tief aus. »Das war viel.«

Nickend stimme ich ihm zu.

»Aber es war eine gute Ablenkung, oder?« Schmunzelnd sieht er auf und auch auf meinen Lippen breitet sich ein Lächeln aus. Irgendwas ist gerade wieder zusammengerückt. Es fühlt sich an, als würde die Erde sich wieder in der richtigen Bahn bewegen.

Kapitel 29

»Glaubst du, du kannst ihr verzeihen?«, frage ich Dean und bin damit die Erste, die die Stille unterbricht.

Er zögert und blickt zur Decke. »Ich werde auf jeden Fall mit ihr sprechen. Und du?« Mit vor der Brust verschränkten Armen sieht er mich an.

»Ich habe ihr schon längst verziehen«, gebe ich zu. »Violet hat einen Fehler gemacht und mich verletzt. Das war scheiße. Aber dafür fünfzehn Jahre Freundschaft wegschmeißen? Das war dumm von mir.«

Dean sieht zu mir. »Ähnlich dumm, wie die eigene Familie jahrelang wegen eines Geheimnisses zu meiden?«

In seinem Blick spiegeln sich so viele Gefühle. Trauer, Unsicherheit, Wut und so viel mehr, was ich nicht deuten kann.

Mit der Hand streiche ich über seinen angespannten Arm. »Ich denke, jeder Mensch macht Fehler, und letztlich kommt es nur darauf an, wie wir sie wiedergutmachen.«

Er nickt, aber ich spüre, dass er in Gedanken ganz woanders ist.

»Soll ich lieber gehen?« Ich deute in Richtung Tür, unfähig, mich zu bewegen.

Statt zu antworten, greift er nach meiner Hand und zieht mich näher zu sich. Sein Blick ruht auf meinem Gesicht. Die Stimmung ändert sich innerhalb von Sekunden. Während wir eben noch in Gedanken an unsere Vergangenheit verloren waren, ist die Luft zwischen uns plötzlich wie elektrisch aufgeladen. Es ist unmöglich, nicht darüber nachzudenken, dass seine Lippen nur wenige Zentimeter von meinen entfernt sind. Eine Strähne hängt ihm in die Stirn. Langsam hebe ich die Hand und streiche sie zurück. Mein Atem stockt, als seine Pupillen sich leicht weiten. Deans Blick huscht nach unten, dann wieder zu meinen Augen. Seine Atmung beschleunigt sich. Oder bilde ich es mir nur ein? Ich weiß es nicht. Mein Herz pocht heftig gegen meine Brust und dieses Mal hat es nichts mit Angst zu tun. Ganz im Gegenteil.

Dean presst die Augen zu und erhebt sich langsam. »Entschuldigung, wir sollten …«

Nein. Kaum dass seine Berührung mich verlässt, lechzt mein ganzer Körper danach. Er steht am Bettrand und sieht zu mir. Seine Hände tief in die Hosentaschen geschoben. Ich folge ihm, sodass wir nur noch wenige Zentimeter voneinander entfernt stehen. Mit den Händen greife ich nach seinem Gesicht.

Er zuckt nicht zurück. Stattdessen sehe ich einen inneren Kampf in seinen Augen. Verlangen, Sehnsucht, aber auch Ablehnung flackern darin auf. Ich will seine Lippen auf meinen spüren. Will endlich wieder in seinem Kuss ertrinken, aber es darf nicht von mir ausgehen. Nach allem, was passiert ist, wäre es übergriffig, ihn jetzt zu …

Mein Gedanke wird unterbrochen, als Dean seinen Mund auf meinen drückt. Hauchzart, wie die Berührung eines Schmetterlings. Damit reißt er endgültig die Mauer ein, die sich zwischen uns gebildet hat.

Ich schlinge meine Arme um seinen Hals und unser Kuss intensiviert sich. Sanft drückt er mich wieder zurück auf das Bett. Als meine Beine den Bettkasten berühren, lasse ich mich nach hinten fallen. Dean unterbricht den Kuss nicht. Er stützt sich vorsichtig über mir ab, sodass nur ein kleiner Teil seines Gewichts auf mir lastet. Dieser Kuss fühlt sich an wie Nachhausekommen. Ich kann nichts dagegen tun, dass mir eine Träne über die Wange läuft. Auf einmal löst sich Deans Mund von mir. Ich will schon protestieren, als er die Träne zärtlich wegküsst. Und dann wandert er mit seinen Küssen ganz langsam an meinem Hals entlang. Ich erschaudere. Als Dean an meinem Ohr angekommen ist, verharrt er einen Moment.

»Ich verzeihe dir.«

Drei Worte. Drei kleine Worte, die in diesem Moment die Welt bedeuten.

Mit zusammengepressten Lippen schnaube ich erleichtert, während ich gleichzeitig anfange zu weinen.

»Danke«, murmle ich und versinke in einem innigen Kuss.

Epilog

31. Dezember

Vom Türrahmen aus beobachte ich meine Freunde.

»Wer hat das Popcorn?« Emily sieht sich suchend in Kadens und Averys Wohnzimmer um. Hinter ihr trägt Colt zwei Getränke, die er auf dem Couchtisch abstellt. Violet hält die überdimensionale Schüssel hoch, die sie auf ihrem Schoß gehalten hat. Meine Mitbewohnerin lässt sich neben sie auf die Couch fallen und nimmt eine Handvoll des salzigen Snacks. Colt macht es sich auf dem am Boden liegenden Sitzkissen bequem. Er kitzelt Emily am Fuß, woraufhin sie ihm leicht gegen die Schulter tritt. Dann kuschelt er sich an ihre Beine und die beiden sehen sich an. Das Lächeln auf dem Gesicht meiner Mitbewohnerin spricht Bände.

»Willst du gar nicht reingehen?«

Dean umarmt mich von hinten, was mir ein Quietschen entlockt. Ich hatte gar nicht mitbekommen, dass er schon da ist. Er presst seine eiskalten Hände unter meinem Shirt an meine Taille. Kreischend stoße ich ihn weg, was alle Blicke auf uns lenkt. Violet winkt ihrem Bruder. Er tritt näher an mich heran.

»Ich möchte dir nachher noch etwas zeigen.«

Mein Magen beginnt vor Aufregung zu kribbeln, als ich mich mit weit geöffneten Augen zu Dean umdrehe. Ein schiefes Grinsen schmückt sein Gesicht. Doch statt mir etwas darüber zu erzählen, lässt er sich zwischen Emily und Violet fallen. Dabei landet er zum Teil auf den beiden, sodass er fast gleichzeitig einen Schlag in beide Seiten erhält.

Die Bishop-Geschwister wieder so miteinander kabbeln zu sehen, erwärmt mein Herz auf ganz besondere Weise. Sechs Jahre sind eine lange Zeit, in der Groll wachsen kann. Und doch war der erste gemeinsame Besuch bei ihren

Eltern voll von Freude und Liebe. Ich bin froh, dass die Bishops beschlossen haben, eine Familientherapie zu besuchen, denn inzwischen könnte ich mir kein Leben ohne die beiden Geschwister mehr vorstellen.

Mit erhobenen Händen steht Dean auf und lässt sich auf dem freien Sessel neben der Couch nieder. Er zwinkert mir zu und klopft auf seinen Schoß. Mit vor der Brust verschränkten Armen bleibe ich stehen und sehe ihn halb fragend, halb tadelnd an. Wie gemein. Er kann mir nichts von einer Überraschung erzählen und sie mir dann nicht zeigen wollen.

Seine Antwort ist ein Schulterzucken, bevor er sich dem Fernseher zuwendet. In diesem Moment bringen Kaden und Avery eine riesige Platte ins Wohnzimmer, auf der sich Nachos, Guacamole und Salsa türmen. Schnell mache ich ihnen Platz und lasse mich schließlich doch auf Deans Schoß fallen.

»Ich weiß, dass du Überraschungen liebst.« Sein warmer Atem kitzelt an meinem Ohr.

Ich strafe ihn mit Schweigen, was ihm ein Schmunzeln entlockt. Dann richte ich meine Aufmerksamkeit auf den Fernseher. Noch zwei Stunden, bis das neue Jahr beginnt.

Eng an Dean gekuschelt tauche ich komplett in die Welt des Films ab. Es ist einer meiner liebsten. Als die Worte *The End* auf dem Bildschirm auftauchen, klatscht Kaden in die Hände. Ich hatte gar nicht mitbekommen, dass er aufgestanden ist. »Lasst uns runtergehen.«

Mein Blick schweift über die Sitzgelegenheiten. Avery ist nicht mehr da. Sie saß zusammen mit Kaden auf dem Sessel gegenüber von Dean und mir. Violet ist noch immer in den weichen Kissen der Couch versunken und reibt sich die Augen. Emily ist im Laufe des Films zu Colt auf den Boden gerutscht und hat sich an ihn gekuschelt. Seit Valentinstag sind die beiden ein Paar und ich bin froh zu sehen, wie glücklich sie mit ihm ist. Nalu scheint seitdem vergessen.

Ich sehe aus dem Fenster hinaus. Es ist stockdunkel, was will Kaden denn jetzt draußen? Ich dachte, wir sehen uns gleich den Ball Drop an und dann spielen wir noch irgendwas, bevor wir alle bei Avery und Kaden übernachten.

Dean pikst mich in die Seite und steht auf, die Arme um mich geschlungen.

Er nimmt meine Hand und zieht mich hinter Kaden nach draußen. Kurz vor der Tür des Apartmentkomplexes lässt er mich einen Schritt nach vorne machen und hält mir von hinten die Augen zu.

»Ehrlich jetzt?«, beschwere ich mich, während er mich bereits mit einem leisen Lachen sanft nach vorne schiebt. Dann spüre ich die kalte Abendluft in meinem Gesicht.

Nach einigen Schritte bleiben wir stehen. Ganz langsam nimmt er die Hände von meinen Augen. Ich schlage die Lider auf und muss heftig blinzeln. Vor mir auf dem Boden stehen unzählige Kerzen, die zusammen die Zahlen des neuen Jahres formen. Mit offenem Mund drehe ich mich zu ihm um. Avery, Kaden, Colt, Violet und Emily stehen ebenfalls da, jeder mit einem dicken Grinsen im Gesicht.

»Ich habe noch eine Kleinigkeit. Wink mal nett.«

Irritiert sehe ich Dean an, der auf eine kleine Mauer gegenüber deutet, auf der eine Kamera steht.

Den Videografen bekommt man wohl nie aus ihm heraus. Dieses Mal hält er mir eine Wunderkerze hin. Er drückt Kaden und Violet ebenfalls eine in die Hand, während Emily, Colt und Avery in Richtung der Kamera gehen.

Dean teilt die Zahlen des neuen Jahres auf und wir bringen uns in Position. Dann schreibt jeder seine Zahl mithilfe der Wunderkerzen in die Luft. Anschließend tanzen wir noch ein wenig albern herum, bis das letzte Feuer erlischt. Dean schnappt sich die Kamera, drückt Avery und Emily die restlichen Wunderkerzen in die Hand und haucht mir einen Kuss auf die Wange. Anschließend verschwindet er im Gebäude. Ich sehe ihm einen Moment verwundert hinterher, werde dann aber von Kaden abgelenkt.

»Ich bin froh, dass ihr zueinander gefunden habt«, flüstert er mir zu, während die anderen noch immer mit den Wunderkerzen herumfuchteln. Inzwischen sind auch einige andere Bewohner nach draußen gekommen und beobachten das Spektakel. Als Kaden auf die Uhr sieht, gibt er Avery ein Zeichen, und sie beginnt, die Kerzen, die auf dem Boden stehen, an die umstehenden Personen zu verteilen. Violet, Colt und Emily helfen ihr, sodass nach kurzer Zeit der Platz leer ist.

Dann gehen wir gemeinsam zurück zu Kadens und Averys Wohnung, wo Dean schon den Kanal angeschaltet hat, auf dem die Ball-Drop-Wiederholung für die Westküste übertragen wird. Er sitzt auf unserem Sessel, ein Glas Cola in der Hand. Genau in dem Moment, in dem wir eintreten, beginnt die letzte Minute des Jahres. Die Zahlen werden auf dem Fernseher eingeblendet und ich gehe zu Dean. Er steht auf und schlingt die Arme von hinten um mich, während wir auf den Bildschirm sehen. Die Eins erscheint und er wirbelt mich zu sich herum. Als im Fernsehen die Leute beginnen zu jubeln, presst er seine Lippen auf meine. Das Jahr endet genauso perfekt, wie es begonnen hat. Und dieses Mal ist alles real.

Kaden tritt zu uns und ich unterbreche unseren Kuss. Kaum löse ich mich von Dean, ziehe ich meinen besten Freund in eine innige Umarmung.

»Frohes Neues«, wünschen wir uns. Dann wandere ich von einer Person zur nächsten, bis wir alle freudestrahlend und mit rot leuchtenden Wangen im Kreis stehen. Nur Dean ist nicht da. Um mich herum wirbeln meine Freunde durch das Wohnzimmer. Es ist viel zu chaotisch, um zu sagen, was genau jeder einzelne tut, aber das Glück, das mich in diesem Moment erfasst, ist so tiefgreifend, dass ich ganz ruhig bleibe und versuche, alles in mich aufzusaugen.

Das letzte Jahr war die größte Achterbahnfahrt, die ich je erlebt habe. Der heutige Tag zeigt mir, wie unglaublich wertvoll jedes einzelne Auf und Ab trotz allem war. Dann bemerke ich im Augenwinkel ein Winken. Ich drehe meinen Kopf und sehe Dean, der mir von Kadens und Averys Schlafzimmertür aus zuwinkt. Mit gerunzelter Stirn gehe ich zu ihm.

»Ich habe dir doch eine Überraschung versprochen«, flüstert er in mein Ohr, als ich näher komme.

»Aber das unten …«

Weiter komme ich nicht, weil er mich zu sich zieht.

»Das war nur eine Kleinigkeit. Komm her.«

Erst stehen wir in dem dunklen Raum, dann drückt er auf eine Fernbedienung und der Bildschirm, der gegenüber vom Bett hängt, geht an. Ich traue meinen Augen nicht. Da ist mein Gesicht. Und im Hintergrund sind die Häuser des Mission District zu sehen. Das sind die Aufnahmen von unserem ersten richtigen Date. Die Szene geht über in eine andere, einige Wochen später, nach unserem Skiausflug, als wir gemeinsam in Jackson bei unseren Familien waren, gefolgt von einem Ausflug nach Alcatraz und einer dreitägigen Reise nach Seattle zu Violet. Unsere Erinnerungen aus dem letzten Jahr. Festgehalten in einem Sechzehn-zu-neun-Format. Perfekt, um für immer aufbewahrt zu werden.

»Das ist wundervoll.« Meine Stimme ist rau und leise, als ich mich zu Dean wende, doch er dreht mich zurück zum Bildschirm.

»Du verpasst sonst noch etwas«, meckert er schmunzelnd. Das Bild wird dunkel und ich glaube, dass der Film zu Ende ist. Doch dann erscheint flackerndes Kerzenlicht. Alles verschwimmt vor meinen Augen. Deswegen ist Dean nach der Aufnahme verschwunden. Er hat das Video fertiggestellt. Das Video, das unser gemeinsames erstes Jahr perfekt zusammenfasst. Er hat es vollendet. Und sich dabei selbst übertroffen.

Schluchzend drehe ich mich um und falle in seine Arme. »Ich liebe dich«, ist alles, was ich hervorbringe.

Er drückt mich fest an sich, und ich weiß, dass ich angekommen bin. Zu Hause. Das Jahr mag zu Ende sein, aber ich weiß, dass wir uns morgen wiedersehen werden.

Danksagung

Dieses Buch wäre ohne Hilfe nie entstanden. Ich hatte nur die Idee und habe die Worte getippt, aber alles Anschließende und Vorangegangene habe ich Leuten zu verdanken, die an mich geglaubt haben. Zeitweise mehr, als ich selbst an mich geglaubt habe.

An erster Stelle steht für mich selbstverständlich meine Familie, ohne die ich zwischen Studium, Kinderbetreuung und Arbeit weder Zeit noch Motivation gefunden hätte, die Idee auszuführen, die heute das Buch *Tomorrow We Will Meet Again* ausmacht. Danke, dass ihr mir mein Hobby ermöglicht habt, sodass ich nun meinen großen Traum erfüllen konnte: mein eigenes Buch veröffentlicht sehen. Ohne euch wäre das unmöglich gewesen. Danke.

Der zweite große Dank, obwohl es viel mehr ein Dank 1.2 ist, geht an eine Person, die vom ersten Moment an mich geglaubt hat, die Potenzial gesehen hat, wo ich nie welches vermutet hätte, und die mir unermüdlich Tipps und Feedback gegeben hat, ohne welche ich in eine völlig falsche Richtung gegangen wären. Danke, liebe Mica, für deine Unterstützung, deine Kritik und deinen Glauben an mich.

Aber nicht nur der Inhalt ist ein wichtiger Teil von *Tomorrow We Will Meet Again*. Auch alle anderen Aspekte, die dieser Geschichte Leben einhauchen, sind durch Personen entstanden, die an Jenna und Dean geglaubt haben. Die Charaktere gesehen haben, die es wert sind, gelesen zu werden. Deswegen auch ein großes Danke an das Impress-Team für eure tatkräftige Unterstützung, das stets offene Ohr und dafür, dass euch Dean und Jennas Geschichte so viel bedeutet hat, dass ihr ihnen eine Chance gebt, gelesen zu werden. Larissa, danke, dass du dich des Lektorats angenommen hast und mir dabei geholfen hast, der Story den letzten Feinschliff zu geben.

Und zu guter Letzt möchte ich jedem Einzelnen danken, der sich die Zeit nimmt, dieses Buch zu lesen. Es bedeutet mir mehr, als ich jemals in Worte fassen kann.

Triggerwarnung

Diese Geschichte enthält folgende sensitive Themen:

Posttraumatische Belastungsstörung

Lies dich rein!

Leseprobe aus »What I Wish For«
von Cassia Bieber

274 Seiten
ISBN 978-3-551-30539-8

Wenn du einen Wunsch frei hättest ...
Jedes Jahr während der Vorweihnachtszeit hilft Eira als Wunschvermittlerin in ihrem norwegischen Heimatdorf aus. Doch als der Besitzer des Stands verstirbt, hinterlässt er ihr einen unerwarteten letzten Auftrag: Sie soll zusammen mit seinem Enkel Liam das Geschäft weiterführen und den Leuten ihre Herzenswünsche erfüllen. Mit jedem Tag knistert es mehr zwischen ihnen, doch Eira weiß, dass ihre gemeinsame Zeit nur bis Weihnachten dauern kann und ihre Wege sich danach trennen müssen. Obwohl eine gemeinsame Zukunft aussichtslos scheint, ist es bald unmöglich, ihre Gefühle zu ignorieren ...

Kapitel 1

Die Sonne legte goldene Strahlen auf die schneebedeckten Straßen von Rolig Elv, vertrieb aber nicht im Geringsten die Kälte unter meiner Wintermontur. Wärme drang jedoch durch meine Fäustlinge und ich umschloss die zwei Tontassen fester, atmete den Duft von Zimt, Mandel und Bitterorange ein und steuerte auf den Weihnachtsmarkt zu. Erst unter dem Bogen aus Tannenzweigen und glitzernden Kugeln blieb ich stehen. Wie durch Zauberei schaltete sich der Tunnel aus Lichterketten an, malte ein Lächeln auf meine Lippen und erhellte das dunkle Gefühl in meiner Brust. Seit gestern war ich wieder zu Hause. Seit gestern erinnerte mich alles in meinem Heimatdorf daran, dass Erik nicht mehr hier sein würde. Mich erwarteten keine Rentnerwitze oder Geschichten über seine geliebte Freydis. Es gab niemand mehr, der genau wie ich von der nordischen Mythologie besessen war und mir Ratschläge zu meinem missglückten Liebesleben gab. Jetzt war Erik bei seiner Frau, wachte vom Walhalla aus über mich und ich wollte nicht einmal in Träumen daran denken, sein Vermächtnis zu entwürdigen.

»Das kriege ich hin, Erik«, murmelte ich in meinen Wollschal.

Schlitten sausten an mir vorbei, wirbelten den Schnee so auf, dass weiße Flocken vor meiner Nase tanzten und ich einen Schritt nach hinten taumelte. Gløgg schwappte aus den Tassen, tropfte auf den Boden und verwandelte den Schnee in einen roten psychologisch-projektiven Test. Wie würde mein Professor mich bewerten, wenn ich ihm erzählte, dass ich einen Elch beim Teetrinken in dem Farbklecks erkannte?

Ich eilte zwischen lachenden Kindern und plaudernden Erwachsenen an der Woll-Bude vorbei. Erst vor Eriks Stand blieb ich erneut stehen. Oder war er jetzt mein Stand? Ein heimisches Gefühl nistete sich in meiner Brust ein und ich ließ die warme Luft aus den Lungen weichen, sodass eine weiße Wolke vor meinem Mund entstand. An dem Vordach aus Ebenholz hingen künstliche Tannenzweige wie Geburtstagsgirlanden, die mit roten und silbernen Kugeln geschmückt waren.

Obwohl das Verkaufsfenster noch geschlossen war, sah ich vor meinem inneren Auge, wie Erik letztes Jahr hinter dem Tresen gestanden und die Passanten angelächelt hatte.

»Sieht die Deko gut aus?« Angelys Stimme riss mich aus den Erinnerungen.

Ihre schwarzen Locken lugten unter ihrer Wollmütze hervor und auf ihre goldbraune Haut hatte sich ein Rosaton gelegt. Meine beste Freundin und Mitbewohnerin hatte sich seit dem ersten Semester unseres Psychologiestudiums in Hamburg vorgenommen, im Winter mit mir nach Norwegen zu kommen. Sie stammte aus Ecuador, lebte erst seit drei Jahren in Deutschland und war von der Schneemenge des Hamburger Winters ziemlich enttäuscht. Trotzdem hatte sie bisher jedes Jahr eine Ausrede parat gehabt, um nicht mitzukommen.

»Nicht übel«, erwiderte ich und reichte ihr eine Tasse.

Da sie vor ihrem Studium Weihnachten nur bei dreißig Grad gekannt hatte, war Angely immer Feuer und Flamme, wenn es darum ging, die Weihnachtsdekoration aufzustellen. Deshalb hatte sie die Lichterketten aufgehängt, während ich für ein bisschen Wärme sorgte.

»O ja!« Seufzend nahm sie die dampfende Tasse von den Lippen. »Was ist das?«

»Es heißt Gløgg.« Nach einem Schluck entfachte sich ein kleines geschmackliches Feuerwerk auf meiner Zunge. »Es ist so was wie Glühwein, aber ohne Alkohol.«

Angely hob die Brauen. »Kinderpunsch? Ich dachte, ihr Norweger seid lustiger drauf.«

»Wir wollen arbeiten und nicht feiern.« Ich zwinkerte ihr zu.

»Was müssen wir jetzt machen? Ihr habt hier nichts zum Verkaufen, oder?«

Kopfschüttelnd stellte ich meine Tasse auf dem Tresen ab, öffnete die Holztür des Standes und schloss das doppelflügelige Schaufenster auf. Der Geruch von Papier und Harz hing in der Luft und ich knipste den Lichtschalter ein.

Angelys Rehaugen wurden groß wie Untertassen und sie wich drei Schritte zurück, um einen Blick auf die leuchtenden Buchstaben an der Fassade zu werfen.

»Wunschstand.« Sie trank einen weiteren Schluck Gløgg. »Sieht toll aus, aber ich verstehe trotzdem nicht, was wir hier machen werden.«

Ich stapelte bunte Zettel, Kugelschreiber in verschiedenen Farben und Umschläge auf den Tresen. »Erik hat vor vier Jahren die Idee gehabt, einen Stand auf dem Weihnachtsmarkt aufzubauen, bei dem die Einwohner der Stadt sich gegenseitig helfen können.«

»Aha«, sagte sie und kam wieder näher. »Und wie funktioniert das?«

»Alle haben die Möglichkeit, hier einen Weihnachtswunsch abzugeben oder einen zu erfüllen. Wir haben schon alles gehabt. Es gab einen Altersheimbewohner, der sich eine Schachpartie mit einem Gegner gewünscht hat, der nicht ständig zum Pinkeln aufstehen muss. Oder ein Kind, das neue Schlittschuhe wollte.«

Angelys Augenbrauen rückten aneinander, während sie die Fingerspitzen über die Zettel gleiten ließ. »Und was machen wir?«

»Wir versuchen, die Wünsche zu vermitteln, damit alle, die etwas brauchen, es auch bekommen.«

»Und das funktioniert?«

Ich zuckte mit den Schultern. »Ich habe Erik drei Jahre lang geholfen und bisher ist kein Wunsch offengeblieben.«

»Wow. Ihr seid echt ein freundliches Völkchen.« Sie atmete so tief durch, dass es fast wie ein Seufzer klang. »Ich denke nicht, dass so was in einem Hamburger Dorf funktionieren würde. Natürlich habe ich so eine Wunschwand in der Hilfsorganisation gesehen, in der ich ein Praktikum gemacht habe. Aber es war eine Von-Fremden-zu-Fremden-Aktion. In kleinen Städten kann ich mir vorstellen, dass die Leute sich eher schämen würden zu sagen, wenn sie etwas brauchen. Hier kennt jeder jeden, oder?«

»Aus dem Grund war das erste Jahr, in dem Erik den Stand allein geführt hat, nicht gerade erfolgreich.« Ich rückte ein paar ausgedruckte Zettel in Dunkelgrün auf dem Tresen zurecht. »Dann habe ich die Idee gehabt, zusätzlich zu dem Stand eine Website einzurichten. Wenn du einen Wunsch hast und dich nicht traust, mit mir direkt zu reden, kannst du dir den grünen Zettel mit der Internetadresse und einem QR-Code mitnehmen und ihn darüber äußern. Zwar muss ich immer noch wissen, wer sich da etwas wünscht, um auch das gewünschte Gut oder den Service zu vermitteln, aber die Hürde ist kleiner, wenn man es online macht. Außerdem verspreche ich, alles vertraulich zu behandeln, und bisher hat sich keiner beschwert.«

»Was für Wünsche sind schon mal über die Website gekommen?«

Ich rief mir E-Mails in Erinnerung, die mich sowohl zu Tränen gerührt als auch mir den Schlaf geraubt hatten. »Es gab einen alleinerziehenden Familienvater, der sich eine frisch zubereitete Mahlzeit anstatt TK-Pizza für seine Familie gewünscht hat.«

»Oh.« Angelys Augenbrauen verschwanden unter ihrer Mütze. »Hast du jemanden gefunden, der für ihn gekocht hat?«

Ich hatte nicht einmal gesucht, sondern war selbst zu ihm gegangen. Es hatte Ribbe, Kartoffeln und ganz viel Eiscreme gegeben. Aber es war unser Geheimnis geblieben. »Ja. Ich habe jemanden gefunden.«

»Okay.« Sie holte tief Luft und trank ihren Gløgg aus. »Jetzt bin ich megamotiviert. Vorher brauche ich aber noch einen von diesem Wikinger-Zaubertrank.«

»Den habe ich aus der Hauptstraße. Aber jetzt hat auch der Gløgg-Stand schon auf. Du kannst dir da einen holen.« Lachend zeigte ich auf die Bude ein paar Meter von uns entfernt.

Angely nickte. »Willst du auch noch einen? Ich brauche meinen aber mit Alkohol.«

»Bestellst du selbst?«

»Das hier mit Schuss, bitte«, sagte sie auf Norwegisch und entlockte mir ein weiteres Lächeln.

»Ist das der einzige Satz, den du in meiner Muttersprache kannst?«

»Ich habe noch einen *in petto*. Aber die Wörter sind nicht für weibliche Ohren gedacht.« Sie wackelte mit den Augenbrauen.

»Dann geh mal los. Vielleicht hast du Glück, der Verkäufer sieht süß aus und bekommt deine beiden Sätze zu hören. Ich brauche nichts, danke.«

Grinsend klatschte Angely mit ihren Handschuhen und hüpfte davon. Ich drehte mich noch immer lächelnd um und ging in die Hocke, um die zwei Klappstühle vom Holzboden aufzuheben, als mein Blick einen Umschlag fand. Mein Lächeln verblasste langsam, während ich die Wikingerhelme, die auf das Papier gemalt waren, musterte und den Namen in verschnörkelten Buchstaben las.

Eira.

Ich musste mich nicht lange fragen, wer meinen Namen darauf geschrieben hatte. Eriks Schrift würde ich zwischen tausend anderen sofort wiedererkennen. Aber ich fragte mich, wie ich den Umschlag übersehen konnte. Als wäre der Brief ein verletzter Vogel, hob ich ihn auf und wendete ihn ein paar Sekunden zwischen den Fingern, bis eine männliche Stimme meinen Namen rief und mich aus meiner Trance riss. Blinzelnd sah ich auf und mein Herz hörte für eine Sekunde auf zu schlagen. Vor mir stand Liam. Es waren bereits drei Jahre vergangen, seitdem ich ihn zum letzten Mal gesehen hatte, und trotzdem verursachte mir sein Anblick noch immer eine wohlige Gänsehaut. Er sah erwachsener, männlicher aus. Trotz seines Mantels und des dicken Wollschals ließen seine breiten Schultern mich erahnen, dass er nicht mehr der schlaksige Teenager war, der in der Ecke des Klassenzimmers gesessen und auf seinem Block gekritzelt hatte. Nur seine Kopfhörer, jetzt aber eine modernere Version des klobigen Dings von damals, hingen noch immer um seinen Hals.

»Hey.« Das Wort klang so erbärmlich aus meinem Mund, weshalb ich mich räusperte und langsam aufrichtete. »Der Tod deines Großvaters tut mir sehr leid«, fügte ich rasch hinzu. Als würde der folgende Satz ansatzweise ausdrücken, was ich wegen Eriks Verlust empfand, oder etwas wiedergutmachen, weil Liam seinen Opa verloren hatte.

Seine Miene blieb unergründlich, während er seine nachtschwarzen Haare mit den Fingern von der Stirn kämmte. »Du öffnest den Stand.«

»Erik wollte es so. Bevor er …« Ich befeuchtete die Lippen, verlagerte mein

Gewicht von einem Bein auf das andere. »Im Sommer hat er Siri und ihren Mann darum gebeten, die Bude vor meiner Ankunft aufzubauen. Dein Opa hat auch schon alles bezahlt und ich musste heute nur den ganzen Papierkram hierherbringen.«

In meine Brust sickerte immer noch Eiseskälte, wenn ich an Erik dachte. Er war schon seit einer Weile krank gewesen, sein Herz hatte ihm das ganze letzte Jahr lang Schwierigkeiten bereitet. Aber ich hatte nie geglaubt, er würde Weihnachten nicht hinter diesem Tresen stehen. Scheinbar hatte er anders darüber gedacht, denn er hatte sich um alles gekümmert, damit ich seinen geliebten Wunschstand wie gewöhnlich öffnete.

»Ich ...« Liams Blick streifte über die Umschläge, glitt zurück zu mir, über meine Jacke, meinen Schal und mein Gesicht. Seine bernsteinfarbenen Augen luden mich dazu ein, mich in ihnen zu verlieren, und je länger er mich ansah, desto heißer wurde mir. Meine Wangen brannten und ich verfluchte mich dafür, hellhäutig zu sein. Wahrscheinlich bildeten sich unzählige Flecken, so rot wie meine Locken, auf meinem ganzen Gesicht.

»Hast du einen Weihnachtswunsch?« Die Worte verließen meinen Mund so leise, wie eine Schneeflocke auf den Boden segelte.

Liams Mundwinkel zuckte und er kam näher, schloss den Abstand zwischen uns und legte seine Hände auf den Tresen. »Nur einen. Aber leider kannst du mir dazu nicht verhelfen.«

Mein Blick streifte über die dunklen Bartstoppeln an seinen Wangen und blieb eine Sekunde länger als beabsichtigt an seinen Lippen hängen. »Vielleicht kann dir jemand anderes helfen.«

Liam öffnete den Mund, schloss ihn aber wieder, als Angely mich aus der Ferne rief.

»Ich habe es geschafft!«, brüllte sie lauthals und hob zwei dampfende Tassen in die Höhe.

Kopfschüttelnd schaute ich wieder Liam an, der seine Kopfhörer über die Ohrmuscheln schob und an Angely vorbeiging.

»Was hat sich der heiße Typ gewünscht?«, fragte sie ein wenig aus der Puste und stellte ihre Tassen auf dem Tresen ab.

Mein Mund fühlte sich seltsamerweise trocken an und ich trank meinen Gløgg aus, der mittlerweile nur noch lauwarm war. »Nichts.«

»Und was wollte er?«

Mich durcheinanderbringen.

In mir den Wunsch wecken, jemand anderes zu sein.

»Ich weiß nicht.«

Sie lehnte sich mit dem Rücken an den Tresen und starrte in die Richtung, in die Liam gegangen war. »Bekomme ich mehr Infos über das norwegische Sahneschnittchen? Dafür schenke ich dir meinen zweiten Gløgg.«

Ich schluckte schwer, hob die warme Tasse an meinen Mund und ließ den Dampf auf meinen Lippen tanzen. »Liam ist Eriks Enkel und wir sind zusammen auf die Schule gegangen.«

»Hat er eine Freundin?«

»Er war mal mit meiner ehemaligen besten Freundin zusammen und jetzt weiß ich kaum etwas über ihn.«

Angely drehte sich um und kräuselte die Augenbrauen. »Ehemalige beste Freundin?«

»Lange, unschöne Geschichte«, sagte ich und nahm den Umschlag mit meinem Namen wieder in die Hand.

»Ich möchte dich nicht bedrängen, aber du weißt, wie sehr ich Klatsch und Tratsch liebe. Das ist der Ausgleich dafür, dass es in Deutschland keine so dramatischen Seifenopern wie in Ecuador gibt.«

»Ein anderes Mal, versprochen.«

Bevor Angely weiterbohrte, kam eine junge Frau auf uns zu. An der Hand hielt sie ein rotbackiges Mädchen, das mit strahlendem Lächeln im Gesicht auf die Umschläge zeigte. Ich reichte der Frau Papier und Stift. Hauptsache, ich sprach weder über Liam noch über Saxa. Beide hatten genug mit meinem Herzen angerichtet. Ich war nach Hause gekommen, um Weihnachten mit meiner Familie zu verbringen, den Wunschstand zu führen und im neuen Jahr wieder zurückzufliegen. Das Letzte, was ich wollte, war alte Wunden aufzureißen.

Kapitel 2

»Du musst nicht mitmachen, wenn du nicht möchtest«, sagte ich zu Angely, die sich im Standspiegel in meinem Zimmer ansah, und klappte den Wälzer über keltische Mythen und Legenden auf meinem Schoß zu.

»Machst du Witze?!« Sie strahlte wie ein Honigkuchenpferd. »Wie geil ist dieses Pyjama-Dings denn bitte? Tragen alle Familien in Norwegen so was?«

Kopfschüttelnd betrachtete ich im Spiegel die Röte, die sich über meine Wangen schlich. Diesmal lag es nicht daran, dass ich verlegen war oder mich schämte. Ich verkörperte einfach eine lebendige Ampel und wenn etwas meinem Körper nicht passte, ließ er mein Gesicht aufleuchten. Jetzt lag es an dem viel zu warmen blauen Flanellpyjama mit Rentiermustern, den jedes Familienmitglied zum ersten Advent anzog. »Nur meine Familie ist merkwürdig genug, um sich für jeden Sonntag im Dezember eine schräge Tradition auszudenken.«

»Gefällt es dir nicht?« Sie zog die Kapuze mit Rentiergeweih über den Kopf und drehte sich zu mir um.

Ich grinste. »Ich liebe es. Es ist so, als würden wir Weihnachten so hart entgegenfiebern, dass wir eigene Traditionen brauchen, um bis dahin nicht komplett durchzudrehen.«

»Bedeutet das hier ›nicht durchdrehen‹?« Sie zupfte an ihrem Einteiler.

Langsam stand ich vom Bett auf und zog meine Kapuze über meine roten Locken. »Oh, glaub mir. Das ist nichts im Vergleich zu Heiligabend.«

Angely grinste breiter und klatschte in die Hände. »Oh, ich freue mich jetzt schon.«

Gemeinsam eilten wir aus meinem Zimmer, ließen uns vom Waffelduft die Treppe hinunterführen und Wärme legte sich um mein Herz. Das altbekannte Stimmengewirr schwebte immer lauter zu uns, gelbes Licht badete das Esszimmer und zauberte ein Schmunzeln auf meine Lippen. Mein Magen knurrte, während mein Blick über den Esstisch streifte. Milchbrötchen mit Vanillefüllung, Zimtschnecken, Haferkekse und sogar Milchreis. Mama hatte für die ganze Familie und wahrscheinlich auch für die Nachbarschaft gekocht.

»Hey! Du musst Angely sein!«, sagte Anja auf Englisch, stürmte wie ein Tornado auf meine Freundin zu und zog sie in eine Umarmung.

»Das ist meine jüngste Schwester.«

»Jüngste und schönste.« Anja ließ Angely los, ihre hüftlangen kirschroten Locken wippten wie Sprungfedern. »Wenn du mich aber mit Merida vergleichst, mutiere ich zu der bösartigsten Schwester.«

Auch ich wurde oft in Hamburg mit der Animationsfigur verglichen, obwohl meine Augen braun und nicht wie Anjas stahlblau waren. Nach der fünften Studentenparty, in der ich Merida genannt und zum Gesprächsthema wurde, hatte ich meine Haare dann bis zu den Schultern abschneiden lassen. Es sollte keine große Sache sein, doch ich hasste es, im Mittelpunkt zu stehen, und je mehr die Leute sich über mein Aussehen unterhielten, desto röter wurde ich im Gesicht.

»Keine Sorge«, erwiderte Angely. »Ich würde nicht einmal im Traum darüber nachdenken, dich mit jemandem zu vergleichen.«

»Du siehst übrigens toll in dem Einteiler aus«, fügte Anja hinzu.

»Lass sie atmen, Anja!«

Ich drehte mich zu Jonna um, die ihre Ellenbogen auf den Esstisch stellte und das Kinn auf die Handfläche stützte. Ihre hellblonden Locken lugten aus der Kapuze heraus und ihre smaragdgrünen Augen lagen in tiefen Augenringen.

»Oh, die miese Laune in Person hat gesprochen.« Anja rollte so hart mit den Augen, dass ich Angst bekam, sie würden stecken bleiben.

»Ich bin nicht schlecht gelaunt, sondern chronisch müde.«

Ich ging auf Jonna zu und presste ihr einen Kuss auf die Stirn. »Das passiert, wenn du wie ein Tier arbeitest und das Wort Spaß nur aus dem Wörterbuch kennst«, flüsterte ich in unserer Muttersprache.

Sie legte ihre Arme um meine Taille und vergrub das Gesicht an meinem Bauch. »So ist die Arbeitswelt, Eira. Wenn ich eine erfolgreiche Anwältin sein will, muss ich tausendmal härter arbeiten als alle Männer in der Kanzlei.«

Meine ältere Schwester war schon immer sehr ehrgeizig gewesen, doch als sie mitbekommen hatte, dass jeder weniger qualifizierte Junior-Angestellte mehr als sie verdiente, hatte sie rotgesehen. Ihr frauenfeindlicher Chef machte ihr das Leben seit ihrem ersten Tag schwer und ich an ihrer Stelle hätte London schon längst heulend verlassen. Aber Jonna war aus Stahl, während ich wahrscheinlich nur aus Zuckerwatte bestand.

»Die Waffeln sind fertig.« Mamas Stimme mischte sich mit dem leisen Klang von *Jingle Bell Rock*. Das Lied befreite sich aus der Stereoanlage im Wohnzimmer und wurde von dem rhythmischen Händeklatschen meines Vaters begleitet.

Als wären sie Mrs und Mr Santa Claus, tänzelten meine Eltern ins Esszimmer. Sie trugen die gleichen Weihnachtspyjamas wie wir, doch Papas sah vor allem um den Bauch herum so aus, als hätte Mama seinen Einteiler zwei Nummern kleiner gekauft. Dieses heimelige Gefühl, das sich um mich bei meiner Ankunft in Rolig Elv wie eine Wolldecke gelegt hatte, umarmte mich mit jeder Sekunde fester.

Da meine Eltern kein Wort Deutsch oder Englisch sprachen, klopfte Papa sanft auf Angelys Schulter und Mama begrüßte sie mit einer kurzen Umarmung.

Wir setzten uns an den Tisch und Anja quetschte Angely weiter über das Leben in Hamburg aus - etwas, was sie jedes Mal bei mir tat. Unsere Mutter versuchte, so subtil wie ein Elch in einem Porzellanladen, herauszufinden, ob Jonna einen Freund hatte. Meine große Schwester stopfte sich einen Bissen nach dem anderen in den Mund, um sich nicht auf das Thema einzulassen. Ich unterdrückte ein Kichern, denn ich konnte mir vorstellen, wie hart sie darum kämpfte, nicht mit den Augen zu rollen.

»Wie war der erste Tag am Wunschstand?« Die kratzige Stimme meines Vaters löste meine Aufmerksamkeit von dem Gespräch zwischen Mama und Jonna.

»Heute sind ein paar Kinder vorbeigekommen und es waren keine Herausforderungen dabei. Es hat Spaß gemacht …« Ich senkte meinen Blick auf meinen Waffelteller.

»Aber?«, hakte er nach.

»Erik ist nicht mehr da und ich habe Angst, die Leute trauen sich nicht, mir ihre Wünsche zu sagen.«

»Weil du eine Frau bist?«, mischte sich Jonna ein. Sie ließ ihre Kapuze nach hinten gleiten und ein Feuer entfachte sich in ihren grünen Augen.

Ich schüttelte den Kopf. »Weil er älter und eine Autorität in Rolig Elv war. Ich bin nur eine Studentin, die nicht mehr hier lebt.«

Jonna schnalzte mit der Zunge. »Ich weiß, dass du Erik wie deinen eigenen Opa geliebt hast, und er war mit Sicherheit ein toller Mensch. Aber eine Respektsperson war er nur, weil er aus einer Reihe von weißen cis-Heteromännern stammte, die diese Stadt regiert haben.«

»O ja!«, wechselte Anja ins Norwegisch und stützte ihre Ellenbogen auf dem Tisch ab. »Es hat ja lange gedauert, bis der Grinch anfängt, schlecht über Männer zu reden.«

»Ich rede nicht schlecht über Männer, Pippi Langstrumpf«, äffte sie sie nach. »Ich verabscheue eine Gesellschaft, die im einundzwanzigsten Jahrhundert auf Chancengleichheit spuckt.«

»So war Erik nicht«, sagte ich. »Er hat mir sehr wohl etwas zugetraut und war offen, sich meine Ideen anzuhören.«

»Und trotzdem hast du Angst, dass man dich nicht ernst nimmt.« Jonna straffte die Schultern und richtete sich auf ihrem Stuhl auf. »Wann haben wir in dieser Stadt eine weibliche Regierungsperson gehabt?«

»Prim ist die zweite Bürgermeisterin, du Möchtegern-Elle-Wood.«

Obwohl Anja unsere große Schwester wie die Protagonistin von *Natürlich blond* genannt hatte und rote Flecken sich an Jonnas Dekolleté bildeten, redete sie weiter. »Genau! Prim ist seit Jahren zweite Bürgermeisterin und keiner zieht in Erwägung, sie als erste Regierungschefin zu wählen. Stattdessen fragen die Leute sich, ob Liam sich für die Stelle seines Vaters interessieren wird. Der Sonderling hat nicht einmal Jura studiert.«

»Nenne ihn nicht so!« Meine Stimme klang lauter, als sie sollte, und sogar Mama hielt mit einem Teller voller Kekse in der Bewegung inne. Meine Wangen brannten und ich senkte den Blick auf ein Kuchenstück.

»Du hast recht«, gab Jonna zu und lehnte sich wieder zurück. »Es ist nicht nett, ihn so zu nennen. Aber er wünscht sich eindeutig nicht, wie alle anderen Männer seiner Familie, Bürgermeister zu werden. Wahrscheinlich reden seine Eltern aus dem Grund nicht mit ihm.«

Erik hatte letztes Jahr erwähnt, dass es ihm wehtat zu sehen, wie sich seine Familie entfremdete. Ich hatte damals etwas für ihn tun wollen, doch wer war ich überhaupt, um mich einzumischen? Die Pettersens waren die angesehensten Personen in der Stadt und nur, weil ich mit Erik befreundet gewesen war, bedeutete es nicht, dass ich ein Recht darauf hatte, in Liams Leben dazwischenzufunken. Er war schon in der Schule so unerreichbar wie die Polarlichter und so verschlossen wie eine Auster. Meine Freundschaft mit seinem Opa hatte nichts daran geändert.

»Das weißt du nicht«, sagte Papa und kreuzte die Arme vor der Brust. »Es gibt verschiedene Versionen von derselben Geschichte. Aber keiner weiß, was zwischen den Pettersens genau vorgefallen ist.«

Jonna rollte stöhnend mit den Augen. »Der Son–« Sie räusperte sich. Sie schaute kurz zu mir und zurück zu Papa. »Man muss nicht wissen, was in der Familie passiert ist, um sicher zu sein, dass Liam nicht gerade der geborene Politiker ist. Mir geht es hier vor allem darum, dass keiner in der Stadt in Erwägung zieht, eine Frau zu wählen.«

»Vielleicht macht sich Prim gut als zweite Bürgermeisterin, aber als erste wäre sie nicht geeignet«, sagte Mama.

»Wahrscheinlich will sie die Rolle gar nicht«, pflichtete Papa ihr bei.

Jonna lachte sarkastisch. »Genau. Wie alle anderen Generationen vor ihr.«

»Können wir das langweilige Thema sein lassen?«, sagte Anja. »Wir haben Besuch!«

Ich schenkte Angely ein entschuldigendes Lächeln. Doch ihre Augen funkelten amüsiert, während sie sich Weihnachtskekse in den Mund schob, als würde sie Netflix beim Popkornessen schauen.

»Es tut mir leid. Ich wollte dich nicht mit dem seit Jahren totgeschwiegenen Thema meiner Stadt langweilen«, wechselte Jonna ins Englische und trank einen großen Schluck Kakao, wobei Schlagsahne an ihrer Nasenspitze kleben blieb.

»Ich verstehe kein Wort, aber es klingt megaspannend.«

»Es war auch nichts Wichtiges«, sagte Anja. »Jonna wollte nur wieder Streit.«

»Ich habe den Namen des heißen Kerles gehört, den wir heute am Stand gesehen haben. Liam, so heißt er, nicht wahr?« Angelys Blick huschte kurz zu meinen Eltern, als würde sie sicher sein wollen, dass sie wirklich kein Englisch verstanden.

»O ja. Liam ist echt sexy, oder?« Anja grinste Angely an.

Jonnas Blick fing meinen ein und ich versteckte mein Gesicht in der gigantischen Kakaotasse. Meine große Schwester war die Einzige, der ich von meiner Schwärmerei in der Schulzeit erzählt hatte. Sie wusste, wie viel Überwindungskraft es mich gekostet hatte, Erik anzusprechen, um ihm im Wunschstand zu helfen. Auch wenn ich dadurch Liam nicht nähergekommen war, war Erik sein Großvater und ich hatte viel zu viele Stunden meines Teenageralters damit verbracht, mir eine unmögliche Zukunft mit Liam vorzustellen. Jetzt gab es nichts mehr, was uns verband, und es sollte mich auch nicht stören, dass meine jüngere, attraktive und selbstbewusste Schwester sich für ihn interessierte. Aber irgendwie störte es mich doch.

***

Ein dumpfes Klopfen schlich sich in meinen Kopf und riss mich aus meinem tiefen Schlaf. Meine Zunge klebte pelzig am Gaumen und ich zwang meine schweren Lider dazu, sich zu öffnen. Dunkelheit stand wie eine schwarze Wand vor meinen Augen, weshalb ich nach dem Lichtschalter tastete und die Lampe auf dem Beistelltisch anknipste. Weiches Licht ergoss sich in den

Raum und mein Blick glitt über Angely, die mit dem Gesicht im Kopfkissen vergraben weiterschlief. Ich fragte mich, wie jemand überhaupt so schlafen konnte, ohne dabei zu ersticken, als das Klopfen lauter ertönte. Schneeflocken, so groß wie Weihnachtskugeln, schlugen gegen die Glasscheibe und färbten den Nachthimmel weiß. Langsam schwang ich meine Beine über die Bettkante, ging bis zum Fenster und betrachtete die Gewalt der Natur, die Rolig Elv in ein Weihnachtswunderland verwandelte. Nach ein paar Minuten krallte sich Kälte in meine nackten Beine, weshalb ich mich umdrehte, um ins Bett zurückzugehen. Dabei blieb mein Blick auf meinem Rucksack hängen. Der Brief, den Erik mir geschrieben hatte, hing aus der seitlichen Tasche. Ich zog den Umschlag heraus, krabbelte unter die Bettdecke und öffnete ihn. Eriks Schrift sorgte dafür, dass sich mein Herz sowohl schwerer anfühlte als auch schneller schlug.

Meine liebe Eira,

wenn du diesen Brief liest, haben mich die Walküren bereits nach Walhalla geführt. Du bist bestimmt traurig, denn auch wenn ich nur ein alter Mann bin, bilde ich mir ein, du würdest mich vermissen. Gerade habe ich ein Foto von dir auf Instagram (interessantes Ding) gesehen und der Sommer in Hamburg scheint dieses Jahr sehr warm zu sein. Ich wollte dich anrufen, dir etwas sehr Wichtiges erzählen und deine Antwort zu meiner Bitte hören. Aber ich habe auch Angst davor, du würdest dazu Nein sagen und dass ich deinen Sommer mit meinem Hirngespinst verderben würde.

Ich bin alt, müde und neige dazu, ein wenig dramatisch zu klingen. Aber ich werde ganz bald sterben. Das spüre ich. Mein Leben ist jedoch wunderschön gewesen und ich habe viel mehr erleben dürfen, als ich mir als junger

Bursche jemals hätte erträumen können. Dafür bin ich sehr dankbar. Dennoch mache ich mir Sorgen um die Zukunft. Nicht um meine, sondern um die meines Enkels. Wenn ich nicht mehr hier bin, hat mein Liam niemanden mehr. Ein bisschen hast du mitbekommen, dass er sich nicht mit seinen Eltern versteht, und das Herz meines Sohnes lässt sich nicht einmal durch die Bitte seines sterbenden Vaters erweichen. Darum wende ich mich an dich, liebe Eira. Ich kenne keinen Menschen auf dieser Erde, der so mitfühlend ist wie du. Aus dem Grund bin ich egoistisch und schreibe dir hier meinen letzten Wunsch. Lass Liam nicht allein. Er ist stolz und fast so stur wie sein Vater. Dennoch hat mein Enkel ein Herz aus Gold. Genau wie du. Ich kann meine Ruhe nicht finden, solange ich denke, dass er sich an Weihnachten einsam fühlen wird. Für viele Menschen haben diese Festtage keine große Bedeutung, doch für Liam bedeuten sie die Welt. Etwas, was er niemals zugeben würde. Genauso wenig, wie er eingestehen wird, dass er nicht allein sein will. Du bist geduldig, gut und kannst Herzen viel besser als ausgesprochene Worte verstehen. Ich bin mir sicher, dass du auch zu meinem Enkel durchdringen und mir diesen einen Wunsch erfüllen kannst.

Keine Sorge. Wenn du es doch nicht tun willst, werde ich nicht als Geist der vergangenen Weihnachten zurückkehren. Ich werde immer noch über dich wachen. Über euch beide.

Alles Liebe und wünsch dir was.

Dein Erik

Kapitel 3

Mein wilder Herzschlag pochte in meiner Kehle und ich zählte meine Atemzüge in der Hoffnung, mein Puls würde sich beruhigen. Vergebens. Je länger ich die Tür des Gebäudes, in dem Liam wohnte, anstarrte, desto hektischer atmete ich. Seufzend legte ich den Kopf in den Nacken, ließ die morgigen Sonnenstrahlen mein Gesicht liebkosen und ein bisschen von der Kälte vertreiben, in die mich die Schneeberge um mich herum einhüllten.

Das machst du für Erik.

Es hat nichts mit deinen Gefühlen für Liam zu tun.

Doch egal, wie oft ich diese Sätze vor mir selbst wiederholte, eine leise Stimme in meinem Kopf würde mich immer an die Hitze erinnern, die Liams Gegenwart in mir auslöste. Die verbotene Hitze, die er schon während der Schulzeit in meinem Bauch entfacht hatte. Ein Gefühl, das nicht einmal verschwunden war, als er und meine damalige beste Freundin Saxa ein Paar wurden.

Kinderstimmen rissen mich aus meinen Gedanken und ich schaute zu einem Mädchen, das flauschige rosa Ohrenwärmer trug und lachend vor einem rothaarigen Jungen weglief. Sie bewarfen sich mit Schneebällen und quietschten wie aufgeregte Meerschweinchen. Ein Lächeln legte sich auf meine Lippen und ich füllte meine Lunge mit der eisigen Luft, bevor ich klingelte. Eine Minute verging, ohne dass eine männliche Stimme durch die Sprechanlage erklang. Seit drei Jahren teilte Liam die Wohnung mit Jayden, einem gut aussehenden und sehr charismatischen DJ, mit dem wir ebenfalls dieselbe Schule besucht hatten. Beide waren nie richtige Freunde gewesen.

Eigentlich erinnerte ich mich nicht daran, dass Liam, abgesehen von Saxa, je mit irgendjemandem etwas unternommen hatte. Trotzdem hatte er, kurz bevor ich nach Hamburg gezogen war, eine WG mit Jayden gegründet.

Der Klang des Summers ließ mich zusammenzucken und ich stemmte mich gegen die Haustür, um sie zu öffnen. Mein Atem ging gepresst und meine Handflächen schwitzten, während ich die Stufen bis zum zweiten Obergeschoss hinaufstieg und vor Liams Wohnungstür stehen blieb. Ich ballte meine Hand zu einer Faust, um an der Tür zu klopfen, als diese aufgerissen wurde. Mein Herz setzte einen Schlag aus und meine Lippen trennten sich, ohne dass ich einen Laut von mir gab. Liam trug ein schwarzes T-Shirt, das sich eng an seinen durchtrainierten Oberkörper schmiegte und die Tattoos auf seinen Unterarmen entblößte. Mein Blick wanderte weiter abwärts zu seiner gestreiften Pyjamahose und ich vergrub meine Nase in meinem giftgrünen Wollschal. Meine Wangen mussten leuchten wie Vulkanlava, so heiß brannten sie.

»Habe ich dich geweckt?«, fragte ich und meine Stimme klang gedämpft.

Ich hatte mir vorgenommen, mit ihm zu sprechen, bevor Angely aufwachte und mich zum Wunschstand begleiten wollte. Aber ich hätte mir denken können, dass ich Liam um sieben Uhr morgens aus dem Bett klingeln würde. Keine gute Voraussetzung, wenn ich mir etwas von ihm wünschte.

Er schüttelte den Kopf. »Ich muss heute einen Auftrag abgeben und bin seit gestern wach.«

»Ein Auftrag?« Ich hob den Blick und schaute in seine unergründlichen Augen.

»Ein Buchcover. Ich muss heute ein Buchcover zu einem Verlag schicken.«

Erinnerungen daran, wie Liam in der Schule auf einem Block gezeichnet hatte, huschten mir durch den Kopf. Damals hatte ich mir gewünscht, ich dürfte mir seine Kunst ansehen, war aber nie mutig genug gewesen, um ihn anzusprechen. Stattdessen hatte ich ihn aus dem Augenwinkel beobachtet und gehofft, wir würden im Kunstunterricht ein Projekt zusammen machen. Es kam jedoch nie dazu, denn Saxa hatte sich an ihn geklammert, als wäre er ihr letzter Proteinriegel und sie am Verhungern.

Mit den Fingerspitzen zog ich meinen Schal herunter. »Ich wollte nicht stören, nur kurz etwas Wichtiges mit dir besprechen.«

Liam hob die Augenbrauen. »Etwas Wichtiges?«

»Ich weiß.« Ich ließ meinen Schal los, sodass er meine Lippen wieder bedeckte. »Ich bin bestimmt nicht die Person, mit der du um die Zeit reden willst.«

Er zögerte, schob seine Hände tief in die Hosentaschen und trat einen Schritt zur Seite. »Willst du reinkommen oder wird das ein Flurgespräch?«

Sein barscher Ton jagte einen kalten Schauer meine Wirbelsäule hinauf, doch in seinen Augen, in diesen bernsteinfarbenen Augen, entdeckte ich etwas, was mich anzog, als wäre ich ein Magnet und er aus Metall. Ich holte hörbar Luft und ließ ein paar Sekunden verstreichen, bevor ich ausatmete und an ihm vorbeiging. Sein Duft nach Sandelholz und Schnee strich mir um die Nase und ich versuchte auszublenden, wie nah ich ihm für einen kurzen Moment gewesen war.

Er ist Saxas Ex-Freund.

Im Wohnzimmer liebkoste Wärme meine Wangen und mein Blick streifte durch den Raum, während ich meinen Mantel aufknöpfte und den Schal abwickelte. Zwischen dem Sofa und dem Couchtisch schien der Christbaum den Krieg mit dem Weihnachtsmann verloren zu haben. Auf dem Boden, an den Wänden und auf den Bücherregalen hingen, mal gut, mal schlecht, selbst gebastelte Dekorationen. Es sah chaotisch aus: Nikoläuse in Badehosen, Elche mit blauen Mützen und Harry-Potter-Figuren mit Ketten aus lila Lametta lagen überall verstreut.

»Es sieht schön aus hier«, log ich und drehte mich zu ihm um, sodass sein Blick meinen einfing.

Liam hatte die Haustür geschlossen, lehnte lässig mit der Schulter am Bücherregal und seine Hände steckten noch immer in den Hosentaschen. »Danke.«

»Ist Jayden da?«

Er schüttelte den Kopf, wobei ihm dunkle Strähnen über die Augen fielen. »Er ist nach Schweden zu seiner Familie gefahren. Wahrscheinlich kommt er erst im neuen Jahr wieder.«

Nicht einmal sein Mitbewohner würde Weihnachten bei ihm bleiben. Liam hatte seinen Großvater verloren, redete nicht mit seinen Eltern und soviel ich wusste, hatte er auch keine Freunde. Mein Herz zog sich zusammen und vielleicht sollte ich direkt auf den Punkt kommen und ihm sagen, warum ich hier war. Doch die Worte ballten sich in meinem Bauch und weigerten sich, über die Zunge zu rollen. »Ich habe mich die ganze Zeit gefragt, wie du lebst, aber überhaupt nicht mit Weihnachtsdekoration gerechnet.« Vorsichtig setzte ich mich auf die Sofakante.

»Was hast du erwartet? Särge oder schwarze Wände?«

Super gemacht, Eira.

Jetzt habe ich ihn noch gekränkt.

»Nein ... Ich ...« Ich senkte den Kopf.

»Es war ein Witz. Sorry. Ich bin nicht gut darin.« Seine Stimme klang sanfter. »Die Dekoration gehört Jayden. Er besteht darauf, die Wohnung jedes Jahr vor dem ersten Advent weihnachtlich zu schmücken.«

Ich schluckte und traute mich immer noch nicht, ihm in die Augen zu sehen. Stattdessen sah ich zum überfüllten Regal und deutete zum einzigen Regalboard, auf dem Bücher nach Farben sortiert waren. »Hast du eins von den Covern entworfen?«

Eine Sekunde blinzelte er irritiert, schaute dann zu der Richtung, in die ich gedeutet hatte, und der Anflug eines Lächelns zupfte an seinem Mundwinkel. »Fast alle.«

»Darf ich eins davon sehen?«

Liam sah mich an, als würde ich ihn darum bitten, mir eine Seite seines Tagebuchs zu zeigen. Wahrscheinlich musste ich ihn nur googeln, um herauszufinden, welche Buchcover er schon gestaltet hatte. Doch das jetzt von ihm zu erfahren, fühlte sich intimer an.

Mach dich nicht so wichtig, Eira.

Er befeuchtete die Lippen, stieß sich vom Regal ab und ging in die Hocke, um einen Wälzer daraus hervorzuziehen. Die Dicke des Buches erinnerte mich an meine Enzyklopädien über nordische Mythologie, doch das Cover war nicht aus Leder, sondern aus einem matten moosgrünen Papier. Liam streckte mir das Buch entgegen und als ich es ihm abnahm, berührten sich unsere Fingerspitzen für eine Sekunde. Ich ignorierte das Kribbeln, das meinen ganzen Körper durchlief, und betrachtete stattdessen die rothaarige Hexe auf dem Schutzumschlag. Genau wie ich hatte sie ein ovales Gesicht, lockige schulterlange Haare und braune Augen. Nur die Sommersprossen auf ihrer Nase unterschieden uns voneinander. Aber vielleicht war ich verrückt geworden und bildete mir ein, dass Liam mich als Inspiration für eine Zeichnung gebraucht hatte. Warum sollte er das tun?

»Hast du es selbst gezeichnet oder Grafiken von anderen Künstlern genutzt?«

Er verengte die Augen, nahm einen Karton vom Sessel, stellte ihn auf den Boden und setzte sich auf das Polster. »Interessierst du dich für Bücher?«

Ähm … Nein. Ich verschlang nur im Schnitt fünf Bücher pro Woche und kaufte neue Lektüre, wenn ich mich in das Cover verliebte. Das, obwohl ich bestimmt mehr als zwanzig ungelesene Bücher bei mir hatte. »Ein bisschen.«

Für den Bruchteil einer Sekunde bog sich sein Mundwinkel nach oben und mein Herz setzte einen Schlag aus.

»Ich denke aber nicht, dass du hier bist, um über meine Arbeit zu reden.«

Und der Moment war vorbei. Es war fast so, als könnte ich sehen, wie er eine eiserne Wand hochzog und mich auf Abstand hielt. Vielleicht lag es einfach daran, dass ich nicht Saxa Eva Hansen hieß. Sie war beliebt, ihrer Familie gehörte eine der größten Textilfabriken Norwegens und jedes Mal, wenn sich Liam und Saxa in der Schule geküsst hatten, hatte ich mich gefühlt, als würden Shawn Mendes und eine jüngere Version von Rihanna vor mir rummachen. Anziehend, aufregend und nicht meine Liga.

Ich schluckte schwer und straffte leicht die Schultern. »Ich kann es kaum glauben, dass ich überhaupt hier bin.«

»Ist die Vorstellung, mich zu besuchen, so schlimm?«

Im Gegenteil. Ich hatte so viel Angst, allein mit Liam zu sein, und jetzt wollte ich nicht mehr gehen. Andererseits musste ich daran denken, wer bestimmt schon erfahren hatte, dass ich hier war. »Ich habe keine Lust auf die Szene, die Saxa machen wird, wenn sie davon erfährt.«

»Ich bin weder Saxas Eigentum noch sind wir zusammen.« Seine Stimme klang ruhig und die Antwort war fast automatisch über seine Lippen gekommen.

»Ich weiß.« Ob sie auch so dachte? Ich kaute eine Sekunde auf der Unterlippe herum.

Er schaute zu meinem Mund, verweilte einen Moment zu lang darauf und entfachte Wärme in meinem Bauch. Es war nicht das erste Mal, dass Liam mich so eindringlich ansah. Doch während der Schulzeit hatte er immer schnell von mir weggesehen. Damals hatte ich fast das Gefühl gehabt, dass er mir aus dem Weg ging, und nicht verstanden warum. Zwar waren wir nie befreundet, doch er war mit Saxa zusammen und wir gingen auf dieselbe Schule. Zumindest ein *Guten Tag* oder ein *Wie geht es dir?* sollte bei uns gang und gebe sein. Stattdessen wurde ich von ihm ignoriert, wodurch ich mich jetzt noch idiotischer fühlte.

Es geht nicht um dich, Eira.

Du machst das für Erik.

»Deshalb hast du in der Schule kaum mit mir gesprochen? Etwa, weil du Angst davor hattest, was Saxa darüber sagen würde?«, fragte er und lehnte sich auf dem Sessel zurück.

Was?! Jetzt war ich diejenige, die nicht mit ihm geredet hatte und nicht andersherum?

»Unabhängig davon, mit wem du zusammen gewesen bist, warst du nicht gerade die Nettigkeit in Person«, erwiderte ich schulterzuckend.

Er befeuchtete die Lippen und ich meinte, den Anflug eines Lächelns zu erkennen.

Jetzt amüsiere ich ihn auch?

»Das hat sich nicht geändert, oder?«, fragte er.

Ich schaute ihm einen Herzschlag lang in die Augen, holte stockend Luft und rutschte auf der Couch hin und her. »Ich bin wegen Erik hier«, wechselte ich das Thema und legte das Buch auf den Couchtisch.

»Wegen meines Großvaters?«

»Er …« Ich räusperte mich. »Er hat mich in eine schwierige Lage gebracht und ich habe keine Ahnung, wie ich jetzt da rauskommen soll.«

»Vielleicht, wenn du nicht so kryptisch redest?«

Wieso verhielt er sich wie ein Idiot und machte es mir noch schwerer, mit ihm zu sprechen? Es reichte nicht, dass ich wusste, dass Liam mich nicht ausstehen konnte. Dazu kam noch, dass Saxa mein Leben zur Hölle machen würde, wenn sie erführe, dass ich mit ihrem Ex-Freund zusammenarbeiten wollte. Jetzt behandelte er mich noch abweisender als sonst.

»Ich habe einen Brief von Erik im Wunschstand gefunden.« Ich leckte mir über die Unterlippe, meine Kehle fühlte sich staubtrocken an. »Wahrscheinlich hat er Siri oder ihren Mann darum gebeten, mir den Umschlag zu geben, und sie haben ihn einfach dagelassen, damit ich ihn selbst finde.«

»Okay«, sagte er nur. »Und was hat das mit mir zu tun?«

Abermals rutschte ich auf dem Polster herum, wobei mein Hals zu prickeln begann. Es war alles, was mir noch fehlte. Jetzt mussten rote Flecken so groß wie meine Hände auf meiner Haut leuchten. »In dem Brief ging es um dich.«

»Um mich?«

»Das habe ich gesagt.«

»Das habe ich wiederholt.«

O mein Gott! Wenn er mich so weiter in den Wahnsinn trieb, würde ich riskieren, von Eriks Geist heimgesucht zu werden.

»Sorry«, fügte er schnell hinzu und räusperte sich. »Was hat er über mich erzählt?«

Damit hatte ich nicht gerechnet. Hatte sich Liam bei mir wirklich entschuldigt?

»Er hat gesagt, dass –« Ich hielt inne, grub die Zähne in die Unterlippe und kaute ein paar Sekunden darauf herum. Wenn ich ihm sagte, dass sein Großvater nicht wollte, dass er Weihnachten allein verbrachte, würde er nicht mitmachen. Wahrscheinlich würde er mir sagen, dass Erik es übertrieb und er weder meine Gesellschaft brauchte noch sie wünschte. Aber wenn ich die

Wahrheit anders verpackte, machte er vielleicht mit. »Er hat nicht gewollt, dass ich den Stand allein führe, und hat mich deshalb darum gebeten, dich zu überzeugen, mir zu helfen.«

Er blinzelte. »Er hat was?«

In den drei Jahren hatte Erik nie darüber gesprochen, Liam im Stand zu sehen. Er hatte weder erwähnt, dass er seinen Enkel darum gebeten hatte, mitzuhelfen, noch war Liam dort aufgetaucht. Die einzige Ausrede, die mir einfiel, war also verdammt dämlich. »Es ist eine blöde Idee. Das weiß ich.«

Liam schwieg und schaute zum Buch auf dem Couchtisch.

»Aber für mich kommt es nicht infrage, Eriks letzten Wunsch zu ignorieren«, fuhr ich fort.

Meine Stimme klang so unsicher, wie ich mich fühlte. Wenn meine Schwestern mich hören könnten, würden sie sofort wissen, dass ich log. Aber wie konnte ich sonst Liam die Weihnachtszeit nicht allein verbringen lassen? Eine viel schlechtere Idee wäre es, jeden Tag bei ihm aufzutauchen und so zu tun, als hätten wir etwas gemeinsam.

»Mein Opa hat es von dir gewollt. Aber die Umsetzung hängt nicht allein von dir ab. Was machst du also, wenn jemand sich etwas wünscht und du die Bitte nicht erfüllen kannst?«

Okay. Er wollte also wirklich keine Zeit mit mir verbringen.

Ich senkte den Blick und fummelte an dem Schal auf meinem Schoß. »Nur bis Weihnachten. Du musst nichts weiter tun, als hinter dem Tresen zu sitzen und Gløgg zu trinken. Du leistest mir Gesellschaft und ich dir.«

Wieso klang die Idee nicht so verrückt, wie sie in der Tat war?

»Ich muss nur dasitzen und du kümmerst dich um die Wünsche?«, hakte er nach.

Ich nickte. »Es wäre ein Kompromiss, oder? Ich nerve dich nicht weiter und muss dabei keine Angst haben, deinen Großvater nach seinem Tod enttäuscht zu haben.«

Liam zuckte kaum merklich zusammen, sah mir wortlos in die Augen und schluckte schwer. Ein merkwürdiges Gefühl breitete sich in meinem Bauch aus und ich fragte mich, ob ich etwas gesagt hatte, was ihn verletzte. Etwas,

was meinen Plan komplett ruinierte. Doch er schaute weg und fuhr sich seufzend durch die Haare.

»Okay«, erwiderte er so leise, dass ich mir nicht sicher war, ob er der Idee wirklich zugestimmt hatte.

Trotzdem nickte ich, lächelte ihn sanft an und hoffte von Herzen, dass wir uns verstanden. Wie wäre es, wenn Liam und ich Freunde sein konnten?

»Dann sehen wir uns morgen am Stand?«, fragte ich.

»Ich stehe aber nicht auf Gløgg.« Eine Spur Belustigung schwang in seiner Stimme mit.

»Dann bringe ich uns Kakao mit.«

Eriks letzter Wunsch war verrückt. Ich war mir sicher, dass er nicht funktionieren würde. Doch die Idee, Zeit mit Liam zu verbringen, gefiel mir mit jeder Sekunde mehr.

DIE MACHT DER GEFÜHLE
TAUCH EIN IN ROMANTISCH-FANTASTISCHE GESCHICHTEN.
I M P R E S S
#IMPRESSBOOKS
ALLES VON IMPRESS HIER:
IMPRESSBOOKS.DE

Impress

Die Macht der Gefühle

Wir produzieren nachhaltig
• Klimaneutrales Produkt
• Papiere aus nachhaltigen und kontrollierten Quellen
• Hergestellt in Europa

FSC www.fsc.org
MIX
Papier | Fördert gute Waldnutzung
FSC® C083411

Impress
Ein Imprint der Carlsen Verlag GmbH
Völckersstraße 14–20, 22765 Hamburg
November 2023

Lektorat: Larissa Bendl
Umschlagbild: Bookcoverstore
Umschlaggestaltung: www.bookcoverstore.com, formlabor
ISBN 978-3-551-30568-8
www.impressbooks.de